# Süße Rache, frohes Fest

## EIN OXFORD-TEAROOM-KRIMI
### BAND 10

VON

# H.Y. HANNA

AUS DEM ENGLISCHEN VON

## RITA KLOOSTERZIEL

# Inhaltsverzeichnis

# Kapitel 1

Es heißt, es sei die schönste Zeit des Jahres, mit Familienzusammenkünften und festlicher Stimmung, leckerem Essen, glänzenden Kinderaugen und Gelächter … und vielleicht sogar mit dem einen oder anderen Mord.

Mitten am Nachmittag ist am Bahnhof von Oxford normalerweise nicht viel los. Für gewöhnlich sind nur ein paar Ausflügler unterwegs – meist Rentner oder Frauen mit Kindern. Als ich ankam, wimmelte es in der Bahnhofshalle jedoch vor Menschen, die sich mit Rollkoffern und Tüten voller hübsch verpackter Geschenke an den Schlangen vor den Fahrkartenschaltern vorbeizwängten oder die großen Tafeln mit den Fahrplänen konsultierten. Ihre Gesichter waren gerötet, ihre Augen leuchteten erwartungsvoll und sie schienen die bunten Weihnachtsdekorationen um sie herum gar nicht wahrzunehmen, während sie zu den Bahnsteigen hasteten, um auf ihre Züge zu warten.

Aus dem Laden in der Bahnhofshalle drang Musik, die das Stimmengewirr übertönte. Bing Crosbys samtiger Bariton erklang schmachtend: „Silver bells, silver bells ...“ und ich verspürte das altbekannte Kribbeln in der Magengegend. Diese klassischen Weihnachtslieder mochten schnulzig sein und die allgemeine Kommerzialisierung des Weihnachtsfestes vorantreiben, doch ich kam nicht gegen das wohlige Gefühl und die Nostalgie an, als ich mich durch die Menschenmenge drängte, um endlich zum Bahnsteig zu gelangen.

Da blieb ich einen Moment stehen – auch, weil mir die frostige Kälte im Freien den Atem verschlug. In der Bahnhofshalle war es im Vergleich dazu mollig warm gewesen. Der Dezember hatte bisher mit ungewöhnlich niedrigen Temperaturen aufgewartet und in den Medien gab es nur ein Thema: die Aussicht, dass Oxford eine seltene „weiße Weihnacht“ erleben würde. In diesem Teil von England wurde es im Winter empfindlich kalt, doch mit Schneefall war meist erst in den dunklen Monaten Januar und Februar zu rechnen. Diesmal aber, so schien es, würde Bing Crosbys Traum in Oxfordshire wahr werden.

Wie schon so oft wurde ich beim Anblick von Zügen und wartenden Reisenden ganz sentimental.

Die Lokomotiven stießen heutzutage zwar keine Rauchwolken mehr aus, es standen keine uniformierten Schaffner mit Trillerpfeifen in der Hand an der Bahnsteigkante und es gab keine Männer mit Filzhüten auf dem Kopf, die voller Leidenschaft von eleganten Damen Abschied nahmen, doch Bahnsteigen haftete dennoch etwas Romantisches an. Dann musste ich lachen. Ich war sicher, die meisten gehetzt wirkenden Passagiere in ihren dicken Wintermänteln und mit ihren Tüten und Taschen verschwendeten keinen Gedanken an vergangene Zeiten und herzzerreißende Abschiedsszenen.

Für einen Moment teilte sich die Menge und ich sah ihn: einen großgewachsenen, gutaussehenden Mann mit grüblerischer Miene und dunklem, vom frostigen Wind zerzaustem Haar. Die Augen – sie waren von einem auffälligen Keltisch Blau – hatte er gegen die Kälte zusammengekniffen. Ich drängte mich an den Wartenden vorbei und dachte dabei, dass wenigstens ich dem Klischee entsprach, denn ich war wegen eines romantischen Abschieds hier. Kein Abschied für immer, nur über die Weihnachtstage.

„Gemma!"

Ich lachte, als er mich mit dramatischer Geste so leidenschaftlich in die Arme schloss wie in einem alten Hollywood-Film.

„Ich dachte schon, du schaffst es nicht."

„Tut mir leid. Der Weihnachtsbaum im Tearoom

ist umgefallen, als ich gehen wollte. Zum Glück stand kein Gast in der Nähe, aber es herrschte ein schreckliches Durcheinander. Ich musste Cassie helfen, das Chaos zu beseitigen. Als ich gegangen bin, war sie immer noch damit beschäftigt, die Kugeln wieder in den Baum zu hängen."

„Stand er nicht in einem Baumständer?"

Ich verdrehte die Augen. „Doch, der war allerdings nicht stabil genug für eine gewisse Katzendame, die bis zur Spitze klettern wollte, um mit den Kugeln zu spielen. Man hatte mich gewarnt, dass Katzen und Weihnachtsbäume keine gute Kombination sind, aber ich hielt das für eine Übertreibung. Nun muss ich dafür büßen, dass ich die Warnung nicht ernstgenommen habe. Der Baum ist mittlerweile fünfmal umgefallen, die Hälfte des Schmucks ist kaputt oder verschwunden, die Lichterkette ist hoffnungslos verheddert und überall liegen Tannennadeln." Ich schüttelte den Kopf. „Wer hätte gedacht, dass eine Katze derart viel Unheil anrichten kann?"

„Müsli kann das", sagte Devlin schmunzelnd.

Ich betrachtete ihn verstohlen. Es war so schön, sein Lachen und das vertraute Funkeln in seinen blauen Augen wieder zu sehen, nachdem er in den letzten Wochen in sich gekehrt und oft genug mit gerunzelter Stirn umhergelaufen war. Die Kripo von Oxfordshire hatte noch mehr zu tun gehabt als sonst und auch in der Teestube bescherte uns die Vorweihnachtszeit einen Schwung an Catering-

Aufträgen und zusätzlichen Gästen. Folglich hatten Devlin und ich uns kaum gesehen und ich hatte mich darauf gefreut, endlich ein wenig freie Zeit zu haben und über die Weihnachtstage etwas mit ihm zu unternehmen.

Als ich jedoch hörte, dass seine Mutter ihn eingeladen hatte, die Feiertage bei ihr zu verbringen, schluckte ich meine Enttäuschung hinunter und ermunterte ihn, die Einladung anzunehmen. Die beiden hatten gerade erst angefangen, sich zaghaft wieder anzunähern, und ein gemeinsames Weihnachtsfest erschien mir wie ein Schritt in die richtige Richtung. Keeley O'Connor mochte wild und zügellos sein und Manieren an den Tag legen, die eher zu einem Teenager passten als zu einer Frau in den späten Vierzigern, aber sie war gleichzeitig warmherzig und authentisch und versprühte einen unwiderstehlichen Charme. Wider Erwarten mochte ich sie, als ich sie vor einigen Monaten kennengelernt hatte, und ich wusste, dass Devlin seine Mutter brauchte, auch wenn er nach außen zwiespältige Gefühle ihr gegenüber signalisierte. Dies würde das erste Mal sein, dass er über Weihnachten nach Hause fuhr, und es war eine Chance für ihn, die Beziehung zu seiner Mutter zu festigen. Angesichts der Aussicht auf ein einsames Weihnachtsfest ohne ihn bereute ich nun allerdings, so selbstlos gewesen zu sein.

„Ich wünschte, du würdest nicht wegfahren", platzte ich heraus.

„Ja", seufzte Devlin, „ich sollte das wahrscheinlich nicht sagen, aber ich würde auch lieber hier bei dir bleiben."

„Selbst wenn du Weihnachten dann mit meiner Mutter verbringen müsstest?", fragte ich lachend. „Das kann kaum schlimmer sein als das, was mir bevorsteht." Sein attraktives Gesicht wurde von Zweifeln überschattet. „Vielleicht war es doch keine gute Idee, Mums Einladung anzunehmen."

„Nein, nein, du musst hinfahren, Devlin", sagte ich schnell. „Ich finde, das ist eine fantastische Gelegenheit für deine Mutter und dich, Zeit miteinander zu verbringen und euch einander wieder näherzukommen."

Devlin verzog das Gesicht. „Wahrscheinlich eher eine Gelegenheit, aufzupassen, dass sie sich nicht zudröhnt oder am Weihnachtstag wegen Trunkenheit am Steuer verhaftet wird." Nach kurzem Zögern fuhr er fort: „Vermutlich hast du keine Lust mitzukommen und Weihnachten im Norden von England zu verbringen?"

Ich schüttelte bedauernd den Kopf. „Du weißt, dass das nicht geht. Meine Mutter würde einen Anfall kriegen. Weihnachten ist eine große Sache in unserer Familie. Sie hält sich streng an alle Traditionen: Mince Pies, Plumpudding, Ilex und Efeu, wohin das Auge reicht, die Weihnachtsansprache der Queen am 25. Dezember ... Als ich noch in Australien wohnte, konnte ich über die Festtage nicht immer nach England kommen, und ich glaube, das hat sie mir bis heute nicht verziehen. Außerdem bekommen wir dieses Jahr Besuch, Verwandte aus Amerika haben sich angekündigt, daher muss ich zur Stelle sein und mithelfen, sie zu bespaßen."

Ein kräftiger Windstoß kündigte den einfahrenden Zug an und Devlin legte schützend den Arm um mich, als die Waggons heranrollten.

„Das ist mein Zug, ich muss los", sagte er und verzog das Gesicht. Dann sah er mir mit gespielter Strenge in die Augen und ermahnte mich: „Benehmen Sie sich, Miss Rose, und stolpern Sie nicht über herumliegende Leichen, während ich fort bin."

„Was meinst du damit? Es ist schon eine ganze Weile her, dass ich eine Leiche gefunden habe", grinste ich. „Und außerdem ist es ja nicht so, als würde ich mich auf die Suche danach machen", fügte ich beleidigt hinzu.

„Ich weiß, Gemma, aber in mancher Hinsicht bist du so schlimm wie deine Katze. Der Ärger folgt dir auf dem Fuße. Du scheinst in Mordermittlungen verwickelt zu werden, kaum dass ich dir den Rücken kehre."

„Nun übertreib mal nicht – bist du nicht ein bisschen paranoid? Ich dachte, Weihnachten ist das Fest der Liebe. Die Leute feiern mit ihren Familien und Ruhe und Frieden kehren ein."

„Glaub das bloß nicht. Um diese Jahreszeit steigt die Verbrechensrate. Einbrüche, Raubüberfälle, häusliche Gewalt, sexuelle Übergriffe, Trunkenheitsfahrten

... bei all den Weihnachtseinkäufern haben selbst die Taschendiebe Hochkonjunktur." Er wies mit dem Kopf auf eine Frau, die mit Geschenken beladen an uns vorbeikam.

„Nun, um mich brauchst du dir keine Sorgen zu machen. Ich habe nicht vor, mich oft in der Stadt aufzuhalten. Bis wir für die Feiertage schließen, habe ich in der Teestube reichlich zu tun, und danach bin ich bei meinen Eltern, helfe bei den Vorbereitungen und halte die angereiste Verwandtschaft bei Laune. Den Brandy am Christmas Pudding anzuzünden ist wahrscheinlich das Aufregendste, was ich tun werde."

Devlin sah nicht überzeugt aus. „Und sorge dafür, dass diese neugierigen alten Damen keinen Ärger machen."

Ich lächelte. „Du meinst die Silberlocken? Keine Bange, sie haben wahrscheinlich viel zu viel zu tun, um ihre Nasen in Angelegenheiten zu stecken, die sie nichts angehen. Hast du es denn nicht gehört? Nach ihrem Erfolg bei der Talentshow vor ein paar Wochen haben sie festgestellt, dass ihnen das Showbusiness gefällt."

„Sie machen doch hoffentlich nicht als Granny-Band weiter?", fragte Devlin ungläubig.

„Nein, jedenfalls nicht so wie bei der Talentshow. Sie treten stattdessen als ‚Granny Carol Singers' auf, ziehen von Haus zu Haus und singen Weihnachtslieder, wie es Tradition ist. Sie nennen sich ‚The Twelve Greys of Christmas' und sammeln

Geld für wohltätige Zwecke.“

„Ich würde ihnen durchaus zutrauen, dass sie beim Adventssingen gleichzeitig herumschnüffeln“, meinte Devlin düster. „Tu mir den Gefallen und halte sie von allen verdächtigen Todesfällen fern. Die Kripo von Oxfordshire arbeitet über die Feiertage nur mit einer Notbesetzung, da viele ranghohe Beamte weg sind. Eine Mordermittlung ist das Letzte, was sie gebrauchen kann, vor allem mit vier rechthaberischen alten Schachteln im Nacken.“

„Ja, Inspektor O'Connor“, erwiderte ich keck.

Devlins Miene wurde weicher, er senkte den Kopf, um mir einen Abschiedskuss zu geben.

„Ich werde dich vermissen“, sagte ich mit zittriger Stimme.

Er berührte sanft meine Wange, sein Blick war zärtlich. „Ich werde dich auch vermissen, Gemma. Aber gleich im neuen Jahr bin ich wieder da und dann machen wir was Schönes zusammen, hm?“

Er küsste mich so innig, dass ich weiche Knie bekam.

„Benimm dich“, grinste Devlin und gab mir einen Stubs auf die Nase. Dann nahm er seine Reisetasche und erklomm die Stufen in den Waggon.

Ich sah dem Zug nach, als er in der Ferne verschwand. Wieder fegte ein eisiger Windstoß über den Bahnsteig und ich zitterte. Plötzlich fühlte ich mich einsam und verloren. Dann riss ich mich zusammen und wandte mich zum Gehen. Auf dem Weg durch die Bahnhofshalle warf ich einen Blick auf die große Uhr: Ich hatte meiner Mutter versprochen, mich mit ihr in der Stadt zum Tee zu treffen, doch bis dahin war noch reichlich Zeit. Ich könnte mich sogar noch in den Geschäften umsehen. Eigentlich hatte ich alle Geschenke zusammen, für meine beste Freundin Cassie war mir allerdings noch nichts Passendes eingefallen. Bis Weihnachten waren es nur noch ein paar Tage, ich musste mich also sputen.

Ich war so in Gedanken versunken, dass ich den Mann nicht bemerkte, der wie ich dem Ausgang zustrebte. In der Tür stießen wir zusammen, ich taumelte und wäre fast über seinen Koffer gestolpert, wenn er mich nicht aufgefangen hätte.

„Hoppla!", rief ich, während ich versuchte, das Gleichgewicht wiederzuerlangen. „D-danke!"

„Keine Ursache, es war mir ein Vergnügen", erwiderte er, während er mich anerkennend musterte.

Er sah gut aus, ich schätzte ihn auf Mitte bis Ende vierzig, er strahlte eine geschmeidige Überheblichkeit aus und schien einen teuren Geschmack zu haben, nach seiner eleganten Kleidung und dem Lederkoffer mit Monogramm zu schließen. Beim Lächeln zeigte er strahlend weiße Zähne und ich stellte fest, dass er immer noch den Arm um mich gelegt hatte, obwohl ich seine Hilfe nicht mehr benötigte.

„Danke nochmals", sagte ich und machte einen Schritt zur Seite. „Tut mir leid, ich habe nicht gesehen, dass Sie auch auf die Tür zugesteuert sind."

Sein Griff wurde einen Moment lang kaum merklich fester, dann ließ mich der Mann los. Ich erstarrte. Bildete ich mir das nur ein oder hatte seine Hand meine Brust gestreift, als er den Arm wegnahm?

Er bedachte mich erneut mit einem strahlenden Lächeln und erwiderte: „Wenn ein Mann die Gelegenheit hat, eine schöne Frau aufzufangen, gibt es nichts, wofür Sie sich entschuldigen müssten. Ich fand Bahnhöfe immer schon sehr romantisch und freue mich, dass meine Fantasien sich bewahrheiten." Er musterte mich erneut und fuhr fort: „Wie ich sehe, haben Sie kein Gepäck dabei. Vermutlich sind Sie nicht eben erst in Oxford angekommen?"

„Nein, ich wohne hier. Ich habe mich gerade von meinem Freund verabschiedet." Ich gab mir Mühe, das Wort „Freund" besonders zu betonen, was ihn jedoch nicht zu beeindrucken schien.

„Was ist das für ein Freund, der eine bezaubernde Frau wie Sie so kurz vor Weihnachten allein lässt?"

„Er ... er muss die Feiertage bei seiner Mutter verbringen", antwortete ich, ohne nachzudenken, und ärgerte mich im nächsten Moment über mich selbst. Warum meinte ich, mich einem Fremden gegenüber rechtfertigen zu müssen?

„Nun ja, danke nochmals." Mit einem knappen Nicken wandte ich mich zum Gehen, doch er hielt mich zurück.

„Warten Sie! Es tut mir leid, ich habe anscheinend etwas Falsches gesagt. Ich wollte Ihnen nicht zu nahetreten. Bitte verzeihen Sie mir."

„Nein, ich ..." Angesichts seines zerknirschten Gesichtsausdrucks und seiner wortreichen Entschuldigung wurde ich plötzlich verlegen, so als sei ich diejenige gewesen, die unhöflich gewesen war. „Es ist nur ... ich bin mit jemandem zum Tee verabredet", murmelte ich.

„Ah, der Fünf-Uhr-Tee, diese köstlichste aller englischen Traditionen. Ich muss gestehen, dass ich sie sehr vermisst habe."

Ich beäugte ihn verstohlen. Er sprach mit britischem Akzent, gleichzeitig hörte man jedoch unterschwellig auch die gedehnte Sprechweise eines Menschen heraus, der sich lange in den Vereinigten Staaten aufgehalten hat.

„Dann leben Sie nicht in England?" Ich konnte nicht anders – meine Neugier war zu groß.

„Nein, ich war seit Jahren nicht mehr hier." Er zog eine Augenbraue hoch. „Wie heißt es so schön im Lied? ‚*I'll be home for Christmas*' ..."

„Oh. Nun, dann wünsche ich Ihnen einen angenehmen Aufenthalt", sagte ich lahm, nickte ihm zum Abschied kurz zu und verließ eilig die Bahnhofshalle, nicht ohne einen Seufzer der Erleichterung.

# Kapitel 2

Als ich wieder im Zentrum ankam, war es auf den Straßen noch voller als am Bahnhof. Oxford war ein beliebtes Ziel für Touristen, aber auch die Einheimischen spazierten gerne durch ihre Stadt, sodass dort stets reges Treiben herrschte. Jetzt, wo Weihnachten vor der Tür stand, war jedoch alles hoffnungslos überfüllt.

Das Herbsttrimester war vorbei - an der Universität Oxford waren die Trimester mit nur neun Wochen ungewöhnlich kurz -, und die meisten Studenten waren bereits zu ihren Familien in alle Winkel des Landes zurückgekehrt. Trotzdem waren noch genug Leute übrig, um die Straßen zu füllen. Sie bestaunten die festlich geschmückten Schaufenster und die Stände auf dem

Weihnachtsmarkt, jonglierten mit Tragetaschen voller Einkäufe und wankten müde in Kneipen und Cafés, um sich bei Glühwein und heißer Schokolade aufzuwärmen.

Am Carfax Tower machte ich eine kurze Pause. Bei diesem Turm aus dem zwölften Jahrhundert handelt es sich um das höchste Gebäude der Stadt, im Zentrum von Oxford darf nicht höher gebaut werden. Er steht an der Kreuzung der vier Hauptstraßen und bildet daher das inoffizielle „Herz" der Stadt. Als Studentin hatte ich oft hier gestanden und jetzt blickte ich auf die Straßen, die sich in die Ferne erstreckten, auf die berühmten „träumenden Türme" der Skyline von Oxford und verspürte erneut ein Gefühl von Nostalgie.

Es kam mir seltsam vor, dass ich erst vor etwas mehr als zwölf Monaten nach England zurückgekehrt war. Die acht Jahre, die ich im Ausland gearbeitet hatte, erschienen mir jetzt wie ein Traum. Ich hatte meine vielversprechende Karriere aufgegeben und mir stattdessen den langgehegten Wunsch erfüllt, einen traditionellen englischen Tearoom zu eröffnen. Meine Entscheidung hatte bei Freunden und Familie Entsetzen und Missbilligung hervorgerufen, doch inzwischen zeigte sich, dass sich das Wagnis gelohnt hatte. Mein kleiner Tearoom florierte, ich liebte meine Arbeit, Devlin und ich waren wieder zusammen, und ja, mittlerweile kam ich sogar damit zurecht, meine Mutter ständig in der Nähe zu haben.

*Nun ja, jedenfalls meistens,* dachte ich, als mein Handy klingelte und die wohlmodulierte Stimme meiner Mutter an mein Ohr drang.

„Hallo, Liebes. Möchtest du die weiße oder die rote Flanellunterwäsche? Die rote hat ein Rentiermuster und auf der weißen sind Schneemänner."

„Ich will überhaupt keine Flanellunterwäsche, Mutter", sagte ich erschrocken.

„Es gibt sie auch in einem hübschen Blau, mit einem Pinguinmuster", fuhr meine Mutter unbeirrt fort. „Dorothy Clarke hat welche für ihre Tochter Suzanne besorgt - du erinnerst dich doch an Suzanne, Schatz? Sie arbeitet im Alumni-Büro der Universität. Dorothy sagt, die Wäsche ist wundervoll. So weich und warm, und sie scheuert nicht im Intimbereich."

„Mutter! Ich habe gesagt, dass ich keine Flanellunterwäsche will." Ich spürte, wie mein Blutdruck in die Höhe kletterte.

„Dorothy sagt, dass sie sogar Harnwegsinfektionen vorbeugt. Stell dir das vor! Suzanne hat furchtbar unter Harnwegsinfektionen gelitten, obwohl sie immer literweise Preiselbeersaft getrunken hat, aber es hat jedes Mal furchtbar gebrannt, wenn sie -"

„Igitt, Mutter!", rief ich angewidert. „Sicher wäre es Suzanne nicht recht, dass du ihre Blasengeschichten verbreitest. Und ich will wirklich keine Flanellunterwäsche. Ich werde sie nie tragen, und es wäre reine Geldverschwendung -"

„Ach, Unsinn, Schatz. Natürlich wirst du sie

tragen. Ich weiß! Ich könnte dir in jeder Farbe ein Set kaufen, dann kannst du kombinieren. Obwohl du bei der weißen Wäsche wirklich darauf achten musst, sie mit anderen weißen Sachen zu waschen und ..."

Ihre Stimme wurde leiser, als ich das Telefon einen Moment lang vom Ohr weghielt und tief durchatmete, um mich zu beruhigen. *Grrrrr.* Warum schaffte meine Mutter es immer wieder, dass ich mich wie eine Dreizehnjährige fühlte, die frustriert und brodelnd vor Wut mitansehen musste, wie die Mutter ihren Willen durchsetzte?

"... und dann wollte ich dir Bescheid sagen, dass ich mich vielleicht etwas verspäte", sagte meine Mutter gerade, als ich den Hörer wieder ans Ohr hielt. "Ich war mit Annabel in der Abteilung für Wohntextilien verabredet, um mir ein paar Chenille-Überwürfe anzuschauen, aber sie wurde in der Abteilung aufgehalten, wo die Geschenke verpackt und versandt werden, und sie meint ..."

"Was? Wer ist Annabel?"

"'Was' sagt man nicht, Liebling, es heißt 'Entschuldigung'. Habe ich dir nicht gesagt, dass Annabel mit uns Tee trinkt? Annabel Floyd. Sie war eine Morecombe, bevor sie geheiratet hat, du weißt schon, Sir Hugh Morecombe. Sie ist seine Tochter. Die Morecombes sind eine der ältesten Familien in dieser Gegend. Sie haben ein Anwesen - Thurlby Hall - außerhalb von Meadowford-on-Smythe."

"Oh ja, ich glaube, ich bin auf dem Weg zur Arbeit ein paar Mal daran vorbeigekommen. Oder zumindest an der Straße, die zum Anwesen führt.“

„Ja, es ist riesig. Das Haus ist weit von der Straße zurückgesetzt, inmitten einer Parklandschaft. Ein wunderschönes altes Herrenhaus mit einer prächtigen Eingangshalle. Nun, Annabel und ich sind beide im Ausschuss der Sinterklaas-Stiftung. Sie ist für die Organisation der diesjährigen Weihnachtsveranstaltung für die Kinder zuständig, eine Teeparty in Thurlby Hall und - oh! Da ist Annabel. Ich hoffe, sie sieht mich ... Warum gehst du nicht schon mal vor und reservierst uns einen Tisch? Soweit ich gehört habe, ist der Nachmittagstee im Randolph inzwischen sehr beliebt, und bei all den Weihnachtseinkäufern muss dort noch mehr los sein als sonst. Oh je, Annabel hat mich nicht gesehen, sie geht in die falsche Richtung!“

„Kannst du sie nicht einfach rufen?“

„Sie rufen?“

„Ja, ruf ihren Namen. Mach sie auf dich aufmerksam.“

„Willst du damit sagen, dass ich wie ein Fischweib schreien soll?“ Meine Mutter klang empört. „Eine Dame erhebt ihre Stimme nie in der Öffentlichkeit. Ich muss mich beeilen, Schatz – hoffentlich hole ich sie ein, bevor sie in den Aufzug steigt. Tschü-hüss!“

Dann hatte sie aufgelegt. Ich starrte das Telefon eine Weile an, dann machte ich mich seufzend auf den Weg zum Randolph Hotel in der Beaumont Street. Ich war jedoch noch nicht weit gekommen, als mir in einem Schaufenster etwas ins Auge fiel: ein luxuriöses Malset mit Ölfarben in allen erdenklichen Schattierungen, einer Holzpalette mit Daumenloch, Palettenmesser aus Metall, Mallappen und Borstenpinseln in verschiedenen Größen. Alles war in einer schönen lackierten Kiste aus Buchenholz verpackt, mit glänzenden Verschlüssen und Griffen. Ich war begeistert – das wäre das perfekte Weihnachtsgeschenk für Cassie!

Aufgeregt ging ich in den Laden; als man mir jedoch den Preis nannte, schluckte ich leicht. Kein Wunder, dass Künstler Mühe hatten, ihren Lebensunterhalt zu bestreiten, wenn ihre Materialien so teuer waren! Aber die Teestube boomte in letzter Zeit, und ich konnte es mir leisten, ein bisschen Geld auszugeben - vor allem für meine beste Freundin, die mich im Verlauf des Jahres so tatkräftig unterstützt hatte. Ich zückte meine Kreditkarte und verließ den Laden ein paar Minuten später mit dem Künstlerset in einer hübschen Weihnachtstüte.

Die Tüte fröhlich schwenkend ging ich weiter in Richtung Hotel, während ich mir lächelnd vorstellte, wie begeistert Cassie sein würde, wenn sie ihr Geschenk auspackte. Als ich vor dem Randolph ankam, drängte sich eine kleine Menschenmenge vor dem Eingang. Offenbar waren mehrere neue Gäste auf einmal eingetroffen; sie liefen ein wenig orientierungslos herum, während die Portiers versuchten, das Gepäck für den Check-in zu sortieren. Ich stellte mich an den Rand der Gruppe, um ihnen höflicherweise den Vortritt zu lassen.

Plötzlich spürte ich, wie jemand heftig an meiner Hand zerrte.

Ich wirbelte erschrocken herum, doch in diesem Moment wurde mir die Geschenktüte aus der Hand gerissen. Ein Junge, dessen Gesicht von einer Kapuze verdeckt war, zwängte sich an mir vorbei und begann, mit Cassies Geschenk wegzulaufen.

„He!", rief ich empört und wütend. „Halt! Das gehört mir!"

Ich wollte dem Dieb nachlaufen, aber ein Mann, der gerade aus dem Hoteleingang trat, war schneller. Er hatte außerdem viel längere Beine, war mit ein paar Schritten bei dem Jungen und packte ihn an seinem Kapuzenpulli. Der Übeltäter ließ seine Beute fallen, entwand sich dem Griff des Mannes und verschwand um die Ecke. Ich eilte dem Verfolger entgegen, als der sich gerade bückte, um die Tüte aufzuheben.

„Danke", keuchte ich und nahm ihm die Tüte ab. „Das war -" Ich brach ab, als er sich umdrehte und ich sah, wer es war. „Sie!"

Der gutaussehende Mann vom Bahnhof grinste mich an. „Aha, so treffen wir uns wieder. Das Schicksal scheint uns zusammenzuführen, meinen Sie nicht auch?"

„Äh ... ja", antwortete ich verlegen. Ich war hin- und hergerissen – eine neuerliche Begegnung mit ihm war mir unangenehm, doch gleichzeitig war ich natürlich froh, dass er dem Dieb das Geschenk abgejagt hatte. „Vielen Dank für Ihre Hilfe." Ich deutete auf die Geschenktüte. „Es hätte ein Vermögen gekostet, das zu ersetzen."

Er bedachte mich mit einem anzüglichen Lächeln. „Nun, zum Dank könnten Sie mit mir etwas trinken."

Ich widerstand dem Drang, die Augen zu verdrehen. Der Mann gab einfach nicht auf! „Tut mir leid, ich bin mit jemandem zum Tee verabredet."

„Das haben Sie vorhin schon gesagt, aber ist Ihre Verabredung bereits da?"

„N-nein ..."

„Dann können Sie ja in der Zwischenzeit etwas mit mir trinken", sagte er geschmeidig, legte mir eine Hand unter den Ellbogen und führte mich zum Hoteleingang zurück. Als ich protestieren wollte, fügte er schnell hinzu: „Das ist doch wohl nicht zu viel verlangt, nachdem ich Ihnen schon zweimal zu Hilfe gekommen bin."

Ich biss mir auf die Lippe. Eine Ablehnung würde unhöflich wirken, auf einen Drink in der Morse Bar wollte ich mich jedoch nicht einlassen, weil mir die Atmosphäre dort zu intim war. Stattdessen schlug ich vor, dass wir zum Tee in den Lancaster Room gehen sollten. Auf diese Weise würde die Ankunft meiner Mutter unser Tête-à-Tête hoffentlich abkürzen.

Wie es der Zufall wollte, brach eine Familie gerade auf, sodass wir an ihrem Tisch am Fenster Platz nehmen konnten.

„Ich heiße übrigens Ned", sagte der Mann, als wir uns in unseren tiefen Sesseln gegenübersaßen. Er hob eine Augenbraue. „Sie verurteilen mich hoffentlich nicht dazu, mit einer namenlosen Dame Tee zu trinken?"

„Gemma", sagte ich widerstrebend.

Etwas an seiner selbstsicheren, anzüglichen Art ließ mich zögern, etwas von mir preiszugeben. Je mehr er mich mit Fragen löcherte, desto mehr zog ich mich zurück. Als die Kellnerin kam, um unsere Bestellung aufzunehmen, befürchtete ich, dass er sich für den üblichen Fünf-Uhr-Tee mit allem Drum und Dran entscheiden würde, eine langwierige Angelegenheit, die ihn zum Verweilen ermuntern würde.

„Nur eine Kanne Tee, bitte", orderte ich entschlossen.

„Darjeeling? English Breakfast? Wir haben viele verschiedene Sorten zur Auswahl", erklärte die Kellnerin.

Ich warf Ned einen verstohlenen Blick zu. Er schmunzelte, als hätte er mich durchschaut. „Was immer die Dame bevorzugt", sagte er zu der Kellnerin.

Ich entschied mich für Earl Grey, meinen Favoriten, lehnte mich dann in meinem Sessel zurück und sah mich voller Bewunderung um. Wahrscheinlich kann man in Oxford nirgendwo so stilvoll Tee trinken wie im Randolph. Das Hotel gilt seit dem neunzehnten Jahrhundert als eines der Wahrzeichen der Stadt. Der neugotische Baustil und das elegante Interieur atmeten den mondänen

Charm vergangener Zeiten. Zahllose Präsidenten und Premierminister hatten in den wunderschönen Suiten genächtigt und im berühmten Lancaster Room wurden seit der Eröffnung des Hotels im Jahr 1866 die feinsten Tees, hausgemachte Scones, köstliches Gebäck und zierliche Teesandwiches serviert.

Ich sah interessiert zu, als am Nachbartisch der traditionelle Afternoon Tea mit großem Zeremoniell aufgetischt wurde. Auf der dreistöckigen Etagere waren ganz oben kleine Kuchenstückchen, glänzende Obsttörtchen, bunte Macarons und verführerisch aussehenden Trifles angeordnet, in der Mitte folgten frische Scones und auf der untersten Ebene sah ich eine Auswahl an Teesandwiches.

Mein Begleiter meinte stirnrunzelnd: „Sie scheinen sich sehr für diese Etagere zu interessieren. Vielleicht bereuen Sie es, nur eine Kanne Tee bestellt zu haben? Wir können uns die Speisekarte noch einmal kommen lassen."

„Oh nein", sagte ich rasch. Ich spürte, wie ich rot wurde. „Ich interessiere mich von Berufs wegen dafür."

„Von Berufs wegen?"

Ich zögerte, dann grinste ich schief. „Ich führe einen Tearoom, daher ist das sozusagen eine Berufskrankheit. Wenn ich irgendwo zum Afternoon Tea bin, kann ich einfach nicht anders: Ich sehe mich um, vergleiche und versuche, neue Ideen aufzuschnappen."

„Ah, sieht Ihr Tearoom aus wie dieser?" Er wies mit der Hand auf den eleganten Raum.

Ich musste lachen angesichts der schneeweißen Tischdecken, des glänzenden Silberbestecks, der Ölgemälde an den Wänden und des Salonflügels in einer Ecke. „Nein, nein, mein Tearoom sieht ganz anders aus, viel kleiner, altmodischer, sehr gemütlich und überhaupt nicht elegant. Es ist eine traditionelle Teestube auf dem Land, in einem alten Gasthof aus der Tudorzeit."

„Das klingt entzückend! Wo ist sie?"

„In Meadowford-on-Smythe, einem Dorf nicht weit von Oxford."

„Ich kenne Meadowford-on-Smythe. Ein hübsches Örtchen mit einer schönen Dorfstraße. Und dort befindet sich Ihr Tearoom? Na, sieh einer an!" Er lächelte wie die sprichwörtliche Katze, die Sahne geschleckt hat.

Seine zufriedene Miene behagte mir gar nicht und ich wünschte, ich hätte meinen Tearoom nicht erwähnt. Jetzt wusste er, wo er mich finden konnte! Ich war erleichtert, als ich eine wohlgenährte Kellnerin mittleren Alters mit unserem Tee kommen sah. Gut! Vielleicht verschwand er, wenn er seinen Tee ausgetrunken hatte.

Um höfliche Konversation zu machen, fragte ich: „Besuchen Sie Ihre Familie über die Weihnachtstage?"

Er lehnte sich zurück, als ihm die Kellnerin den Tee eingoss. Das vielsagende Lächeln umspielte nach wie vor seine Lippen. „Ja, so könnte man es ausdrücken. Eigentlich bin ich -"

In diesem Moment drohte der Kellnerin die Teekanne zu entgleiten. Sie bekam sie noch rechtzeitig zu fassen, doch der heiße Tee schwappte über und spritzte auf seine Hände.

„He, passen Sie doch auf, Sie Trampeltier!", schnauzte er die arme Frau an, die sich mit hochrotem Gesicht hektisch bemühte, das Malheur zu beseitigen. „Das tut mir schrecklich leid, Sir!", jammerte sie.

Ich betrachtete den Mann stirnrunzelnd. Mein Vater sagte immer, dass man den Charakter eines Menschen an seinem Verhalten den Bediensteten gegenüber ermessen kann – und mein Tischgenosse hatte gerade sein wahres Ich zu erkennen gegeben. Als Betreiberin eines Tearooms wusste ich zur Genüge, wie leicht etwas schiefgehen konnte, so sehr man sich auch bemühte. Seine Reaktion erschien mir übertrieben in ihrer Aggressivität. Ich versuchte, Blickkontakt mit der Kellnerin aufzunehmen, um ihr ein mitfühlendes Lächeln zu schenken, doch sie war vor Verlegenheit in sich zusammengesunken, hielt das Gesicht abgewandt und beeilte sich, die Teespritzer zu beseitigen und zu verschwinden.

„Man sollte doch annehmen, dass ein Laden wie dieser einen besseren Service zu bieten hat", murrte Ned. Dann setzte er erneut sein charmantes Lächeln auf. „Wo waren wir? Ach ja, Weihnachten mit der Familie. Wahrscheinlich wird es schrecklich langweilig, um ehrlich zu sein. Wenn ich Sie zum Essen einladen könnte, wäre die ganze Sache um einiges erträglicher. Was meinen Sie?"

Ich starrte ihn ungläubig an. Abgesehen von der Tatsache, dass er mindestens fünfzehn Jahre älter war als ich, hatte ich ihm wohl deutlich genug zu verstehen gegeben, dass ich kein romantisches Interesse an ihm hatte. Meine Signale schienen jedoch nicht zu ihm durchzudringen.

„Nein, tut mir leid, ich habe viel zu tun", antwortete ich förmlich. Ich wünschte, ich könnte ihm auf den Kopf zusagen, dass ich mich nie mit ihm zum Essen verabreden würde, und wenn ich alle Zeit der Welt hätte. Da man mir jedoch von klein auf beigebracht hatte, in jeder Lebenslage höflich zu bleiben, brachte ich eine solche Abfuhr nicht über die Lippen.

„Ach, kommen Sie. Ihr Freund ist nicht da, warum also nicht? Wie wär's mit heute Abend? Wir könnten -" In diesem Moment schrillte sein Telefon. Er nahm das Gespräch an und sein Gesichtsausdruck veränderte sich schlagartig.

„Ich habe dir doch gesagt, du sollst mich nicht unter dieser Nummer anrufen", zischte er. Nach einem raschen Blick in meine Richtung wandte er sich ab und sagte leise: „Nein, ich habe es noch nicht. Diese Dinge brauchen Zeit und ich kann nicht – was? London? Sei nicht albern, ich bin gerade erst in Oxford angekommen. Nein! Nein, tu das nicht. Okay, ich komme. Wo? Prima. Bis später."

Er beendete das Gespräch und lächelte mich an, als sei nichts gewesen. „Nun, wie es aussieht, muss ich das Vergnügen eines gemeinsamen Abendessens verschieben. Leider muss ich sofort los ...“ Er warf einen Blick auf seine teure Armbanduhr, dann erhob er sich. „Aber vielleicht, wenn ich aus London zurück bin –“

Ich holte tief Luft. Mit Höflichkeit kam ich hier nicht weiter. Es war höchste Zeit, ihm reinen Wein einzuschenken. „Nein“, sagte ich kühl. „Ich denke, daraus wird nichts, tut mir leid.“

Er hob eine Augenbraue, dann grinste er. Meine Ablehnung schien ihm nicht das Geringste auszumachen. „Ah, Ihr Freund kann sich glücklich schätzen. Nun, vielleicht schaue ich in Ihrem Tearoom vorbei, wenn ich im neuen Jahr noch hier bin. Sie werden mir einen Scone und eine Tasse Tee gewiss nicht verwehren?“

Während ich ihm nachsah, hoffte ich inständig, dass er zu Beginn des neuen Jahres längst wieder in Amerika war.

# Kapitel 3

Die unverkennbare Stimme meiner Mutter riss mich aus meinen Gedanken. Ich blickte auf und sah sie den Tearoom betreten, gefolgt von einer schlanken, elegant gekleideten Dame, bei der es sich vermutlich um Annabel Floyd handelte. Beide waren mit Einkaufstaschen beladen. Der Maître d'hôtel wies in meine Richtung, woraufhin meine Mutter eiligen Schrittes den Raum durchquerte.

„Liebes, wartest du schon lange?" Sie gab mir einen Kuss auf die Wange und hüllte mich in eine Parfümwolke ein. „Die Aufzüge haben eine Ewigkeit gebraucht, also sind wir zu Fuß gegangen, aber kaum waren wir oben angekommen, stellten wir fest, dass die Sofaschoner, die wir uns ansehen wollten, im Untergeschoss ausgestellt sind. Wie ärgerlich! Wir mussten all die Treppen wieder hinunterlaufen! Und dann gab es die Soufflé-Förmchen nicht in der Farbe, die ich brauche - oh, aber sie haben diese französischen Töpfe im Angebot, du weißt schon, die aus Gusseisen. Eigentlich war es ein Glück, dass wir ins Untergeschoss gegangen sind, sonst hätten wir das verpasst. Dreißig Prozent Preisnachlass – stell dir vor! Ich habe mir einen Vierundzwanziger in Marseille-Blau gekauft und Annabel hat einen in Kirschrot. Und dann habe ich ganz kleine Soufflé-Förmchen gefunden ...“

Ich warf Annabel einen mitfühlenden Blick zu, während meine Mutter munter weiterplapperte. Die Arme musste völlig erledigt sein, wenn sie den ganzen Vormittag mit ihr unterwegs gewesen war. Sie sah blass und erschöpft aus und schien ein wenig wackelig auf den Beinen zu sein, denn sie strauchelte, als sie am Tisch ankam. Ich sprang auf und packte sie am Arm, damit sie nicht stürzte.

„Da-danke“, stotterte sie. „Tut mir leid – wie ungeschickt von mir.“

Sie lehnte sich an mich und ein seltsamer Duft stieg mir in die Nase. Er war süßlich, viel zu süßlich für meinen Geschmack, fast wie ... Alkohol. Ich sah sie überrascht an. War sie betrunken? Als sie erleichtert in einen Sessel sank, fragte ich mich, ob ich mir das eingebildet hatte. Allerdings fiel mir auf, dass ihre Hände zitterten, während sie die Speisekarte studierte.

Ich setzte mich und betrachtete sie neugierig. Sie

war jünger, als ich erwartet hatte – ich hatte gedacht, sie sei etwa im Alter meiner Mutter, doch sie sah eher aus wie Ende vierzig. Und obwohl sie mit der gleichen schlichten Eleganz gekleidet war wie die Kaschmir-und-Twinset-Brigade, der auch meine Mutter angehörte, wirkte sie irgendwie anders. Es lag nicht nur daran, dass sie zehn oder fünfzehn Jahre jünger war. Nein, in ihrem Blick lagen eine Nervosität und eine Unsicherheit, die so ganz anders waren als die Selbstsicherheit und blasierte Überlegenheit, welche sich die Freundinnen meiner Mutter nach Jahren der unerbittlichen Herrschaft über Ehemänner und Kinder angeeignet hatten.

Dann ermahnte ich mich, meine Fantasie nicht mit mir durchgehen zu lassen. Annabel war wahrscheinlich nur müde von den Vorbereitungen auf die üblichen Festlichkeiten zu Weihnachten. Und was ihre Alkoholfahne anging – nun, vielleicht hatte sie zum Mittagessen etwas getrunken. Das war durchaus nichts Ungewöhnliches, vor allem in der Weihnachtszeit, und solange sie sich nicht hinters Steuer setzte, ging es mich nichts an. Ich wandte meine Aufmerksamkeit wieder meiner Mutter zu, die endlich mit der Schilderung ihrer Einkaufstour fertig war und nun von einer Party zu berichten schien, die sie gemeinsam mit Annabel organisierte.

„… also habe ich zu Annabel gesagt, sie solle sich keine Sorgen machen, du würdest ihr sicher helfen -"

„Entschuldige, Mutter, wobei helfen?"

„Mit den Häppchen für die Teeparty, Schatz! Die Caterer haben Annabel sitzen lassen, was äußerst ärgerlich ist, und nun haben wir für die Kinder und die anderen Gäste nichts zu essen."

„Ihre Absage kommt sehr ungelegen", pflichtete Annabel ihr bei. Ihre leise, hauchige Stimme klang, als wollte sie sich unablässig entschuldigen. „Ich habe vergeblich herumtelefoniert, aber so kurzfristig ist es nicht leicht, einen Ersatz zu finden. Die Party ist schon übermorgen. Ich könnte natürlich auch etwas anderes anbieten, aber nun sind alle Einladungen verschickt und die Leute erwarten einen traditionellen Afternoon Tea, mit Kuchen und Scones und Teesandwiches und was sonst noch dazugehört." Sie seufzte. „Ich möchte die Gäste ungern enttäuschen, die Party soll ein voller Erfolg werden. Wir veranstalten so etwas zum ersten Mal, ich hoffe sehr, dass die Teeparty künftig zu einem festen Punkt im Jahresprogramm wird."

„Ähm, es handelt sich um eine weihnachtliche Teeparty, stimmt's?" Irgendwie musste ich die Informationslücke überspielen, da ich nicht zugehört hatte.

Annabel nickte. „Ja. Haben Sie schon mal von der Sinterklaas-Stiftung gehört? Es ist eine wohltätige Organisation für die Kinder armer Familien. Viele Eltern können sich ein Weihnachtsfest, wie wir es kennen, kaum leisten, bei knappen Kassen ist selbst ein kleines Geschenk für jedes Kind eine Herausforderung. Letztes Jahr haben wir Spenden gesammelt, für alle Kinder Geschenke gekauft und sie rechtzeitig zu Weihnachten verteilt. Aber dieses Jahr dachte ich: Warum laden wir sie nicht zu einer richtigen Weihnachtsfeier ein? Wegen der Kinder habe ich mich für eine Teeparty entschieden statt für eine Dinnerparty, mit all den traditionellen Köstlichkeiten wie Mince Pies und Plumpudding. Christmas Crackers und Partyspiele dürfen natürlich auch nicht fehlen, und dann bekommt jedes Kind einen Weihnachtsstrumpf mit Geschenken. Auf diese Weise können sie ein Weihnachtsfest erleben, wie es für die meisten von uns selbstverständlich ist.“

„Das klingt wunderbar.“ Ich fand ihre Großzügigkeit anrührend.

„Aber nun haben mich die Caterer sitzen lassen, doch als mir Ihre Mutter erzählte, dass Sie einen Tearoom führen, der für die besten Scones in ganz Oxfordshire bekannt ist, war ich begeistert.“

„Danke“, sagte ich mit verlegenem Lachen. „Ja, unsere Scones sind gewissermaßen unser Aushängeschild. Sie sind sehr beliebt. Allerdings kann ich den Ruhm nicht für mich beanspruchen, ich backe nicht selbst. Das erledigt unsere Konditorin Dora, eine wundervolle Frau aus dem Dorf, die alle unsere Backwaren herstellt.“

„Können Sie mir helfen?“ Annabel sah mich bittend an.

Ich lächelte sie an. „Ja, sehr gerne. Ich muss mich mit Dora abstimmen, wenn Sie mir sagen, wie viele

Gäste Sie erwarten. Ich gehe jedoch davon aus, dass wir das stemmen können." Ich überlegte einen Moment, dann fuhr ich fort: „Brauchen Sie sonst noch etwas Weihnachtliches? Wir haben Mince Pies auf der Speisekarte, aber Plumpudding bieten wir leider nicht an."

„Oh, selbst gemachte Mince Pies wären fantastisch! Und machen Sie sich wegen des Christmas Puddings keine Sorgen, darum kümmere ich mich", meinte Annabel. „Überhaupt glaube ich, dass die traditionellen Köstlichkeiten eher etwas für die Erwachsenen sind. Die Kinder möchten wahrscheinlich lieber Zuckerstangen und Schokolade. Dabei fällt mir ein - könnten Sie vielleicht Mousse au Chocolat machen? Die ist wohl mehr nach dem Geschmack der Kinder als Plumpudding."

„Ja, das dürfte kein Problem sein. Ich weiß, dass Dora ein spezielles Rezept für Mousse au Chocolat hat, und sicher kann sie ihr einen weihnachtlichen Touch geben." Ich lächelte. „Ich könnte mir vorstellen, dass die Herausforderung ihr Spaß macht."

Kurze Zeit später saßen wir vor einem opulenten Afternoon Tea ähnlich dem, den ich am Nachbartisch gesehen hatte. Ich interessierte mich vor allem für die Scones, die mit kleinen Töpfchen voller Erdbeermarmelade, Lemon Curd und Clotted Cream serviert wurden. Sie waren leicht, locker und köstlich, doch ich stellte zufrieden fest, dass wir in unserer Teestube bessere Scones anboten. Die Auswahl an Tee war jedoch beeindruckend. Er wurde in weißen Porzellankannen aufgegossen und für jede Sorte gab es ein eigenes Teesieb.

Während uns die Kellnerin bediente, sagte Annabel lächelnd: „Gemma, Sie können sich nicht vorstellen, welche Last mir von den Schultern fällt. Man organisiert und tut und macht, und doch geht im letzten Moment etwas schief. Diese Woche kam es wirklich knüppeldick. Erst ging die Zentralheizung kaputt, dann haben die Caterer abgesagt und zu allem Überfluss hat meine Haushälterin fristlos gekündigt. Sie ist seit Jahren bei uns, ich weiß gar nicht, wie es ohne sie weitergehen soll. Ihre Kündigung hätte zu keinem ungünstigeren Zeitpunkt kommen können. Wir haben natürlich Personal für die groben Arbeiten im Haus und Garten, aber ich habe mich immer auf Mrs Simms verlassen. Sie hatte alles im Griff - die Küche, die Speisekammer, die Zubereitung der Mahlzeiten, auch wenn wir Gäste hatten. Gerade jetzt an Weihnachten, wenn wir die Teeparty ausrichten ... Und über die Feiertage bekommen wir Übernachtungsbesuch!"

„Sie kann doch nicht von einer Minute zur anderen kündigen!" Meine Mutter klang ehrlich empört.

„Nun, sie spricht schon eine ganze Weile davon, dass sie sich eine Stelle in Yorkshire suchen will, weil sie in der Nähe ihrer alten Mutter sein möchte. Ich hatte allerdings gehofft, dass sie mindestens noch ein Jahr bei uns bleiben würde. Doch dann hatte ihre Mutter letzte Woche einen Schlaganfall, und wie es aussieht, wird sie rund um die Uhr betreut werden müssen, bis sie wiederhergestellt ist. Also fand Mrs Simms, sie könne ebenso gut sofort nach Yorkshire ziehen. Sie möchte das Weihnachtsfest mit ihrer Mutter verbringen und ich wollte ihr nicht im Weg stehen. Sie wird noch heute abreisen." Annabel seufzte. „Ich weiß wirklich nicht, wie ich ohne sie zurechtkommen soll."

„Hast du es bei einer Vermittlungsagentur versucht?", fragte meine Mutter. „Dort würde man dir sicher helfen, jemanden zu finden."

„Natürlich habe ich sofort herumtelefoniert, doch um die Weihnachtszeit ist es schwierig, Personal zu finden. Die meisten Leute nehmen sich frei, weil sie das Fest bei ihren Familien verbringen wollen. Und die wenigen Mädchen, die zur Verfügung standen, waren schrecklich jung – kaum älter als zwanzig. Eigentlich hatte ich gehofft, jemand älteren zu finden, etwas reifer und verlässlicher." Annabel seufzte erneut.

„Bei der Teeparty kann ich Ihnen zur Hand gehen", bot ich an. „Ich muss sowieso die Backwaren anliefern. Und hinterher könnte ich beim Aufräumen helfen."

„Oh, das ist sehr nett von Ihnen – danke!", sagte Annabel

„Ich bin sicher, Müsli kann bei Cassie bleiben ...",

überlegte ich.

„Müsli?"

„Meine Katze", erläuterte ich. „Sie kommt normalerweise morgens mit in die Teestube und abends nehme ich sie wieder mit nach Hause. Aber wenn ich den ganzen Nachmittag und Abend bei Ihrer Teeparty bin, müsste ich meine Freundin bitten, sie zu meinem Cottage zu bringen oder sie über Nacht zu sich mitzunehmen."

„Warum nimmst du Müsli nicht mit nach Thurlby Hall, Schatz?", schlug meine Mutter vor. Zu Annabel gewandt sagte sie stolz: „Müsli ist eine geprüfte Therapiekatze, musst du wissen. Die Kinder wären sicher begeistert."

„Tatsächlich? Das wäre fantastisch", rief Annabel. Ihre Augen leuchteten. „Für die Kinder gibt es nichts Schöneres als eine Katze, die sie streicheln und mit der sie kuscheln können." Sie lächelte verlegen. „Um ehrlich zu sein, würde ich mich mindestens ebenso freuen. Ich liebe Katzen! Ich wünschte, ich könnte eine haben, aber mein Mann hasst sie."

„Allerdings kann Müsli ziemlich frech sein", sagte ich. „Sie kennt keine Scheu und ist sehr neugierig. Und sie streift überall herum, wo sie nichts zu suchen hat."

„Oh, das ist bestimmt kein Problem." Annabel machte eine beschwichtigende Geste. „Machen Sie sich deswegen bitte keine Sorgen. Im Haus wird sowieso ein heilloses Durcheinander herrschen, wenn die Kinder dort herumtoben. Mit Ihrer Katze wird es noch schöner, das glaube ich bestimmt."

„Nun, wenn Sie meinen ...", sagte ich zweifelnd.

„Ja, unbedingt. Sie müssen Müsli mitbringen", beharrte Annabel. Sie lächelte voller Vorfreude. „Ich freue mich so darauf, sie kennenzulernen."

# Kapitel 4

Und so stand ich zwei Tage später mit einem unguten Gefühl in der Magengegend auf der Türschwelle von Thurlby Hall. Annabel selbst öffnete uns. Sie strahlte über das ganze Gesicht, als sie die Transportbox sah, die ich dabeihatte.

„Gemma, wie schön, Sie zu sehen! Und das ist Ihre kleine Katze?" Sie beugte sich hinunter und spähte durch die Gitterstäbe. „Oh, die ist aber hübsch! Diese großen grünen Augen und die schwarze Zeichnung drumherum, wie Eyeliner. Und das niedliche rosa Näschen!"

Ich schaute Annabel überrascht an. Sie war wie ausgewechselt, ganz anders als die zurückhaltende, sehr kontrolliert wirkende Frau, die ich vor zwei Tagen im Randolph kennengelernt hatte. Wenn die

Anwesenheit einer Katze einen solchen Unterschied bewirkte, war es eine Schande, dass sie sich keine anschaffen durfte.

„*Miau?*", machte Müsli vorlaut und Annabel lachte erneut.

„Oh, die Kinder werden sie lieben!", sagte sie. Dann schlang sie zitternd vor Kälte die Arme um sich. „Kommen Sie doch ins Haus – hier draußen ist es eisig! Wie es aussieht, ist der angekündigte Schnee endlich da."

Tatsächlich hatte der Himmel eine ungewöhnliche rosa Farbe angenommen, am Horizont zogen bedrohlich tiefe Wolken auf und ein paar weiße Flocken segelten durch die frostige Luft.

„Ja, und auf den Straßen droht ohnehin Chaos, weil so viele Leute unterwegs sind. Ich wage nicht daran zu denken, was passiert, wenn der Schneefall heftiger wird", sagte ich und schnitt eine Grimasse. „Wir sind so spät dran, weil wir falsch abgebogen und auf der Umgehungsstraße gelandet sind, wo sich kurz zuvor ein Unfall ereignet hatte, sodass wir im Stau standen."

„Wo ist Evelyn?", fragte Annabel.

Ich deutete auf den Wagen, der rückwärts in eine Lücke vor dem Herrenhaus fuhr. „Sie parkt gerade das Auto. Ich habe kein eigenes, deshalb war ich froh, dass meine Mutter mich mitnehmen konnte. Ich dachte, ich bringe zuerst Müsli ins Haus und hole dann das Essen."

„Oh, natürlich, kommen Sie rein." Annabel führte

mich ins warme Haus. „Oh je, ich hoffe, das Wetter hält die Kinder und ihre Eltern nicht davon ab zu kommen. Sie wohnen alle in der Nähe, also haben sie hoffentlich keine allzu großen Schwierigkeiten - vorausgesetzt, die Straße durch das Tor wird später nicht zugeschneit. Das ist der einzige Weg zum und vom Anwesen."

Ich folgte ihr in die riesige Eingangshalle, die fast so groß war wie eine kleine Hotellobby, und sah mich ehrfürchtig um. Der Boden war mit schwarzen und weißen Kacheln ausgelegt, eine Holztreppe mit geschnitztem Geländer führte ins obere Stockwerk und ein riesiger Kristalllüster, passende Wandleuchten, eine Standuhr mit einem majestätisch schwingenden Pendel und ein montierter Hirschkopf, der von der gegenüberliegenden Wand herabstarrte, unterstrichen den prunkvollen Eindruck. Alles wirkte verschwenderisch, opulent und geschichtsträchtig. Nur eine minimalistische Uhr aus Edelstahl, die an der Wand neben der Eingangstür hing, fiel aus dem Rahmen. Annabel sah meinen Blick und lächelte verlegen.

„Ja, ich weiß - sie passt nicht ganz zur Einrichtung. Die vorherige Uhr war uralt, und als sie repariert werden musste, dachte ich, dass ich lieber etwas Modernes haben möchte. Ich liebe dänisches Design, und diese Uhr gefällt mir, weil sie so schlicht ist", sagte sie und deutete auf das weiße Zifferblatt, auf der nur die Zeiger, aber keine Zahlen zu sehen waren. „Ich … ich wohne auch hier und möchte etwas von meiner Persönlichkeit einbringen“, fügte sie in einem leicht trotzigen Tonfall hinzu, der mich ein wenig nachdenklich machte.

„Oh, mit ihrer Einfachheit und Eleganz passt sie gut hierher“, versicherte ich ihr. Aus einer Tür zu meiner Rechten drangen aufgeregte Stimmen. „Sind die Kinder schon da?“, fragte ich.

„Einige sind früher gekommen. Ich glaube, sie waren so aufgeregt, dass sie nicht mehr warten konnten“, sagte Annabel mit einem Lächeln. „Ich habe sie in die Bibliothek gebracht, sie ist weihnachtlich geschmückt und dort steht auch der Baum.“ In der Eingangshalle deuteten nur ein paar Girlanden aus Stechpalmen und Efeu auf das bevorstehende Fest hin. Mit einem Blick auf die spärliche Dekoration erklärte sie: „Mein Vater wollte nicht, dass ich mich hier austobe, aber die Bibliothek durfte ich so schmücken, wie ich wollte.“

Ich schaute sie neugierig an. Ich hatte angenommen, dass Annabel in diesem Haushalt die Zügel in der Hand hielt, doch sie klang fast wie ein Teenager, der seine Eltern bei allem um Erlaubnis bitten muss.

„Ich hoffe, ich habe es nicht übertrieben“, fuhr Annabel mit einem verlegenen Lächeln fort, während sie mich in Richtung Bibliothek führte. „Ich wollte nicht, dass es aussieht wie die Grotte des Weihnachtsmanns im Einkaufszentrum, aber ich dachte, die Kinder würden sich über die traditionelle

Atmosphäre freuen. Den Tee sollten wir allerdings im Esszimmer servieren, auf der anderen Seite der Eingangshalle."

„Gut, ich hole das Essen und bringe es dort hin." Ich hielt die Transportbox hoch. „Wenn es Ihnen nichts ausmacht, einen Moment auf Müsli aufzupassen, gehe ich kurz nach draußen und lade das Auto aus."

„Natürlich", sagte Annabel und nahm die Transportbox mit leuchtenden Augen entgegen. „Und bitten Sie Mrs Holmes, Ihnen zu helfen. Sie ist meine neue Haushälterin. Sie ist in der Küche."

„Oh, haben Sie also jemanden gefunden?"

„Ja, Gott sei Dank. Nach unserem Besuch im Randolph rief mich abends die Personalvermittlung an. Sie hatten gerade eine neue Bewerbung hereinbekommen. Es ist zwar kein unbefristeter Vertrag - Ellen Holmes wollte nur eine kurzfristige Beschäftigung über die Feiertage -, aber ich hoffe, dass ich im neuen Jahr mit ihr sprechen kann. Vielleicht gelingt es mir, sie zum Bleiben zu bewegen. Sie wäre der perfekte Ersatz für Mrs Simms, das zeigt sich jetzt schon."

Aufgeregtes Rufen unterbrach uns, als wir die Bibliothek betraten und die Kinder die Transportbox sahen.

„Oh! Ist das eine Miezekatze?"

„Ich will sie streicheln!"

„Ich auch! Ich auch!"

Im Nu war Annabel von Kindern umringt, die

Müsli unbedingt auf den Arm nehmen wollten, während ihre Eltern lächelnd zusahen. Sie öffnete die Transportbox, und meine kleine getigerte Katze kam heraus. Ihre Schnurrhaare zitterten vor Aufregung, als sie all die fremden Gesichter um sich herum musterte. Es dauerte nicht lange, bis sich ein Dutzend kleiner Hände nach ihr ausstreckten, die eifrig nach ihr griffen, um sie zu streicheln. Müsli lief im Kreis herum und genoss die Aufmerksamkeit.

„Oh, sie ist ein Naturtalent." Annabel beobachtete sie begeistert.

Ich lachte. „Ja, Müsli liebt es, gestreichelt zu werden."

Ich sah mich in der Bibliothek um. Der Weihnachtsbaum an der Tür war wunderschön geschmückt, an den Bücherregalen und an der Decke waren Silbergirlanden drapiert, in der Ecke stand eine große Krippe, daneben waren bunt verpackte Geschenke aufgestapelt und am Kamin hingen prall gefüllte Weihnachtsstrümpfe. „Dieser Raum sieht toll aus! Sie haben fantastische Arbeit geleistet."

Annabel errötete vor Freude, obwohl sie wieder in diesem kontrollierten Tonfall sprach, der wenig Emotionen verriet. „Ich danke Ihnen."

„Es ist wirklich beeindruckend, was Sie alles für diese Kinder tun", fügte ich aus vollem Herzen hinzu.

Annabel lächelte wehmütig. „Es ist schön, Kinderstimmen und Lachen im Haus zu hören. Ich habe immer das Gefühl, dass Weihnachten etwas fehlt, wenn keine Kinder dabei sind. Wir bemühen uns zwar jedes Jahr, das Fest so zu feiern, wie es hierzulande üblich ist, mein Vater legt sehr viel Wert auf Traditionen. Aber nur mit ein paar Erwachsenen wirkt es immer ein bisschen steif, sogar … ein wenig albern. Mein Vater besteht zum Beispiel darauf, dass wir für jedes Familienmitglied Strümpfe aufhängen, und ich habe das immer getan, um ihn bei Laune zu halten, aber es kommt mir etwas lächerlich vor."

Ich folgte ihrem Blick zu den fünf Strümpfen aus rotem Samt, die am Kaminsims hingen. Auf die Vorderseite war jeweils ein Name gestickt: Hugh, Edward, Annabel, Julian und Richard.

„Haben Sie vier Brüder?", fragte ich.

Sie schüttelte den Kopf. „Hugh ist mein Vater und Richard ist mein Mann. Er bekommt immer einen Strumpf, auch wenn er sich jedes Jahr darüber lustig macht."

„Ah. Und tun Ihre Brüder Edward und Julian das auch?"

„Julian ist mein Cousin. Er kommt heute und bleibt über Weihnachten, also werden Sie ihn kennenlernen. Ich habe den Wagen geschickt, um ihn abzuholen; er wohnt in Oxford - er ist Dozent an einem der Colleges dort -, aber er verbringt Weihnachten immer bei uns. Er ist Junggeselle, wissen Sie, und wir standen uns als Kinder sehr nahe. Er hat damals viel Zeit hier in Thurlby Hall verbracht. Nicht, dass wir zusammen gespielt hätten, Julian war eher ein bisschen unnahbar und recht reif für sein Alter", fuhr Annabel mit einem schiefen Lächeln fort. „Aber er gehört eben zur Familie. Er ist der Erbe meines Vaters, da bei uns der Titel und das Anwesen an die männliche Linie vererbt werden."

„Ach? Aber ich dachte, heutzutage dürfte ein Gutsbesitzer in seinem Testament selbst festlegen, wen er als Erben einsetzt."

„Ja, aber mein Vater ist sehr altmodisch und konservativ. Er ist ein leidenschaftlicher Verfechter der männlichen Primogenitur und ist überzeugt, dass die alten englischen Gesetze aufrechterhalten werden sollten. Außerdem mag er Julian und ich muss zugeben, dass mein Cousin der ideale Nachfolger für das Anwesen ist. Er teilt die Vorliebe meines Vaters für Pomp und Zeremonien, und der Status und der Titel der Familie bedeuten ihm sehr viel, ebenso wie die jahrhundertealten Traditionen."

Ich betrachtete die Frau neben mir neugierig und fragte mich, wie sie über die Aussicht dachte, Haus und Erbe zu verlieren, nur weil ihr Vater sich weigerte, es an seine eigene Tochter weiterzugeben. Wie immer verriet Annabels Gesicht keine Regung. Dann erinnerte ich mich an den letzten Strumpf am Kaminsims.

„Was ist mit Ihrem Bruder? Würde er nicht den Titel und das Anwesen erben?"

„Edward ist tot", sagte Annabel leise. „Vater besteht darauf, dass ich trotzdem jedes Jahr einen Strumpf für ihn aufhänge." Während sie sprach, huschte eine Gefühlsregung über ihr Gesicht, aber sie war so schnell wieder verschwunden, dass ich dachte, ich hätte es mir eingebildet.

„Oh. Ähm ... und ich nehme an, Sie haben keine Söhne, die erben könnten?", fragte ich. Eigentlich wollte ich nur die peinliche Stille irgendwie überbrücken.

„Ich habe überhaupt keine Kinder." Annabels Blick wanderte zu den lachenden Kindern am anderen Ende des Raumes und ihr Lächeln wirkte etwas gezwungen. „Wir haben es versucht. Aber es hat nicht sollen sein ..."

„Oh." Ich verfluchte mich insgeheim für meine Taktlosigkeit. Natürlich - wenn sie Kinder hätte, würden deren Strümpfe ebenfalls am Kaminsims hängen.

Während ich krampfhaft überlegte, wie ich das Thema wechseln sollte, drang fröhliches Gelächter an unser Ohr. Die Kinder und ihre Eltern drängten sich aufgeregt schwatzend um die Krippe in der Ecke und zeigten auf etwas. Wir gingen hinüber und sahen, dass sie den fast lebensgroßen, mit Stroh gefüllten Stall anstarrten, in dem eine Kuh, ein Schaf und ein Esel zärtlich auf die Krippe blickten – in der sich eine grau getigerte Katze zusammengerollt hatte, auf der Jesusfigur aus Keramik.

„Müsli!", rief ich entsetzt. „Was machst du da?"

„Sie zerquetscht das Jesuskind", antwortete eines der Kinder.

Ich hob meine Katze heraus und setzte sie auf den

Boden, aber sie sprang mit leisem Miauen sofort wieder zurück in die Krippe. Ich versuchte es noch einmal, doch Müsli wollte unbedingt in die Krippe. Mit etwas Zappeln und Rutschen gelang es ihr, die Keramikfigur zur Seite zu schieben, sodass sie sich bequemer zusammenrollen konnte. Die Kinder kicherten, während ich vor Verlegenheit rot wurde.

„Es tut mir so leid", sagte ich verschämt zu Annabel und griff nach unten, um Müsli ein weiteres Mal herauszuheben.

„Ach, lassen Sie sie doch." Annabel kicherte. „Sie sieht so süß aus, wie sie da liegt. Und ich weiß, dass Katzen sehr hartnäckig sein können, wenn sie sich etwas in den Kopf gesetzt haben."

„Das können Sie laut sagen", erwiderte ich mit einem grimmigen Blick auf Müsli.

Sie schnippte nur kurz mit der Schwanzspitze und begann dann, zufrieden zu schnurren. Ich verdrehte resigniert die Augen und verließ die Bibliothek, um das Essen zu holen. Annabel folgte mir.

„Sie brauchen Mrs Holmes nicht zu bemühen. Ich werde Ihnen beim Tragen helfen. Ich habe sowieso nichts weiter zu tun, außer auf die Ankunft der Gäste zu warten."

Nach ein paar Touren hatten wir alle Schüsseln, Teller und Platten ins Haus getragen und alles im Esszimmer aufgebaut. Ich ließ stolz den Blick über den langen Mahagonitisch schweifen: Dora hatte sich selbst übertroffen. Außer unseren berühmten

Scones gab es Victoria Sponge Cakes, Teesandwiches, Chelsea Buns, Obsttörtchen und eine ganze Pyramide von Mince Pies, die mit Puderzucker bestäubt waren. Annabel stellte die große Schüssel mit Mousse au Chocolat neben einen riesigen Christmas Pudding. Sie war mit Schlagsahne und Zuckerstangen dekoriert.

Der Plumpudding sah wirklich beeindruckend aus: dunkel, saftig und reichhaltig, mit dem typischen Stechpalmenzweig oben drauf.

„Der ist fantastisch!", sagte ich voller Bewunderung.

„Ja, zum Glück befolgt Mrs Simms die Traditionen und bereitet die Plumpuddings am Sonntag vor dem ersten Advent zu. Dann sind sie zu Weihnachten richtig durchgezogen. Sie hat uns ein paar dagelassen. Mein Vater liebt Plumpudding, wir heben sie also nicht nur bis zum Weihnachtsessen auf, sondern essen schon in den Tagen vor dem Fest davon."

Annabel ging zu einem Beistelltisch und hob einen Karton mit Imitationen von Stechpalmenbeeren und überfrosteten Tannenzapfen, Efeuranken, Flittergirlanden und Sternen aus Goldfolie hoch. „Ich habe etwas von der Weihnachtsdekoration für den Tisch aufgehoben."

„Das ist eine tolle Idee!"

Gemeinsam schmückten wir den Tisch, auf dem das Buffet aufgebaut war.

„Hmm, jetzt brauchen wir nur noch ein paar

Teelichter zwischen den Tellern, damit alles schön leuchtet", überlegte Annabel und betrachtete den Tisch. „In dem Schrank im Vorzimmer nebenan müssten welche sein; wir haben einen Vorrat an Kerzen in verschiedenen Größen. Helfen Sie mir, welche zu holen?"

Sie ging voraus zu einer geschlossenen Tür auf der anderen Seite des Esszimmers. Ich folgte ihr und wollte gerade eintreten, als Annabel mit einem unterdrückten Aufschrei wie angewurzelt stehen blieb.

Als ich ihr über die Schulter schaute, sah ich im Vorzimmer einen Mann und eine Frau in einer leidenschaftlichen Umarmung. Ihr Rock war hochgeschoben und seine Hand steckte in ihrer aufgeknöpften Bluse. Sie fuhren auseinander und sahen uns mit geröteten Wangen und trotzigem Blick an.

Annabel war leichenblass geworden. Einen Moment lang schien sie wie erstarrt. Dann sagte sie mit ihrer sorgsam modulierten, emotionslosen Stimme: „Gemma, dies ist mein Mann – Richard Floyd."

# Kapitel 5

Die peinliche Stille, die nun folgte, war unerträglich. Ich wusste nicht, wohin ich schauen oder wie ich mich verhalten sollte. Schließlich konnte ich kaum so tun, als hätten wir den Mann nicht in flagranti erwischt; ich konnte ihm also unmöglich die Hand schütteln, als seien wir uns gerade auf einer Cocktailparty vorgestellt worden.

Es wäre beinahe einfacher gewesen, wenn Annabel laut gekreischt, ihrem Mann eine Szene gemacht und sich so benommen hätte, wie man es von einer Frau erwartete, die ihren Gatten dabei ertappte, wie er eine andere begrapschte. Dass er die Frechheit besaß, dies zu tun, während seine Frau im Nebenzimmer war, machte die ganze Sache noch schlimmer. Annabel stand jedoch starr mit unbewegter Miene wie eine Statue, als ginge sie das alles nichts an. Ich warf ihr einen zweifelnden Blick zu. Trieb sie es nicht ein bisschen zu weit mit der berühmten britischen „Stiff Upper Lip" und dem Gebot, keinerlei Gefühlsregung erkennen zu lassen?

Es war die andere Frau, die das Schweigen schließlich brach. Mit einem nervösen Kichern sagte sie: „Ich wollte dich gerade fragen, ob du Hilfe beim Buffet brauchst, Annabel, Liebes." Sie zupfte ihre Kleidung zurecht und richtete ihre Frisur. „Aber wie ich sehe, hast du schon jemanden, der dir hilft. Nun, dann laufe ich schnell nach oben und schaue nach Hugh. Vielleicht hat er Lust, herunterzukommen und sich unter die Partygäste zu mischen. Der Arme sah heute früh ein bisschen mitgenommen aus. Etwas Zeit mit den Kindern würde ihm sicher guttun."

Lächelnd, als könnte sie kein Wässerchen trüben, tänzelte sie an uns vorbei durch eine Seitentür, die vom Vorzimmer direkt in die Eingangshalle führte. Ihre Dreistigkeit machte mich sprachlos und ich fragte mich, wer um alles in der Welt sie war. Ihrem Auftreten nach gehörte sie zum Haushalt, doch Annabel hatte bisher keine weitere Frau auf Thurlby Hall erwähnt. Sie war viel jünger – ich schätzte sie auf Anfang oder Mitte dreißig – und strahlte eine eiserne Härte aus, die nur oberflächlich von einer gewissen Attraktivität überdeckt wurde. Ihr blondes Haar war fachmännisch gefärbt worden, ihre Fingernägel waren sorgfältig manikürt und ihre

Kleidung sah aus, als komme sie direkt aus Paris. Und trotzdem war da etwas Gewöhnliches und Billiges an ihr. Dennoch kam ich nicht umhin, die Geschmeidigkeit zu bewundern, mit der sie die peinliche Situation bewältigt hatte.

Ich wollte gerade ihrem Beispiel folgen, als Richard Floyd ein freudloses Lachen ausstieß und mit verächtlicher Stimme sagte: „Und du gibst wie immer die Schneekönigin, nicht wahr?"

Ohne ein weiteres Wort an Annabel durchquerte er mit großen Schritten den Raum und verschwand durch dieselbe Tür wie die blonde Frau.

Erneut breitete sich verlegenes Schweigen aus. Einen Augenblick lang dachte ich, Annabels starre Fassade würde Risse bekommen, doch sie atmete tief durch, straffte die Schultern und ging zu einem Schrank, in dem sie eine Weile ziellos herumzusuchen schien, bevor sie ein Päckchen Teelichter hervorzog. Hoch erhobenen Hauptes ging sie zurück ins Esszimmer. Ich folgte ihr und sah zu, wie sie die kleinen Kerzen anzündete, sie in kleine Gläser steckte und sie auf dem Buffettisch verteilte. Ihr Schweigen und ihre unnatürliche Ruhe machten mir allmählich Sorgen. Ich hatte das Gefühl, als müsste ich etwas sagen, ihr moralische Unterstützung anbieten, doch zugleich ließ mich ihre Haltung zögern. Sie war schließlich eine Kundin, keine Freundin, und vielleicht war es schlimm genug, dass ich Zeugin dieser erniedrigenden Szene geworden war. Da musste ich mich nicht auch noch dazu äußern.

Annabel stellte das letzte Teelicht ab, dann ging sie mit unsicherem Schritt zum Getränkeschrank in der Ecke.

„Wie ... wie wär's mit einem Drink?", sagte sie mit gezwungener Heiterkeit. Ohne meine Antwort abzuwarten, griff sie sich eine Flasche Whisky und goss sich eine großzügige Portion in ein Glas, das sie mit einem Schluck leerte. Sie schüttete sich sofort nach und sah mich erwartungsvoll an.

„Ich ... äh ..." Ich zögerte. Ich wusste, dass ich nicht viel vertrug, aber dennoch ... war es nicht zu früh am Tag für die harten Sachen? „Danke, aber ich glaube, ich hole mir lieber einen Softdrink aus der Küche. Damit ich später beim Abwaschen einen klaren Kopf habe."

Annabel schien meinen schwachen Versuch, witzig zu sein, gar nicht wahrzunehmen. Sie kippte ihren zweiten Whisky hinunter und goss sich gleich den dritten ein. Ich wollte protestieren, doch bevor ich etwas sagen konnte, ertönte aus den Tiefen des Hauses das herrische Läuten einer Glocke. Annabel zuckte zusammen.

„Das ist Daddy", hauchte sie. „Sicherlich braucht er etwas. Ich ... ich muss zu ihm."

Ohne eine Antwort abzuwarten, verließ sie den Raum und rannte die Treppe hoch. Ich sah ihr nach, dann warf ich einen letzten Blick auf den Tisch im Esszimmer und ging in die Eingangshalle zurück. Dort waren die restlichen Kinder und ihre Eltern eingetroffen und es herrschte lebhaftes, fröhliches Gedränge. Zu meiner Überraschung sah ich meine Mutter bei vier alten Damen stehen, die ich nur zu gut kannte: Mabel Cooke, Glenda Bailey, Florence Doyle und Ethel Webb, die liebevoll „die Silberlocken" genannt wurden – natürlich nur hinter ihrem Rücken.

„Hallo", begrüßte ich sie. Ich blinzelte verwirrt, als ich ihren Aufzug sah. Die Silberlocken wirkten, als hätten sie sich im Dunkeln angezogen und zwar in einem Geschäft, das sich auf weihnachtliche Secondhand-Kleidung spezialisiert hatte. Sie trugen scheußliche Weihnachtspullover in grellem Rot und Grün, Socken mit Weihnachtsmotiven, die nicht zueinander passten, und zu allem Überfluss baumelten an ihren Ohren große, glänzende Weihnachtskugeln.

„Hallo, Gemma, Liebes", begrüßte mich Mabel mit ihrer dröhnenden Stimme. „Deine Mutter hat uns erzählt, dass du das Catering für die Teeparty übernimmst. Ich weiß, dass du keinen Christmas Pudding anzubieten hast, da Dora beschlossen hat, keinen für die Teestube zu machen - obwohl ich ihr gesagt habe, dass Plumpudding auf einer weihnachtlichen Speisekarte nicht fehlen darf, aber natürlich wissen manche Leute gut gemeinte Ratschläge einfach nicht zu schätzen."

Sie schniefte missbilligend, und ich musste mir ein Lächeln verkneifen. Als Wortführerin der Silberlocken war Mabel es gewöhnt, den Ton anzugeben, und sie hatte es gar nicht gerne gesehen, dass unsere Konditorin Dora in der Teestube Fuß gefasst und Mabel von dieser Position verdrängt hatte. Seitdem versuchten die beiden Frauen ständig, sich gegenseitig zu übertrumpfen, während ich, ohne es zu wollen, zwischen ihnen stand.

„Wie auch immer, ich habe dir einen meiner eigenen Christmas Puddings mitgebracht."

Mabel hielt mir einen Teller entgegen. Ich starrte auf die mit Silberfolie bedeckte Masse.

„Oh ... äh ... danke", sagte ich und nahm den Teller entgegen, hob vorsichtig die Folie an und schreckte dann vor den alkoholischen Dämpfen zurück, die von dem dunklen Klumpen ausgingen. *Puh! Wie viel Brandy hatte Mabel in diesem Ding versenkt?* Hustend deckte ich die Folie wieder darüber. „Ähm ... Das ist wirklich nett von Ihnen, Mabel. Die Sache ist die ... Annabel hat schon einige Christmas Puddings. Ihre frühere Haushälterin hat sie zubereitet, bevor sie gekündigt hat, es ist also genug für alle da."

„Annabels Haushälterin ist sicher eine sehr tüchtige Frau, aber meine Plumpuddings sind anders", erwiderte Mabel.

*Ja, und die versetzen alle ins Koma,* dachte ich.

Zum Glück meldete sich in diesem Moment meine Mutter zu Wort: „Wenn Gemma den Pudding nicht braucht, Mabel, dann nehme ich ihn gerne. Wir bekommen Verwandte aus den Staaten zu Besuch, und sie probieren sicher gerne ein paar traditionelle englische Weihnachtsleckereien. Bisher bin ich noch nicht dazu gekommen, einen Pudding für das Weihnachtsessen zu organisieren – das wäre also perfekt."

Mabel sah zufrieden aus, und ich reichte den Teller erleichtert an meine Mutter weiter. Dann fragte ich mit einem weiteren ungläubigen Blick auf den schrillen Aufzug der Silberlocken: „Was machen Sie denn hier?"

„Wir sind zum Singen gekommen", antwortete Ethel aufgeregt.

Glenda nickte eifrig, ihre faltigen Wangen leuchteten pink von dem vielen Rouge, das sie aufgetragen hatte. „Ja, Annabel hat die ‚Twelve Greys of Christmas' eingeladen, um die Kinder bei der Teeparty zu unterhalten."

„Aber die anderen konnten nicht kommen, also sind wir heute nur zu viert", fügte Florence hinzu, die ein wenig besorgt dreinschaute.

„Das macht nichts." Mabel wedelte ihre Sorgen mit einer lässigen Handbewegung beiseite. „Wir sind die Gründerinnen der Gruppe und damit die wichtigsten Mitglieder. Und ich bin sicher, dass Gemma einspringen und beim Singen helfen kann, wenn -"

„Ich? Oh nein … nein …", protestierte ich. „Ich kann überhaupt nicht singen."

„Wenn Gemma mitmacht, wären wir vier Graue und eine Braune", wandte Florence mit einem Blick auf meinen jungenhaften Kurzhaarschnitt ein.

„Aber Gemma ist nicht richtig gekleidet. Sie braucht einen Weihnachtspulli und ein paar Ohrringe mit Kugeln", fügte Glenda hinzu und beäugte mich kritisch.

„Ich habe zu Hause noch ein paar selbst gestrickte Pullover, aber ich glaube, die Zeit reicht nicht, um sie jetzt zu holen." Ethel war betrübt. „Wie schade. Der mit den beiden Schneemännern, die sich küssen, hätte perfekt zu dir gepasst, meine Liebe … oder der mit dem Rentiergesicht auf der Vorderseite."

„Ähm … das hört sich ja ganz nett an, aber … ähm … ich brauche keinen Weihnachtspulli, vielen Dank", sagte ich hastig. „Ähm … was singen Sie denn heute?"

„Bewährte, traditionelle Weihnachtslieder", antwortete Mabel entschlossen. „Nichts von diesem modernen Kram; wir singen ‚Joy to the World', ‚Deck the Halls', ‚Hark the Herald Angels Sing'-"

„Und ‚Good King Wenceslas' darf natürlich nicht fehlen", mischte sich eine amüsierte Stimme ein.

Wir drehten uns um zu einem gutaussehenden Mann Anfang fünfzig. Er nahm gerade seinen Hut ab und zog die Handschuhe aus und war offensichtlich gerade erst angekommen. Ihm folgte ein junger Mann in Chauffeuruniform mit einer Reisetasche.

„Ah, Julian, wie schön, dich zu sehen."

Annabel kam anmutig die Treppe herunter, kühl und gelassen wie immer, als hätte es die bedrückende Szene mit ihrem Mann nie gegeben. Sie bot dem Neuankömmling die Wange zu einem flüchtigen Kuss, dann sagte sie zu uns: „Darf ich Ihnen meinen Cousin vorstellen? Professor Julian Morecombe.“

„Oh, ich glaube, mein Mann hat von Ihnen gesprochen. Parnell College, nicht wahr?“, fragte meine Mutter lächelnd. „Ich bin Evelyn Rose. Ich glaube, Sie haben meinen Mann letztens bei einer Debatte der Oxford Union kennengelernt. Er hat erzählt, dass Sie sich hinterher in der Members' Bar angeregt darüber unterhalten haben, welche Rolle die Musik beim Aufkommen von Revolutionen in der Geschichte gespielt haben könnte.“

Der Mann hob die Augenbrauen. „Ja, in der Tat. Professor Philip Rose ... Sie sind also seine reizende Gattin? Welch ein Vergnügen, Sie kennenzulernen, Evelyn! Dieses Schlitzohr - Philip hat mir nie erzählt, dass seine Frau so jung und hübsch ist“, fügte er mit übertriebener Bewunderung hinzu.

Meine Mutter kicherte wie ein junges Mädchen. „Oh, seien Sie nicht albern. Ich habe eine erwachsene Tochter, wissen Sie. Das ist Gemma“, fügte sie hinzu und deutete auf mich.

„Ah ... nun, man sagt ja, dass ein Kind ein Spiegel der Eltern ist, Evelyn, und ich kann sicher sehen, dass Ihre Tochter ein Beweis für Ihren Charme und Ihre Schönheit ist!“

*Um Himmels willen* ... Ich unterdrückte den Drang, die Augen zu verdrehen. Ich weiß, ich weiß - meine Vorstellung, dass das Leben mit vierzig endet, ist altersdiskriminierend, aber den eigenen Eltern und ihren Freunden mittleren Alters beim unverhohlenen Flirten zuzusehen, war irgendwie peinlich.

Julian Morecombe ergriff meine Hand, und einen Schreckensmoment lang dachte ich, er würde mir einen Handkuss geben, aber er drückte sie nur fest und sah mir dabei tief in die Augen. Ich wand mich vor Unbehagen, doch zu meiner Erleichterung ließ der alternde Playboy meine Hand los und wandte sich an die Silberlocken.

„Meine Güte, Annabel, du verwöhnst mich dieses Jahr - ich hatte keine Ahnung, dass ich von so vielen hübschen Damen umgeben sein würde", rief er mit einem weiteren vor Bewunderung triefenden Blick in die Runde.

Glenda lächelte affektiert, Ethel lief rot an, Florence senkte schüchtern den Blick, und selbst Mabel errötete vor Freude.

„Ich nehme an, Sie werden uns mit ein paar Weihnachtsliedern unterhalten?", fuhr Julian geschmeidig fort.

„Oh ja, vielleicht wäre es eine gute Idee, jetzt anzufangen, Mrs Cooke", meldete sich Annabel zu Wort. „Dann können die Kinder ihren Tee trinken, bevor sie die Geschenke öffnen."

Sie erhob die Stimme und rief die Gäste in die Eingangshalle. Kurze Zeit später standen alle im Halbkreis vor den Silberlocken, die den traditionellen Platz der Adventssinger direkt vor der Eingangstür eingenommen hatten. Es war nach fünf Uhr, die

Sonne war untergegangen und es schneite immer heftiger. Ein kalter Wind fegte durch die offene Tür und brannte uns auf den Wangen, aber das schien niemanden zu stören. Irgendwie schien die Kälte die festliche Atmosphäre zu verstärken.

Mabel hatte eine altertümliche Metalllaterne hervorgeholt, und die anderen drei Silberlocken teilten sich ein Gesangbuch. Trotz ihrer lächerlichen Weihnachtskostüme verströmten sie eine behagliche Stimmung, wie sie da im goldenen Schein der Laterne in der Tür standen, vor dem tiefblauen Himmel und dem Schneegestöber. Sie begannen zu singen, und als die vertrauten Worte erklangen, spürte ich, wie sich mir die Nackenhaare aufstellten.

*On the first day of Christmas*
*My true love gave to me*
*A partridge in a pear tree …*

Ich warf einen Blick in die Menge und stellte erfreut fest, dass sich offenbar alle Gäste in der Eingangshalle versammelt hatten. Die Kinder waren begeistert, ihre Augen leuchteten, während ihre Eltern mit wehmütigem Lächeln lauschten. Neben ihnen standen Annabel und meine Mutter und hörten mit damenhafter Zurückhaltung zu, während Julian Morecombe im Takt der Melodie nickte. Ein wenig abseits hörte Richard Floyd mit finsterer Miene und vor der Brust verschränkten Armen zu. Auf der anderen Seite der Eingangshalle lehnte die blonde

Frau gelangweilt am Treppenpfosten. Neben ihr sah ich eine behäbige, grauhaarige Frau mit einer Schürze, vermutlich die neue Haushälterin.

*Eight maids a-milking,*
*Seven swans a-swimming,*
*Six geese a-laying,*
*Five … gold … rings,*

*Four calling birds,*
*Three French hens,*
*Two turtledoves,*
*And a partridge in a pear tree!*

Als die letzten Worte des Liedes verklungen waren, erklang lauter Applaus und eine Männerstimme rief: „Bravo! Bravo! Bei einer solchen Begrüßung lohnt es sich, nach Hause zu kommen!"

Ein gutaussehender Mann mit graumeliertem Haar erschien plötzlich in der Tür neben den Silberlocken. Er verbeugte sich vor ihnen und betrat dann das Haus, wobei er sich den Schnee aus dem Mantel strich. Ich riss die Augen auf, als ich den Mann erkannte, den ich am Bahnhof getroffen hatte.

Neben mir hörte ich jemanden aufkeuchen. Es war Annabel; sie war totenbleich und starrte den Neuankömmling an, hob eine zitternde Hand zum Mund und machte einen Schritt nach vorn, doch bevor sie etwas sagen konnte, ertönte eine weitere Stimme. Es war eine dünne, bebende Stimme, aber die Freude und das Entzücken waren unverkennbar:

„Edward! Mein lieber Junge! Ich wusste, dass du nicht tot bist! Ich wusste, dass du eines Tages nach Hause kommen würdest!"

Ich drehte mich um und sah auf der halben Treppe einen alten Mann, der sich auf das Geländer stützte. Er trug einen Hausrock aus burgunderrotem Samt im viktorianischen Stil, der lose an seinem dünnen Körper hing. Sein weißes Haar, das man früher wohl als „Löwenmähne" bezeichnet hätte, war jetzt schütter und kraftlos, und seine Adlernase und die kräftigen Augenbrauen, die einst ein markantes Gesicht dominiert haben mussten, traten jetzt überdeutlich hervor. Doch als er die restlichen Stufen hinunterhumpelte, konnte ich die Ähnlichkeit mit dem Mann erkennen, der gerade angekommen war.

Annabel gab einen erstickten Laut von sich und versuchte, dem alten Mann die Hand auf den Arm zu legen, als er an ihr vorbeiging, aber er schüttelte sie ungeduldig ab, während er auf den Neuankömmling zueilte.

„Hallo, Dad", sagte Ned. Seine strahlend weißen Zähne blitzten auf, als sich seine Lippen zu einem Lächeln verzogen. „Wie du siehst, ist der verlorene Sohn nach Hause gekommen."

# Kapitel 6

Unter den Gästen herrschte respektvolles Schweigen und alle sahen gebannt zu, wie der Rest der Familie Ned in Empfang nahm. Annabel trat als Erste vor und bot dem Ankömmling kühl die Wange zum Kuss, so wie sie es zuvor bei Julian getan hatte. Ich staunte über die Selbstbeherrschung, mit der sie einen seit Jahren totgeglaubten Bruder ebenso gelassen begrüßte wie den Cousin, den sie regelmäßig sah.

„Hallo, Ned … Ich hätte nie gedacht … Wir haben nicht damit gerechnet, dich je wiederzusehen …“, murmelte sie.

„Na ja, du kennst mich doch, Schwesterherz“, sagte Ned und grinste. „Ich tauche immer wieder auf – Unkraut vergeht nicht. Außerdem hast du sicher nicht ernsthaft geglaubt, dass du mich so leicht loswirst, oder?"

Es klang wie ein Scherz, doch war ein spöttischer Unterton nicht zu überhören. Annabel errötete, in ihren Augen loderte für den Bruchteil einer Sekunde eine heftige Erregung auf, doch im nächsten Moment hatte sie sich gefangen und setzte die gewohnte unbeteiligte Miene auf. Sie trat einen Schritt zurück, um ihrem Mann die Möglichkeit zu geben, nach vorn zu kommen. Richard Floyd ergriff die Hand seines Schwagers, schüttelte sie kurz und sagte stirnrunzelnd:

„Ned ... Wir dachten, du seist tot."

„Ihr *dachtet*, ich sei tot? Oder habt ihr es *gehofft*?", erwiderte Ned grinsend.

„Wenn das ein Witz sein soll ...", meinte Richard steif.

Sir Hugh Morecombe klopfte seinem Sohn lachend auf den Rücken. „Wie ich sehe, hast du deinen schrägen Sinn für Humor nicht verloren, mein Junge."

„Hallo, Julian", sagte Ned zu seinem Cousin gewandt. „Du kommst also immer noch jedes Jahr zu Weihnachten nach Thurlby Hall, wie in alten Zeiten, was?" Er musterte ihn von oben bis unten, betrachtete das maßgeschneiderte Jackett, die Brokatweste, den kunstvoll im Nacken drapierten italienischen Seidenschal und die spitzen hellbraunen Lederschuhe, die das Ensemble vervollständigten. „Verdammt noch mal, Julian, ich habe dich immer schon für einen Stutzer gehalten, aber du übertriffst dich selbst!"

Sir Hugh brach erneut in Lachen aus. „Genau das sage ich auch immer!"

Julian gab sich lässig, obwohl ich sehen konnte, wie er die Kiefer anspannte. „Der gute alte Ned, charmant wie eh und je", sagte er unwirsch.

Ned bedachte ihn mit einem boshaften Grinsen. „Wenn du magst, können wir uns beim Essen weiter darüber unterhalten. Wobei mir einfällt – ich hoffe, ihr habt ein gemästetes Kalb für die Rückkehr des verlorenen Sohnes vorbereitet. Oder vielleicht sollte ich lieber ‚gemästete Gans' sagen? Schließlich ist Weihnachten. Ich freue mich auf ein Festessen wie in alten Zeiten." Er rieb sich voller Vorfreude die Hände. „Röstkartoffeln, Salbei-Zwiebel-Füllung, Yorkshire-Pudding, Rosenkohl ... und zum Abschluss natürlich Mince Pies und Plumpudding." Er warf einen Blick auf Annabel. „Ich hoffe, Mrs Simms macht immer noch ihren hervorragenden Christmas Pudding?"

„Mrs Simms hat uns verlassen", erwiderte Annabel. „Aber sie hat im Voraus mehrere Puddings zubereitet, sodass wir auch dieses Jahr zu Weihnachten nicht darauf verzichten müssen. Und Mrs Holmes", sie deutete auf die Frau in der Schürze, die im Hintergrund stand, „die die Stelle der Haushälterin übernommen hat, ist eine fantastische Köchin. Ich glaube, ihre Röstkartoffeln sind noch besser als die von Mrs Simms."

Ned warf der Haushälterin einen flüchtigen Blick zu, dann glitt seine Aufmerksamkeit zu der blonden Frau neben ihr. Sie hatte ihn mit unverhohlenem Interesse beäugt, und nun trat sie vor, streckte eine Hand aus und sagte mit hauchiger Stimme: „Hallo, ich bin Kelly." Sie schenkte ihm ein geziertes Lächeln. „Als ich mich mit Ihrem Vater verlobt habe, hätte ich nie gedacht, dass ich einmal einen so gutaussehenden Stiefsohn haben würde."

Neds Augenbrauen schossen in die Höhe, und ein rascher Blick zu seinem Vater verriet, dass er sich über den Altersunterschied von über vierzig Jahren zwischen ihm und seiner Verlobten wunderte. „Offenbar warst du fleißig, Dad, während ich weg war."

Mit einem weiteren krächzenden Lachen nahm der alte Herr Neds Arm und führte seinen Sohn durch die Eingangshalle. „Komm mit, mein Junge. Ich habe dir so viel zu sagen …"

Nachdem sie verschwunden waren, herrschte eine vielsagende Stille, dann sagte eines der Kinder mit weinerlicher Stimme: „Singen die Frauen noch mehr Weihnachtslieder? Oder können wir jetzt unsere Geschenke auspacken?"

Alle lachten und das Eis war gebrochen. Bald erfüllte wieder fröhliches Stimmengewirr die Eingangshalle und es war fast, als hätte es die dramatische Rückkehr des Sohnes des Hauses nie gegeben.

Annabel lächelte den Silberlocken entschuldigend

zu. „Ich glaube, es wird allmählich ein bisschen kalt für weitere Weihnachtslieder. Warum gehen wir nicht alle ins Esszimmer und trinken Tee, und dann können die Kinder ihre Geschenke in der Bibliothek auspacken?“

„Juhu!“, „Geschenke!“, „Hurra!“, riefen mehrere Kinderstimmen.

Die Kinder und ihre Eltern strömten ins Esszimmer und stürzten sich zu meiner großen Freude auf das Buffet. Die Zeit schien wie im Flug zu vergehen, während ich beim Einschenken des Tees half. Ehe ich mich versah, waren die Kinder, deren Gesichter nun großflächig mit Schokoladenmousse verschmiert waren, wieder in der Bibliothek und sahen gespannt zu, wie Annabel die prall gefüllten Strümpfe verteilte. Die Stimmung im Raum erreichte den Höhepunkt, als die Kinder begannen, ihre Geschenke aufzureißen und vor Begeisterung johlten.

„Nicht mehr lange, dann fließen die ersten Tränen“, sagte Mabel und musterte sie mit geübtem Blick.

„Tränen?“ Ich sah sie ungläubig an. „Was meinen Sie damit? Die Kinder amüsieren sich doch prächtig!“

„Ah, bei all den süßen Leckereien, die sie verschlungen haben, und der ganzen Aufregung ... das wird bald zu viel.“

Sie hatte recht. Kurze Zeit später begannen zwei Kinder in einer Ecke um ein Spielzeug zu streiten, während in einer anderen Ecke ein kleines Mädchen einen Wutanfall bekam und laut schreiend um sich trat.

„Oh je, höchste Zeit, nach Hause zu gehen, denke ich", bemerkte eine Mutter mit einem schiefen Lächeln. Sie warf einen Blick aus dem Fenster. Der Schnee fiel inzwischen in dicken Flocken. „Und bei dem Wetter ist das wahrscheinlich auch eine gute Idee."

Die Eltern begannen, ihren Nachwuchs einzusammeln, und schon bald waren die Kinder in ihre Mützen, Mäntel und Fäustlinge gehüllt, winkten zum Abschied, bedankten sich für das Fest und stiegen in die wartenden Autos. Innerhalb weniger Minuten bewegte sich eine Wagenschlange den verschneiten Weg hinunter zum Tor.

„Ich glaube, deine Weihnachtsfeier war ein voller Erfolg, Annabel", sagte meine Mutter. „Nimm es mir bitte nicht übel, aber ich muss jetzt auch los. Wir bekommen über die Feiertage Besuch aus den Staaten , und es gibt noch einiges vorzubereiten."

„Oh, natürlich nehme ich es dir nicht übel, Evelyn. Vielen Dank für deine Hilfe. Und Ihnen danke ich ebenfalls, Mabel, Glenda, Ethel und Florence", sagte sie zu den Silberlocken. „Ihr Gesang war wunderbar."

„Ich sollte besser auch gehen, denn ich bin mit meiner Mutter gekommen." Ich warf einen besorgten Blick ins Esszimmer. „Eigentlich wollte ich noch beim Aufräumen helfen …"

„Ich bin sicher, dass wir das auch ohne Sie schaffen, aber Sie müssen nicht gleich los, wenn Sie noch ein bisschen bleiben wollen", meinte Annabel. „Ich kann Cole bitten, Sie später mit unserem Auto in die Stadt zurückzufahren. Das ist der Vorteil, wenn man einen privaten Chauffeur hat." Sie lächelte. „Und Sie haben noch keinen Tee getrunken - Sie müssen wenigstens eine Tasse mit mir trinken, bevor Sie gehen. Und Sie auch", wandte sie sich an die Silberlocken. „Sie sind alle herzlich eingeladen zu bleiben."

„Danke", sagte ich. „Ich bringe nur schnell die Teller in die Küche und spüle sie ab, damit die Essensreste nicht antrocknen, sonst bekommt man sie später nicht mehr ab."

„Oh, ich bin sicher, Mrs Holmes würde das gerne für Sie übernehmen", wandte Annabel ein.

„Nein, nein, ich erledige das lieber selbst", sagte ich entschlossen, „aus Prinzip. Wenn ich eine Veranstaltung ausrichte, möchte ich den Kunden oder dem Personal keine zusätzliche Arbeit machen, wenn es sich vermeiden lässt. Es dauert nicht lange."

Ich ging ins Esszimmer, stapelte die großen Platten aufeinander, die ich mitgebracht hatte, und trug sie in die geräumige Küche im hinteren Teil des Herrenhauses. Mrs Holmes war nirgendwo zu sehen, aber neben der Doppelspüle standen bereits benutzte Teller und Tassen. Als ich mein Geschirr dorthin trug, stellte ich erfreut fest, dass es sich um zwei sogenannte Butler-Spülbecken handelte -

ausladende rechteckige Spülbecken im Landhausstil -, sodass ich die Servierplatten unter dem Wasserhahn problemlos von allen Seiten abspülen konnte. Ich drehte den Heißwasserhahn auf und beugte mich über das Spülbecken, wobei ich den Wasserstrahl vorsichtig über die Ränder der Platte lenkte.

Plötzlich legte sich eine Hand um meine Taille und die Finger strichen über meine Hüfte.

Ich zuckte zusammen und wirbelte herum, sodass das Wasser überall hin spritzte. Ned stand schmunzelnd hinter mir.

„Was soll das?", zischte ich.

„Tut mir leid. Sie sahen so verführerisch aus, wie Sie sich über das Waschbecken gebeugt haben ..." Es folgte anzügliches Schweigen.

Ich starrte ihn an. War dieser Mann wirklich so oder spielte er eine Rolle? In welchem Jahrhundert lebte er?

„Ich könnte Sie wegen sexueller Belästigung anzeigen", schnauzte ich ihn an.

Er hob abwehrend die Hände. „He, das war nur Spaß, okay? Kein Grund, sich aufzuregen. Verdammt noch mal, ich hatte vergessen, wie frigide englische Frauen sein können."

„Wie bitte?", erwiderte ich wütend. „Sie sind derjenige, der mich begrapscht hat!"

„Und? Wollen Sie behaupten, dass es Ihnen keinen Spaß gemacht hat?", fragte er mit einem Grinsen. „Sagen Sie nicht, dass Sie es nicht anmacht

... wenigstens ein bisschen."

Das war nicht zu fassen! Ich war noch nie jemandem begegnet, der so von sich überzeugt war; der Gedanke, dass eine Frau ihn nicht attraktiv finden könnte, kam ihm gar nicht in den Sinn. Wie zur Bestätigung trat er plötzlich näher, packte mich wieder an der Taille und zog mich zu sich heran. Ich roch den Alkohol in seinem Atem, als er den Kopf neigte und versuchte, mich zu küssen.

„Wie können Sie es wagen!" Ich drehte angewidert den Kopf weg.

„Ach, kommen Sie! Es ist Weihnachten! Das Fest der Liebe ... nur ein kleiner Kuss, ja? Wir könnten unter dem Mistelzweig stehen - AU!"

Er zuckte zusammen, als ich ihm einen gezielten Tritt versetzte, dann grinste er erneut. „Ah, eine kleine Tigerin! Ich mag Frauen mit Temperament."

„Lassen Sie mich los, Sie Mistkerl! Lassen Sie mich los! Lassen Sie mich los!"

Ich wehrte mich mit aller Kraft, aber er war stark, und ich bekam es allmählich mit der Angst zu tun. Ich öffnete den Mund, um zu schreien, doch in diesem Moment hörte ich, wie sich Schritte näherten, und eine Sekunde später trat Mrs Holmes in die Küche. Bei unserem Anblick blieb sie wie angewurzelt stehen und hätte fast den Stapel Teller fallen lassen, den sie in den Händen hielt. Neds Griff lockerte sich, und ich nutzte die Gelegenheit, mich aus seiner Umarmung zu befreien und einige Meter Abstand zwischen uns zu legen.

In der Küche herrschte Totenstille, bis auf mein Keuchen und den tropfenden Wasserhahn. Mrs Holmes trat langsam vor, und irgendetwas an ihrem empörten Gesichtsausdruck musste selbst Neds Dickfelligkeit durchdrungen haben, denn er verließ mit finsterer Miene eilig und wütend vor sich hinmurmelnd die Küche. Ich setzte mich mit zittrigen Beinen auf einen Küchenstuhl. Ich bebte am ganzen Leib.

„Geht es Ihnen gut?", fragte Mrs Holmes besorgt. „Hat er Ihnen wehgetan?"

„Nein, nein ... Sie sind gerade noch rechtzeitig hereingekommen, bevor wirklich etwas passiert ist - nicht, dass das, was passiert ist, nicht schon genug wäre", fügte ich grimmig hinzu. Jetzt, wo der Schock nachließ, spürte ich, wie ein unbändiger Zorn in mir aufstieg. Ich war wütend auf Ned, aber auch wütend auf mich selbst, weil ich mich nicht wirkungsvoller zur Wehr gesetzt hatte.

„Ich kann es nicht fassen, dass er das getan hat!", sagte Mrs Holmes mit schwacher Stimme. „Schließlich ist er kein junger Mann mehr ..."

„Selbst wenn er jünger wäre, wäre das keine Entschuldigung", erwiderte ich barsch. Eine Mischung aus Wut und Scham kochte in mir hoch. „Dieser Widerling kommt damit nicht durch. Mir ist es egal, ob er der Bruder einer Kundin ist. Vor Gericht gegen ihn auszusagen, ist sicher kein Vergnügen, aber ich werde ihn wegen sexueller Nötigung anzeigen! Und wenn er mich noch einmal anfasst, bringe ich ihn um!"

Ich verstummte, als ich sah, dass die Haushälterin mich mit weit aufgerissenen Augen anstarrte. Sie sah so schockiert und aufgebracht aus, dass ich meine Empörung für einen Moment vergaß. Hastig legte ich ihr die Hand auf den Arm.

„He, es ist alles okay. Mir geht es gut. Er hat mir nicht wirklich wehgetan. Er hat mich nur überrascht, als ich mit dem Rücken zum Waschbecken stand, und versucht, mich zu begrapschen und zu küssen. Das ist natürlich nicht in Ordnung, aber so schlimm war es auch wieder nicht", fügte ich schnell hinzu. „Aber ich bin nicht verletzt und ich bin kein naives junges Ding, also müssen Sie sich keine Sorgen machen. Ich werde dafür sorgen, dass Ned Morecombe für diesen Übergriff zur Rechenschaft gezogen wird. Reichtum und Status können ihn nicht vor seiner gerechten Strafe bewahren!" Ich stand auf und holte tief Luft. „Und jetzt spüle ich endlich meine Servierplatten zu Ende."

„Sind das die in der Spüle? Lassen Sie nur, ich mache das für Sie."

Meine Einwände verhallten ungehört – die Haushälterin machte sich unbeirrt an die Arbeit, spülte die Platten, trocknete sie ab und stapelte sie ordentlich aufeinander. Inzwischen hatte ich mich beruhigt, und als ich mich schließlich zu Annabel und den Silberlocken im Salon gesellte, zögerte ich, als sie mich erwartungsvoll ansahen und sich offensichtlich fragten, wo ich so lange gewesen war.

Ich hatte mir fest vorgenommen, mit der ganzen Geschichte herauszuplatzen und meine Absicht kundzutun, Ned anzuzeigen, aber als ich Annabels blasses Gesicht sah, erfasste mich eine Woge des Mitgefühls für sie. Ich dachte an die peinliche Szene mit ihrem Mann und an den Whisky, den sie getrunken hatte, und plötzlich wollte ich ihr nicht noch mehr Probleme bereiten. Der Catering-Auftrag war sowieso erledigt, ich würde Thurlby Hall bald verlassen und hatte nicht vor, zurückzukehren oder Ned wiederzusehen. Vielleicht wäre es besser, alles für mich zu behalten, zumindest bis nach Weihnachten.

Also setzte ich ein strahlendes Lächeln auf und sagte: „Tut mir leid, das Spülen hat etwas länger gedauert, als ich erwartet hatte, und dann habe ich mich ein wenig mit ... äh ... Mrs Holmes unterhalten."

„Oh, kein Problem. Ich habe mich auch nett mit Mabel, Glenda, Ethel und Florence unterhalten ... und Ihre Katze hat mir Gesellschaft geleistet." Annabel wies lächelnd auf Müsli, die sich auf ihrem Schoß zusammengerollt hatte.

„Sie haben es geschafft, sie aus der Krippe zu locken?" Ich war beeindruckt.

Annabel lachte und sah für einen Moment ausnahmsweise entspannt und glücklich aus. „Ja, ich habe allerdings mit einem Stückchen Schinken von einem Ihrer Teesandwiches nachgeholfen." Sie wies auf die Teekanne, die vor ihr auf dem Tisch stand. „Setzen Sie sich doch. Der Tee ist noch heiß."

„Eigentlich ...", sagte ich entschuldigend. „Ich glaube, ich sollte mich besser beeilen. Es ist fast acht und ich muss nach Hause."

„Gemma, haben Sie das Wetter gesehen?" Annabel zeigte auf das Fenster.

Ich folgte ihrem Blick und mein Herz sank. Ein heftiger Schneesturm hatte sich zusammengebraut und alles war mit einer dicken weißen Schicht überzogen.

„Es ist viel zu gefährlich, bei diesem Wetter zu fahren", sagte Annabel. „Man kann kaum die Hand vor Augen sehen. Sie müssen warten, bis der Schneesturm nachlässt." Sie lächelte. „Und wenn nicht, dann können Sie hier übernachten. Keine Sorge, das ist überhaupt kein Problem. Die Gästezimmer sind vorbereitet, da wir um diese Jahreszeit immer Besuch haben. Mabel und die anderen Damen haben schon zugesagt." Sie warf einen Blick auf die Uhr auf dem Kaminsims. „Das Abendessen wird in einer halben Stunde serviert, Sie haben also noch Zeit, sich frisch zu machen, wenn Sie möchten. Ich werde Mrs Holmes bitten, auch für Müsli etwas zusammenzustellen. Mag sie Brathähnchen?"

Ich unterdrückte einen Seufzer. Es sah so aus, als hätte ich keine Wahl: Mein Aufenthalt auf Thurlby Hall würde sich in die Länge ziehen.

# Kapitel 7

Mehr Zeit mit der Familie Morecombe zu verbringen, erschien mir alles andere als erstrebenswert, aber es wäre zu unhöflich gewesen, Annabels Einladung auszuschlagen, und außerdem musste ich zugeben, dass ich hungrig war. Also folgte ich eine halbe Stunde später den Silberlocken ins Esszimmer. Wir setzten uns zu der Familie an den Tisch, wobei ich darauf achtete, so weit wie möglich von Ned entfernt zu sitzen. Zu meiner Erleichterung beachtete er mich gar nicht. Bei einer so kleinen Runde ließ es sich jedoch nicht vermeiden, dass man die Unterhaltung am anderen Ende des Tisches mitbekam. Ich stellte fest, dass die dünne Schicht der Höflichkeit zu bröckeln begann, nachdem die Teeparty vorbei und die Gäste fort waren.

„... und was hast du so gemacht, Julian? Das Letzte, was ich gehört habe, war, dass du in Oxford einen Doktortitel oder so etwas ergattert hast. Spukst du dort immer noch in den Säulengängen herum?", fragte Ned mit seiner gedehnten Sprechweise und sah seinen Cousin an.

Julian straffte selbstbewusst die Schultern. „Ja, in der Tat, ich bin jetzt Senior Lecturer und Tutor für Musik am Parnell College."

Ned stieß einen spöttischen Pfiff aus. „Wir haben also einen echten Gelehrten in der Familie, was?"

„Das hättest du sein sollen, Ned", sagte Sir Hugh mit einem liebevollen Blick auf seinen Sohn. „Du weißt, dass ich mir das für dich gewünscht habe. Eine Professur in Oxford, die Leitung einer Fakultät ..."

„Oh nein, ein Dasein als spießiger Akademiker fristen?" Ned schüttelte lachend den Kopf. „Nein, ich wollte mein Glück in Amerika finden - im Land der unbegrenzten Möglichkeiten! Ah, ein wunderbarer Ort! So viel -"

„Wenn es so wunderbar war, warum bist du dann zurückgekommen?", knurrte Richard Floyd plötzlich.

Ned schmunzelte hämisch. „Nun, das Problem mit dem Land der unbegrenzten Möglichkeiten ist, dass alle anderen ebenfalls dort sind und versuchen, sich zu nehmen, was sie kriegen können. Nach einer Weile hat man genug von all der Habgier und dem allgemeinen Rattenrennen."

„Warum hättest du dich daran beteiligen müssen? Du hattest doch dein Treuhandvermögen, oder nicht? Du hast das Konto leergeräumt, als du verschwunden bist, und ich hätte gedacht, dass ein paar Millionen Pfund reichen - selbst für jemanden wie dich", meinte Richard spöttisch.

„Nun, vielleicht fehlte mir etwas von deinem Geschäftssinn", erwiderte Ned mit einem ironischen Lächeln. „Sagen wir einfach, dass ich ein paar … unkluge Investitionen getätigt habe, okay?"

„Du hast also dein Geld verprasst und bist jetzt wiedergekommen, um dir Nachschub zu holen", stellte Richard mit einem gefährlichen Funkeln in den Augen fest.

Ned lehnte sich mit einem unverschämten Lächeln auf seinem Stuhl zurück und sah sich im Raum um. Dabei verweilte sein Blick auf dem teuren Porzellan in den Vitrinen und den wertvollen Ölgemälden an den Wänden. „Nun … hier gibt es ja mehr als genug."

„Jetzt hör mal zu!", fuhr Richard ihn an. „Wenn du glaubst, du kannst einfach hier auftauchen und alles für dich beanspruchen –"

„Aber es gehört mir", unterbrach Ned ihn mit einem spöttischen Lächeln. Zu seinem Vater gewandt, der sich gerade mit Kelly unterhielt, sagte er: „Nicht wahr, Dad? Du hast immer gesagt, dass mir eines Tages alles gehören würde."

„So ist es, so ist es, mein Junge", bestätigte Sir Hugh und strahlte, als hätte sein Sohn etwas sehr

Kluges von sich gegeben. „Als mein Erbe wird alles dir gehören. Der Titel, das Anwesen, die Mehrheitsanteile an der Firma, die Position des CEO –"

„Die Position des Geschäftsführers!" Richard Floyd starrte den alten Mann wutentbrannt an. „Aber du hast immer gesagt –"

„Meine Herren!" Annabel stieß ein nervöses, schrilles Lachen aus. Sie wies mit dem Kopf auf mich und die Silberlocken. „Wir haben Besuch."

Ned zuckte mit den Schultern und schenkte sich Wein nach. Richard Floyd warf seinem Schwager einen finsteren Blick zu, als dieser sich zufrieden zurücklehnte, aber er sagte nichts weiter.

„Ich glaube, du vergisst, dass ich deinen Vater heiraten werde", bemerkte Kelly mit einem hochmütigen Lächeln. „Und als seine Frau werde ich wohl Anspruch auf das Erbe haben …"

„Der Nachlass wird an die männliche Linie vererbt", sagte Julian steif. „Das bedeutet, dass nur ein männlicher Verwandter erben kann."

„Und das wärst du gewesen, bevor ich aufgetaucht bin, nicht wahr?", meinte Ned boshaft. „Ich hoffe, ich habe dir dein Weihnachtsfest nicht allzu sehr verdorben, lieber Cousin. Immerhin weiß ich, wie gerne du Gutsherr sein willst."

Julian lief dunkelrot an. „Ich … das ist sicher nicht … es … es wäre meine Pflicht gewesen, den Titel anzunehmen, wenn du … wenn es keinen anderen gegeben hätte", stotterte er.

„Nun, noch bin ich nicht tot, also könnt ihr alle aufhören zu zanken", mischte sich Sir Hugh kichernd ein.

Am Tisch war er der Einzige, der wirklich gute Laune hatte. Je länger das Essen dauerte, desto fröhlicher schien er zu werden, schwatzte und lachte mit Ned und ignorierte fast alle anderen. Richard Floyd saß in mürrisches Schweigen gehüllt da und machte den Mund nur auf, um nach mehr Wein zu verlangen. Seine Frau neben ihm wirkte so kühl und gelassen wie immer, obwohl mir auffiel, dass ihr Weinglas noch häufiger nachgefüllt wurde als das ihres Mannes. Julian hatte seine Souveränität wiedergefunden und bemühte sich, die Atmosphäre aufzulockern, indem er zu seiner früheren Rolle als Playboy zurückkehrte und unverhohlen mit Kelly flirtete. Die blonde Frau spielte mit, obwohl ich bemerkte, dass ihr Blick oft auf Ned gerichtet war und ein berechnender Glanz in ihren Augen lag. Übertrug sie gerade ihre Gunst vom Vater auf den Sohn? Denn wenn Ned alles erben sollte, war die Aussicht auf die Ehe mit einem jüngeren Mann um einiges attraktiver, als sich an einen Siebzigjährigen zu binden.

Zu meiner Überraschung meldeten sich die Silberlocken während des Abendessens kaum zu Wort. Ich hätte angenommen, dass sich Mabel, die normalerweise zu allem eine Meinung hat, einen Kommentar zu dem Familiendrama, das sich vor ihren Augen abspielte, nicht würde verkneifen können. Sie saß jedoch einfach da und konzentrierte sich genau wie ihre drei Freundinnen auf ihr Essen. Nun, es war ein langer Tag gewesen und die Silberlocken hatten immerhin die achtzig überschritten, was man angesichts ihrer üblichen unbändigen Energie und ihres Enthusiasmus allzu gern vergaß. Es war kaum verwunderlich, dass sie nach all den Aufregungen müde waren.

Nach dem Essen bestand Sir Hugh auf der altertümlichen Sitte, wonach die Männer zum Portwein im Esszimmer blieben, während die Frauen sich zunächst zum Kaffee in den Salon zurückzogen. Wir folgten Annabel gehorsam, aber als sie den Silberlocken jeweils eine Tasse einschenken wollte, lehnten diese ab.

„Nein? Vielleicht möchten Sie lieber Tee? Und wie wäre es mit ein paar Pralinen?" Annabel deutete auf die Schachtel mit Schokoladentrüffeln auf dem Couchtisch.

„Oh nein. Keine Schokolade nach sechs Uhr abends. Wussten Sie, dass Kakao Verstopfung verursachen kann? Ja, das tut er!" Mabel erwärmte sich für ihr Lieblingsthema. „Er kann auch zu Magengrummeln und Darmkrämpfen führen und ..." Sie machte eine dramatische Pause. „... zu übermäßigen Blähungen."

„Meine Cousine bekommt von Schokolade immer schrecklichen Reflux", mischte sich Glenda ein. „Sie rülpst fürchterlich, wenn sie etwas gegessen hat, das Kakao enthält. Und sie behauptet, sie bekommt davon Pickel. Obwohl sie schon vierundsiebzig ist."

„Ich habe einmal ein Buch über die Geschichte der Schokolade gelesen, als ich noch in der Dorfbibliothek gearbeitet habe", sagte Ethel mit weit aufgerissenen Augen. „Darin stand, dass die Azteken ihren Menschenopfern Schokolade gaben, kurz bevor sie sie töteten!"

„Oh … äh …" Annabel wusste offensichtlich nicht so recht, wie sie auf diesen Katalog des Grauens reagieren sollte.

„Also, ich liebe Schokolade", sagte Florence, verschränkte trotzig die molligen dicken Arme und reckte ihr Doppelkinn vor. „Es geht doch nichts über eine Tasse heißen Kakao an einem Wintertag oder ein Stückchen Schokoladenfondant zum Nachmittagskaffee. Oh nein, danke …", wehrte sie ab, als Annabel ihr das Tablett mit den Schokoladentrüffeln hinhielt. „Heute Abend werde ich keine essen. Wenn Sie mich jetzt entschuldigen würden, ich glaube, ich nehme ein schönes heißes Bad und gehe ins Bett."

Die anderen Silberlocken verkündeten ebenfalls, sich zurückziehen zu wollen, und verabschiedeten sich. Ich sah ihnen wehmütig nach. Ich wäre ihrem Beispiel nur zu gerne gefolgt - ich war körperlich erschöpft von dem langen Tag und emotional ausgelaugt, nicht nur von Neds Übergriff in der Küche, sondern auch von der allgemeinen Anspannung im Haus. Es kam mir jedoch unhöflich vor, unmittelbar nach den Silberlocken aufzustehen und zu Bett zu gehen. Also zwang ich mich, eine Tasse Tee zu trinken und mit Kelly und Annabel zu plaudern.

Ehrlich gesagt verspürte ich Kelly gegenüber eine gewisse Abneigung. Nach der ungeheuerlichen Szene mit Richard Floyd und der Art und Weise, wie sie sich beim Abendessen verhalten hatte, war ich geneigt, sie als eitle, gewissenlose Goldgräberin abzustempeln. Ich versuchte jedoch, unvoreingenommen zu bleiben. Nicht jede junge, attraktive Frau, die sich an einen viel älteren Mann bindet, ist zwangsläufig eine berechnende Glücksritterin, und so bemühte ich mich, sie nicht vorschnell zu verurteilen. Nach einer halbstündigen Unterhaltung musste ich jedoch feststellen, dass Kelly meine Vorurteile ihr gegenüber eher bestärkte statt sie auszuräumen.

Als ich das Gefühl hatte, der Höflichkeit Genüge getan zu haben, stand ich erleichtert auf und sagte Gute Nacht. Erst in meinem Zimmer fiel mir Müsli ein. Mist! Ich hatte sie ganz vergessen. Nachdem sie das üppige Abendessen aus Resten, das Mrs Holmes für sie zubereitet hatte, gefressen hatte, war die kleine Katze allein losgezogen. Sie war nicht mit uns im Salon gewesen, aber ich hatte einen leisen Verdacht, wo ich sie finden würde.

Ich schlich mich nach unten, vorbei am Esszimmer, aus dem immer noch Männerstimmen drangen – offenbar saßen Sir Hugh und die anderen weiterhin bei Portwein und Zigarren zusammen –

und machte mich auf den Weg zur Bibliothek. Doch als ich eintreten wollte, hörte ich von drinnen eine heftige Auseinandersetzung: Richard und Annabel! Wäre ich fast mitten in einen Ehestreit hineingestolpert?

„… wann beweist du endlich Rückgrat und hörst auf, dich wie einen Fußabtreter behandeln zu lassen? Immer heißt es ‚Daddy sagt dies‘, ‚Daddy möchte das‘ … ständig tanzt du nach seiner Pfeife und machst alles, was er will!"

„Er … er ist ein alter Mann. Er braucht -"

„Ach, Blödsinn! Du hast ihm immer nachgegeben. Selbst als du ein Teenager warst und mit Jungs hättest knutschen und Dope rauchen sollen, hast du brav zu Hause gesessen und die kleine Miss Perfekt gespielt … und wohin hat dich das gebracht? Für deinen Vater kommt Ned nach wie vor an erster Stelle - Ned, der ein Mädchen nach dem anderen geschwängert hat, Ned, der dem Alten nie gehorcht hat, Ned, der in seinem ganzen Leben nichts Ehrenhaftes getan hat!" Richards Stimme nahm einen spöttischen Ton an. „Aber du glaubst vermutlich immer noch, dass du deinen Vater für dich gewinnen kannst, wenn du dich für ihn aufopferst? Dass Daddy dich endlich liebt, wenn du alles tust, was er will?"

„Du solltest dankbar sein, dass ich meinem Vater gehorche, denn das ist der einzige Grund, warum ich dich geheiratet habe!", sagte Annabel plötzlich mit erstickter Stimme. „Ja! Es gab einen anderen Mann

- einen wunderbaren Mann - der mich liebte, und wir wären zusammen glücklich gewesen. Aber ich habe seinen Antrag abgelehnt, weil ich wusste, dass Daddy wollte, dass ich dich heirate, den aufsteigenden Stern am Firmament seines Unternehmens ... und ich habe es seitdem jeden Tag bereut." Annabels Stimme war voller Bitterkeit. „Wage es also nicht, über meine Liebe zu meinem Vater zu spotten. Ohne meine Bereitschaft, mich ‚aufzuopfern', wie du es nennst, kämst du nicht in den Genuss der Vorteile, die das Vermögen meines Vaters mit sich bringt. Du bist Seniorpartner in der Firma und ein Anwärter auf den Posten des Geschäftsführers -"

„Den ich nicht bekommen werde, jetzt wo Ned zurückgekommen ist", unterbrach Richard sie mürrisch. „Ich werde nicht zulassen, dass er meine Position in der Firma an sich reißt, kapiert? Auch wenn du immer wieder vor deinem Vater einknickst – ich werde nicht klein beigeben, nur weil er mit den Fingern schnippt. Ich habe mein Leben für den Aufbau dieser Firma hergegeben und die Position des Geschäftsführers steht mir zu! Ich lasse sie mir von niemandem nehmen!"

„Was ... was hast du vor?"

Richards Stimme klang grimmig. „Ich tue, was immer getan werden muss."

Plötzlich hörte ich Schritte, und bevor ich reagieren konnte, wurde die Tür zur Bibliothek aufgerissen und ich stand Richard Floyd gegenüber.

„Was machen Sie hier?" Er sah mich finster an.

„N-nichts ... ich meine ... ich ... äh ... ich suche meine Katze ...", stammelte ich.

„Ich weiß nicht, was Annabel sich dabei gedacht hat, Sie dieses räudige Biest ins Haus bringen zu lassen! Wehe, ich finde auch nur ein einziges Katzenhaar an meiner Kleidung, dann schicke ich Ihnen die Rechnung für die Reinigung!"

Ohne eine Antwort abzuwarten, schob er sich an mir vorbei und ging hoch erhobenen Hauptes davon.

# Kapitel 8

Ich stand einen Moment lang da und versuchte, die Fassung wiederzuerlangen, dann blickte ich zögernd auf die offene Bibliothekstür. Annabel gegenüberzutreten, war das Letzte, wonach mir der Sinn stand. Abgesehen davon, dass es mir peinlich war, den Streit zwischen den Eheleuten belauscht zu haben, konnte ich mir nur zu gut vorstellen, wie es ihr im Moment ging. Ich wollte ihre Demütigung nicht noch vergrößern, indem ich hereinspazierte, während sie in Tränen aufgelöst war.

Vielleicht sollte ich Müsli für die Nacht einfach dort lassen? Aber ich mochte mir nicht ausdenken, was sie anrichten würde, wenn sie allein war. Nachdem Richard Floyd seine Aversion gegen meine Katze so offen gezeigt hatte, wollte ich nicht riskieren, dass sie die unbezahlbaren Antiquitäten von Thurlby Hall als ihren neuen Kratzbaum benutzte!

Ich atmete tief durch und betrat den Raum, in der Erwartung, eine verzweifelt weinende Frau vorzufinden. Stattdessen lehnte Annabel anmutig am Kamin, ohne eine Spur von Tränen - und überhaupt ohne jegliche Gefühlsregung. Ich starrte sie erstaunt an. Allmählich fragte ich mich, ob diese Frau irgendwelche menschlichen Züge hatte!

Das einzige Anzeichen innerer Aufruhr war das Weinglas mit der dunkelroten Flüssigkeit in ihrer Hand, und als ich langsam zu ihr hinüberging, konnte ich eine Karaffe mit Portwein auf dem Kaminsims hinter ihr sehen. Sie blickte mich fragend an. Ein höfliches Lächeln umspielte ihre Lippen.

„Ah, Gemma ... brauchen Sie etwas?"

„Nein, ähm ... eigentlich suche ich Müsli. Ich habe vergessen, sie auf mein Zimmer mitzunehmen - ach, da ist sie ja!"

Annabel folgte mir, als ich zu der Krippe in der Ecke ging und meine Katze erblickte, die sich wieder einmal im Stroh zusammengerollt hatte.

„Die Krippe gefällt ihr, nicht wahr?" Annabels Miene wurde bei Müslis Anblick zum ersten Mal etwas lebhafter. „Vielleicht könnten Sie ihr für zu Hause eine besorgen?"

Ich warf ihr einen schiefen Blick zu. „Glauben Sie mir, wenn ich eine Krippe für sie kaufe, rümpft Müsli die Nase und macht einen großen Bogen darum –

typisch Katze eben. Sie will nur dort schlafen, weil sie weiß, dass sie es nicht darf."

Ich hob Müsli auf, die ärgerlich miaute und sich in meinen Armen wand. Mit einem wehmütigen Gesichtsausdruck streckte Annabel die Hand aus, um meine Katze zu streicheln, und ich empfand plötzlich Mitleid mit ihr. Nach außen schien sie mit allem gesegnet, was sich eine Frau wünschen konnte – Reichtum, Prestige ... doch hinter den Kulissen zeigte sich ein anderes Bild: das riesige Haus ohne Kinder oder Haustiere, denen sie ihre Liebe schenken konnte, und der tyrannische Vater, der ihre Gesten der Zuneigung ignorierte. Allmählich verstand ich, warum Annabel so viel trank.

Sie erstarrte – sie musste mein Gesicht gesehen und meine Gedanken erraten haben. Auf ihren Wangen breitete sich verlegene Röte aus, doch sie reckte stolz und würdevoll das Kinn in die Höhe, als sich unsere Blicke trafen. Ich wünschte ihr peinlich berührt eine Gute Nacht und hastete mit der verärgerten Müsli aus dem Raum.

Ich stieg wieder die Treppe hinauf und ging zu dem Gästezimmer, das man mir zugewiesen hatte. Als ich meine kleine Katze am Fußende des Bettes absetzte, blickte sie sich missgelaunt um. Sie machte ihrer Unzufriedenheit mit mürrischem Miauen Luft. Ich ignorierte sie und zog mich eilig aus, löschte das Licht und legte mich mit leisem Frösteln zwischen die kalten Laken. Wie die meisten großen alten Gemäuer war auch Thurlby Hall schlecht isoliert, und im Gegensatz zu der unteren Etage mit ihren großen Kaminen war es in den oberen Räumen sehr ungemütlich. Ein unerbittlicher Wind fegte ums Haus; der Schneesturm machte nicht den Anschein, als würde er in der nächsten Zeit nachlassen. Ich zog die Decken bis zum Kinn hoch und versuchte, wegzudämmern.

Doch ich konnte nicht einschlafen. Obwohl ich hundemüde war, gingen mir die Ereignisse des Tages und die Gespräche, die ich mitgehört hatte, unablässig durch den Kopf. In einem fremden Zimmer zu liegen, war auch nicht gerade hilfreich. Geräusche, die man in der eigenen Wohnung kaum wahrnahm, schienen hier überdeutlich: das ferne Rumpeln in den Wasserrohren, das Knarren der Dielen, gelegentliche Schritte in den Fluren, die gedämpften Unterhaltungen aus den Zimmern im Erdgeschoss, die Standuhr, die die halbe Stunde schlug ...

Ich schloss die Augen und versuchte, mich zu entspannen und meine Gedanken schweifen zu lassen. Doch dann hörte ich erneut Schritte, diesmal viel näher als zuvor. Unwillkürlich riss ich die Augen auf und schaute zu meiner Schlafzimmertür. Durch den Spalt unter der Tür drang das Licht im Flur. Die Dielen knarrten, und ein Schatten fiel auf den Lichtschimmer, als sich Schritte dem Nachbarzimmer näherten. Ich hörte, wie die Tür aufging, dann folgten Geflüster und leises Kichern - es klang jung und weiblich - und schließlich wurde die Tür geschlossen, sodass erneut Stille herrschte.

Ich drehte mich auf die rechte Seite, und meine Gedanken überschlugen sich. Erst dachte ich, Richard und Kelly hätten sich zu einem weiteren Stelldichein verabredet - allerdings wusste ich, dass Julian Morecombe in dem Zimmer neben meinem untergebracht war. Wir waren die einzigen Übernachtungsgäste in diesem Flügel des Hauses. Vielleicht hatte Julian sein Zimmer aufgesucht, während ich unten nach Müsli suchte, und Kelly hatte sich nun zu ihm gesellt. Ich dachte daran, wie die beiden beim Abendessen geflirtet hatten. Die blonde Frau hatte ihre sittliche Verwahrlosung bereits hinreichend unter Beweis gestellt. *Sie würde wahrscheinlich nicht zögern, am Nachmittag mit einem Mann herumzumachen und am Abend mit einem anderen ins Bett zu steigen*, dachte ich voller Abscheu.

Nun, das ging mich alles nichts an. Ich drehte mich seufzend auf die linke Seite, schloss die Augen und versuchte erneut, einzuschlafen. Irgendwann musste ich eingenickt sein, denn als ich das nächste Mal die Augen öffnete, schien das Haus anders zu sein. Alles war still. Gäste und Hausbewohner hatten sich wohl in ihre Zimmer zurückgezogen, und sogar der Wind draußen hatte sich ein wenig gelegt. Ich setzte mich im Bett auf, sah mich um und runzelte die Stirn. Es lag nicht nur an der Stille. Etwas anderes beunruhigte mich, etwas anderes war ...

Plötzlich starrte ich auf das Fußende meines

Bettes, wo Müsli hätte schlafen sollen, doch ihr Platz war leer. Schnell suchte ich das Zimmer ab und erstarrte, als ich sah, dass meine Schlafzimmertür einen Spalt breit offen stand. Das kleine Biest! Sie muss sich hinausgeschlichen haben und wieder nach unten gegangen sein. *Wahrscheinlich will sie in dieser verdammten Krippe schlafen*, dachte ich mürrisch.

Seufzend stand ich auf, streifte hastig meine Jacke über und machte mich auf den Weg nach unten. Das Haus lag im Dunkeln und alles war still, bis auf das Ticken der Standuhr in der großen Eingangshalle. Es war fast halb eins. Dann sah ich, dass in der Bibliothek schwaches Licht brannte. Vielleicht konnte jemand aus der Familie nicht schlafen und wollte sich etwas zum Lesen holen. Ich hoffte inständig, dass es nicht Richard Floyd war. Dem griesgrämigen Geschäftsmann erneut gegenüberzustehen und ihm zu erklären, dass ich - wieder einmal - meine Katze suchte, war keine erfreuliche Aussicht.

Ich näherte mich der Bibliothekstür, zögerte auf der Schwelle und warf einen vorsichtigen Blick hinein. Die einzige Lichtquelle war der Schein des Feuers, das bis auf ein paar glühende Kohlen heruntergebrannt war. Der größte Teil des Raumes lag im Schatten, und er schien leer zu sein.

Ich trat ein und ging zu der Ecke neben dem Kamin, wo die Krippe aufgebaut war. Und tatsächlich, Müsli lag zusammengerollt in der

Krippe, neben der Jesusfigur aus Keramik.

„Müsli!", flüsterte ich.

Sie hob den Kopf und blinzelte mich schläfrig an, dann drehte sie sich mit einem herausfordernden Blick auf den Rücken.

„*Miau?*", machte sie.

„Tut mir leid", murmelte ich. „Du kannst hier nicht schlafen. Komm schon ..."

Ich bückte mich, um sie aus der Krippe zu heben, hielt dann aber inne, als ich jemanden in einem der ledernen Ohrensessel vor dem Kamin erblickte. Durch die hohe Rückenlehne hatte ich vorher nichts sehen können, aber jetzt entdeckte ich einen Arm, der zur Seite ausgestreckt war. Das Licht des verlöschenden Feuers spiegelte sich im Glas einer teuren Armbanduhr, die mir bekannt vorkam. Es war Ned, und so entspannt wie der Arm über die Sessellehne hing, dämmerte er im Vollrausch vor sich hin. Na toll. Das Letzte, was ich brauchte, war, dass er aufwachte und beschloss, seine Übergriffe von vorhin zu wiederholen.

Schnell streckte ich die Hand nach Müsli aus, aber die kleine Katze war schneller. Sie hüpfte aus der Krippe und sprang davon.

„Müsli!", zischte ich wütend.

„*Miau!*", erwiderte sie und lief zum Kamin.

Sie blieb neben Neds Sessel stehen und reckte den Hals, um an seinen schlaffen Fingern zu schnuppern. Ihre Schnurrhaare zuckten, dann wich sie fauchend und mit gesträubtem Fell zurück.

Ich runzelte die Stirn und ging langsam hinüber, ging um den Sessel herum – und erschrak bei dem Anblick, der sich mit bot.

Ned war zur Seite gesackt, der Kopf hing zwischen den Schultern nach unten. Zumindest nahm ich an, dass es Ned war. Jemand hatte ihm seinen Weihnachtsstrumpf aus rotem Samt wie eine Mütze übergezogen, der gestickte Schriftzug „Edward" war deutlich lesbar. Ich konnte sein Gesicht nicht sehen und hatte seinen Puls nicht gefühlt, aber aus irgendeinem Grund wusste ich, dass er tot war. Mit zitternden Händen griff ich nach dem Strumpf und zog daran.

Sein Kopf kam zum Vorschein und fiel zur Seite. Ich starrte auf die reglose Maske seines Gesichts, auf die gefletschten Zähne, die fleckige Haut und die blutunterlaufenen Augen ... es war offensichtlich, dass er erstickt war.

# Kapitel 9

Einen Moment lang stand ich wie versteinert da und starrte den Toten an. Irgendwo im Hintergrund hörte ich, wie die Standuhr die halbe Stunde schlug, ein Geräusch, das der Szene vor mir einen unheimlichen Unterton verlieh, aber ansonsten war mein Kopf wie leergefegt. Dann traf es mich wie ein Schlag. Ich stolperte rückwärts, ruderte wild mit den Armen auf der verzweifelten Suche nach Halt. Meine Finger berührten die glatte Oberfläche von Porzellan, sie entglitt mir ... ich keuchte auf und wirbelte herum, packte zu, aber es war zu spät. Eine antike chinesische Vase, die auf dem Tisch neben dem Sessel gestanden hatte, kippte zur Seite und schlug auf dem Boden auf.

Müsli sprang mit lautem Fauchen gerade noch

rechtzeitig aus dem Weg. Sie machte einen Satz über die Kohlenschütte neben dem Kamin und stieß gegen den Ofenschirm, der dabei umfiel. Er rasselte mit metallischem Klirren zu Boden, das durch das ganze Haus zu hallen schien. Im selben Moment hörte ich draußen im Flur hastige Schritte, dann stürmte Mrs Holmes ins Zimmer.

„Miss? Was ist passiert? Ich habe einen furchtbaren Krach gehört und dann -" Sie brach ab, ihre Augen weiteten sich, als sie zu mir trat und Neds Leiche sah.

„Ist ... ist er tot?"

Ich nickte.

„Oh mein Gott ..." Sie holte röchelnd Luft, dann öffnete sie den Mund und schrie.

„Mrs Holmes! Mrs Holmes!" Ich schüttelte sie sanft und versuchte, der Hysterie Einhalt zu gebieten. „Hören Sie auf!"

Sie verstummte, ohne den Blick von Neds Körper zu wenden. Ich sah mich um und entdeckte die Karaffe mit dem Portwein, aus der Annabel sich vorhin bedient hatte.

Auf dem Tablett standen außerdem ein paar unbenutzte Gläser. Schnell ging ich zum Kaminsims, schenkte ein Glas der dunkelroten Flüssigkeit ein und kehrte zur Haushälterin zurück.

„Hier, trinken Sie das", sagte ich und hielt ihr das Glas hin.

Mit bebenden Händen nahm sie den Portwein und trank ein paar Schlucke, dann stellte sie das Glas ab und holte zitternd Luft.

„Es … Es tut mir leid … Es war so ein Schock …“

„Ja, das verstehe ich.“

Draußen ertönten weitere Schritte, klapperten die Treppe hinunter, eilten durch den Flur und im nächsten Augenblick schien der Raum voller Menschen zu sein, die alle durcheinander redeten.

„Was zum Teufel ist hier los? Was soll dieser Höllenlärm?“, Richard Floyd stürmte in die Bibliothek. Zu meiner Überraschung hatte er immer noch den Anzug an, den er vorhin getragen hatte - war er nicht zu Bett gegangen? Mir fiel auf, dass der Saum seiner Hose feucht war.

Ihm folgte Annabel, die offensichtlich gerade aufgestanden war. Sie trug einen Morgenmantel, den sie eilig in der Taille zugebunden hatte, sie war ungeschminkt, das Haar fiel ihr offen auf die Schultern. Sie drängte sich an ihrem Mann vorbei und eilte zu Mrs Holmes und mir, dann blieb sie wie angewurzelt stehen, als sie ihren Bruder sah. Ihr Gesicht wurde noch blasser und sie schlug sich die Hand vor den Mund. Einen Moment lang dachte ich, sie würde ebenfalls anfangen zu schreien, aber dann sah ich, wie sie die Schultern straffte und sich die inzwischen vertraute eiserne Gefasstheit wie ein Panzer um sie legte.

Richard Floyd starrte wortlos auf die Leiche seines Schwagers hinunter.

Julian Morecombe dagegen brach in einen beinahe hysterischen Redefluss aus: „Oh mein Gott, ist er tot? Was ist passiert? Hatte er einen Unfall? Haben Sie seinen Puls gefühlt - sind Sie sicher, dass er tot ist? Denn manchmal scheinen Menschen tot zu sein, aber in Wirklichkeit sind sie nur tief bewusstlos und -" Er brach ab, starrte auf die reglose Gestalt im Sessel, schluckte dann krampfhaft und zog seinen Morgenmantel enger um sich.

Es war ein sehr eleganter Herrenmantel aus Seide, wie man ihn in einem Stück von Noël Coward hätte sehen können, mit einem kastanienbraunen Paisleymuster und einem Monogramm auf der Brusttasche. Er reichte Julian fast bis zu den Knöcheln, aber als er sich leicht bewegte, sah ich, dass seine Beine nackt waren. Tatsächlich hatte es den Anschein, als hätte er unter dem Morgenmantel gar nichts an, was darauf schließen ließ, dass er wahrscheinlich nackt im Bett gelegen hatte. Alleine? Mein Blick wanderte zu Kelly hinüber, die als Letzte hereingekommen war und Abstand hielt, als hätte sie Angst, der Leiche im Sessel zu nahe zu kommen.

„Er ist erstickt", sagte ich leise. „Ich habe ihn mit diesem Ding auf dem Kopf gefunden." Ich deutete auf den Weihnachtsstrumpf, der auf dem Boden lag, wo ich ihn hatte fallen lassen. Alle sahen ihn entsetzt an.

„Aber wie ..." Julian schüttelte den Kopf. „Das verstehe ich nicht ..."

„Oh, Müsli!", rief Annabel plötzlich.

Ich folgte ihrem Blick, schaute nach unten und bemerkte, dass sich Müsli zu uns gesellt hatte. Sie schnupperte am Fuß des Sessels, wo ein umgestoßener Teller mit Plumpudding auf dem Boden lag, daneben war ein zerbrochenes Portweinglas.

Es sah so aus, als hätten Teller und Glas auf dem kleinen Tisch neben dem Sessel gestanden und seien auf den Boden gefallen. Wahrscheinlich hatte es einen Kampf gegeben. Müsli beäugte die Krümel des Plumpuddings mit Interesse, und ich sah, wie sie neugierig ihre kleine rosa Zunge herausstreckte.

„Mrs Holmes, Sie sollten das lieber beseitigen", sagte Annabel schnell. „Möglicherweise ist etwas davon giftig für Katzen."

Die Haushälterin beugte sich herunter, aber ich hielt sie zurück und sagte scharf: „Nein, warten Sie! Fassen Sie nichts an!"

Sie hielt inne und sah mich erstaunt an.

„An einem Tatort darf man nichts anfassen oder bewegen", erklärte ich und nahm Müsli vorsichtshalber auf den Arm.

Alle sahen mich erstaunt an.

„Tatort?", stotterte Julian. „Aber Sie wollen doch nicht etwa sagen, dass hier ... ein Verbrechen stattgefunden hat?"

„Was könnte es denn sonst sein?"

„Es könnte ein Unfall gewesen sein."

„Ein Unfall?" Ich deutete auf die Leiche. „Ned ist erstickt und zwar durch einen Strumpf, den man ihm über den Kopf gezogen hat. Wie soll das ein Unfall gewesen sein?"

„Nun, ich ... ich weiß es nicht ..." Julian suchte unbeholfen nach Worten. „Aber es ist lächerlich zu behaupten, dass ... dass es ..."

„Mord", sagte Kelly mit unnatürlich hoher Stimme.

Richard fuhr zu ihr herum. „Ziehen Sie keine voreiligen Schlüsse!", schnauzte er. „Warum sollte jemand Ned töten wollen?"

*Da fallen mir zahlreiche Kandidaten ein*, dachte ich mit einem Blick auf ihn. Laut sagte ich: „Wir müssen die Polizei verständigen."

„Das werde ich tun", murmelte Richard, drehte sich um und verließ den Raum.

Nachdem er gegangen war, standen wir eine Weile verlegen schweigend um den Sessel, dann fragte Mrs Holmes zaghaft: „Möchte ... möchte jemand eine Tasse Tee?"

Annabel schenkte ihr ein dankbares Lächeln. „Das ist eine gute Idee, Mrs Holmes. Vielleicht könnten Sie ..."

Sie brach ab, als wir draußen im Flur Schritte hörten. Es klang, als käme jemand langsam die Treppe herunter.

„Daddy!" Annabel stürmte in die Eingangshalle.

Ich folgte ihr und sah Sir Hugh die Treppenstufen herunterkommen. Er trug einen Pyjama, darüber einen Morgenmantel und bewältigte die Stufen mit Hilfe seines Gehstocks. Er blickte auf, als wir in die Halle gelaufen kamen, und fragte gereizt: „Was in aller Welt ist hier los? Ich habe oben in meinem

Zimmer furchtbaren Lärm gehört ... ein Krachen und Schreie ..." Seine Tochter war die Stufen hinaufgeeilt, um ihn zu stützen. „Und?", schnauzte der alte Mann sie an.

Annabel zögerte, dann sagte sie: „Ned ist etwas zugestoßen, Daddy."

„Was ist denn passiert?"

„Ich ... er ... er ist tot."

Sir Hugh schwankte leicht. „Tot?" Dann runzelte er die Stirn. „Was soll das heißen? Wie kann er tot sein?"

„Wir sind ... wir sind uns noch nicht sicher", antwortete Annabel. „Richard will gerade die Polizei anrufen."

Ihr Vater warf einen Blick auf die offene Tür der Bibliothek, dann ging er langsam die restlichen Stufen hinunter.

„Nein ... warte, Daddy ... ich glaube nicht, dass du da hinein gehen solltest ..." Annabel versuchte, ihn zurückzuhalten, aber ihr Vater stieß sie grob zur Seite.

„Lass mich in Ruhe! Ich will ihn sehen - ich habe ein Recht, ihn zu sehen!", schnauzte er.

Er erreichte das Ende der Treppe und humpelte überraschend behände in die Bibliothek. Die anderen wichen zurück, als er sich dem Sessel näherte. Es herrschte tiefes Schweigen, während er dastand und auf die Leiche seines toten Sohnes hinunterblickte. Wenn ich einen dramatischen Zusammenbruch erwartet hatte, wurde ich enttäuscht. Sir Hugh fuhr sich kurz mit der Hand über die Augen, dann sah ich, wie er die Schultern straffte und den Rücken durchdrückte. Plötzlich wurde mir klar, von wem Annabel ihre starre Selbstbeherrschung geerbt hatte, als er sich umdrehte und ich die Teilnahmslosigkeit in seinem Gesicht wahrnahm. Nur seine heisere Stimme verriet ihn ein wenig, als er sagte: „Mein Sohn ist tot. Ich habe nichts mehr."

„Nein, Daddy, du hast mich!", rief Annabel und stürzte nach vorne, um die Hand ihres Vaters zu ergreifen.

Er warf ihr einen verächtlichen Blick zu. „Du? Was soll ich mit dir?" Er schüttelte sie ab und sagte: „Ich gehe jetzt ins Bett. Niemand stört mich, bis die Polizei kommt."

Bei den Worten ihres Vaters zuckte eine schmerzhafte Regung über Annabels Gesicht, die sie jedoch sofort durch die übliche Ausdruckslosigkeit ersetzte, während sie ihm nachsah, wie er aus der Bibliothek schlurfte. Ich warf einen Blick auf Kelly. Ich hätte angenommen, dass sie als die Verlobte des alten Mannes als Erste herbeieilen würde, um ihn zu trösten, aber sie schien sich in sich selbst zurückgezogen zu haben, kauerte in dem anderen Sessel und starrte blindlings in den Kamin. Julian hingegen schien nicht stillhalten zu können; er ging nervös auf und ab, wobei seine Unruhe im Vergleich zu Annabels unnatürlicher Stille noch deutlicher hervortrat. Sowohl Julians Ruhelosigkeit als auch

Annabels Selbstbeherrschung bereiteten mir ein Gefühl des Unbehagens. Ich ging zur Krippe und legte Müsli zum Jesuskind. Auf diese Weise wusste ich sie wenigstens an einem sicheren Ort. Mrs Holmes war nirgends zu sehen, und ich hoffte, dass sie in der Küche den versprochenen Tee kochte. Ein heißes Getränk würde sicher helfen, die Nerven zu beruhigen.

Als sich einige Minuten später Schritte näherten, war es jedoch nicht die Haushälterin, sondern Richard Floyd, der die Bibliothek betrat.

Ich sah ihn erwartungsvoll an. „Ist die Polizei unterwegs?"

Er schüttelte den Kopf. „Nein, sie würde nicht durchkommen. Die Zufahrtsstraße ist völlig blockiert. Ein Baum ist durch den Sturm umgestürzt, außerdem sind mehrere Stromleitungen beschädigt. Sobald sich die Wetterverhältnisse bessern, schicken sie einen Reparaturtrupp los, aber es kann bis morgen früh dauern, bis die Straße geräumt und die Leitungen wiederhergestellt sind. Es schneit seit Stunden ununterbrochen und der Wind soll auch wieder auffrischen. Der Wetterdienst hat eine Sturmwarnung herausgegeben und die Bevölkerung aufgefordert, im Haus zu bleiben. Es besteht die Gefahr von umherfliegenden Gegenständen, und unter diesen Bedingungen ist es für die Polizisten zu gefährlich." Nach einer kurzen Pause fuhr Richard fort: „Außerdem ist es nun nicht gerade ein Notfall. Immerhin ist das Opfer bereits tot.“

„Und was machen wir nun?“, fragte Julian, während er nervös mit dem Gürtel seines Morgenmantels spielte.

Richard zuckte mit den Schultern. „Schlafen gehen.“

„Was?“

„Das hat mir der Detective Sergeant geraten. Er meinte, wir könnten nichts tun und es hätte keinen Sinn, aufzubleiben, wenn sie wahrscheinlich erst im Laufe des Vormittags kommen können. Wir sollten einfach alle zu Bett gehen.“

Niemand rührte sich. Ich konnte es in ihren Gesichtern sehen, auch wenn kein Wort gesprochen wurde. Es war derselbe Gedanke, der mir durch den Kopf ging: Wenn das Herrenhaus durch den Schneesturm von der Außenwelt abgeschnitten war, bedeutete das, dass kein Eindringling, sondern einer der Hausbewohner oder der Gäste Ned angegriffen und getötet hatte. Wir würden also schlafen gehen, während der Mörder unter uns war.

# Kapitel 10

Ich musste müder gewesen sein, als ich dachte, denn trotz der Aufregungen der Nacht und trotz des Wissens, dass im Haus ein Mörder frei herumlief, fiel ich in einen tiefen Schlaf und wachte erst auf, als das sanfte Licht des Morgens durch die Vorhänge meines Zimmers schien. Ich zog mir meine Strickjacke über, ging zum Fenster und schaute hinaus. Draußen sah es aus wie im Winterwunderland. Alles war in eine makellose weiße Decke gehüllt, die Gartenanlagen von Thurlby Hall waren unter Schneewällen verborgen, und die Bäume entlang der Einfahrt hoben sich wie zwei Reihen schwarzer Skelette vom blassgrauen Himmel ab.

Einen Moment lang war ich vom Zauber dieses Anblicks ergriffen, doch dann erinnerte ich mich an die Leiche im Erdgeschoss, und plötzlich sah ich die schöne Schneelandschaft mit anderen Augen. Der Schnee hielt mich in einem Haus gefangen, in dem sich ein Mord ereignet hatte. Einem spontanen Einfall folgend schnappte ich mir meine Handtasche, kramte darin herum, bis ich mein Telefon gefunden hatte und wählte Devlins Nummer. Erst als er sich mit schlaftrunkener Stimme meldete, wurde mir klar, dass ich mit dem Anruf wohl etwas hätte warten sollen.

„Gemma? Stimmt etwas nicht?", nuschelte er.

„N-nein ... tut mir leid, ich wollte dich nicht wecken."

„Wolltest du nicht?" Devlin klang verwirrt. „Wieso schläfst du nicht auch mal richtig aus? Du bist doch sonst kein Morgenmensch."

„Nun ja ... Oh, Devlin, ich bin auf Thurlby Hall - du weißt schon, wo ich das Catering für die Teeparty ausgerichtet habe? Der Schneesturm letzte Nacht war so schlimm, dass ich hier übernachten musste, und dann ... ist jemand ermordet worden", sagte ich hastig.

„Was?" Jetzt klang Devlin hellwach.

„Ja, der Sohn von Sir Hugh Morecombe, dem Besitzer von Thurlby Hall ... er ist gestern aus heiterem Himmel hier aufgetaucht - der Sohn, ich meine, Ned Morecombe ... tatsächlich bin ich ihm schon einmal begegnet, ganz zufällig, an dem Tag, als du abgereist bist ... Ich bin mit ihm zusammengestoßen, als ich den Bahnhof verließ, und danach im Randolph, und er war mir gleich ziemlich unsympathisch ... obwohl er gestern noch viel schlimmer war - eigentlich überrascht es mich nicht, dass er ermordet wurde - er war ein totaler Widerling ... und sein Schwager ist ein miesepetriges Ekelpaket, dem ich das jederzeit zutrauen würde -"

„Gemma ... Gemma!", unterbrach Devlin mich. „Ich weiß nicht, wovon du redest!"

Ich holte tief Luft, dann fing ich noch einmal von vorne an und erzählte in allen Einzelheiten, was passiert war. Als ich berichtete, dass Ned mich in der Küche belästigt hatte, stieß Devlin einen heftigen Fluch aus.

„Er hat was getan? Dieser verdammte Mistkerl - wenn er nicht schon tot wäre, würde ich sofort runterkommen und ihn eigenhändig umbringen!"

Ich konnte mir ein Lächeln nicht verkneifen. Ich mochte eine moderne, unabhängige Frau sein, die sehr gut auf sich selbst aufpassen konnte, aber Devlins archaischer Beschützerinstinkt hatte trotzdem etwas Nettes an sich.

„Ich hoffe, er hat dir nicht wehgetan?", fragte er eindringlich.

„Nein, keine Sorge, es war mehr ein Schock als alles andere", versicherte ich ihm. „Es war nichts, was ich nicht auch schon bei den üblichen Weihnachtsfeiern im Büro erlebt hätte."

„Wer hat dich auf Weihnachtsfeiern im Büro belästigt?" Devlins Stimme hatte einen bedrohlichen Unterton.

Ich lachte. Okay, vielleicht war es an der Zeit, ihm *meine* archaischen Züge zu zeigen. „Niemand. Mir geht's gut, Devlin. Ganz ehrlich. Beruhige dich. Du vergisst, dass sich etwas viel Schlimmeres zugetragen hat - der Mord."

Ich erzählte ihm von den Ereignissen der Nacht. Als ich fertig war, meinte er mit gespielter Strenge: „Gemma, habe ich dir nicht gesagt, dass du dich aus allem Ärger heraushalten sollst?"

„Nun, ich bin nicht absichtlich über eine Leiche gestolpert", erwiderte ich entrüstet.

Er seufzte. „Ich weiß, Liebes. Aber diese Sachen scheinen dich zu verfolgen ... Wie auch immer, hoffentlich kommt die Polizei bald, dann kannst du nach Hause fahren und alles vergessen." Er hielt inne und fügte dann hinzu: „Mir gefällt der Gedanke nicht, dass du allein in einem Haus mit einem potenziellen Mörder bist ..."

„Oh, ich bin nicht allein. Ich meine, abgesehen von den anderen Familienmitgliedern sind auch die Silberlocken hier."

„Du machst Witze."

„Nein, sie haben bei der Teeparty Weihnachtslieder gesungen, und dann sind wir alle zusammen eingeschneit, also haben sie ebenfalls die Nacht auf Thurlby Hall verbracht. Als ich die Leiche gefunden habe, sind die vier allerdings nicht aufgetaucht. Sie müssen die ganze Aufregung verschlafen haben, obwohl ich mir nicht erklären kann, wie ... Aber ich werde sie heute Morgen sehen."

„Also, achtet darauf, dass ihr zusammenbleibt“, ermahnte mich Devlin. „Lauf nicht allein im Haus herum. Zu zweit ist man sicherer. Und was auch immer du tust, fang nicht an, herumzuschnüffeln und dich in die Ermittlungen einzumischen!“

„Das habe ich auch nicht vor“, versicherte ich ihm. „Ich bin heilfroh, wenn ich hier rauskomme und nach Hause fahren kann. Und wie geht es dir?“, fragte ich, um das Thema zu wechseln. „Wie läuft's bisher? Wir haben ja nur kurz gesprochen, nachdem du angekommen bist, und du hast nicht wirklich viel gesagt. Ist es schön mit deiner Mutter?“

Er zögerte. „Ja, es ist prima, sie zu sehen. Es scheint ihr sehr gut zu gehen.“ Er schwieg einen Augenblick und fügte dann hinzu: „Sie hat einen neuen Freund.“

„Aha ...“ Ich war mir nicht sicher, was ich dazu sagen sollte.

Obwohl Devlin und seine Mutter sich nicht sehr nahestanden, war es ihm vermutlich nicht sehr angenehm, einem potenziellen „Stiefvater“ zu begegnen. Außerdem war Devlins Mutter selbst erst Ende vierzig, und der Mann, mit dem sie zusammen war, war womöglich nicht viel älter als Devlin.

„Ähm ... wie ist er denn so?“, fragte ich zögernd.

„Ich glaube, er ist ganz nett“, erwiderte Devlin unverbindlich. „Mum scheint glücklich zu sein, und das ist wohl das Wichtigste, nehme ich an.“

„Ich bin sicher, dass sie glücklich ist, weil du Weihnachten mit ihr verbringst“, beharrte ich. „Es muss wunderbar für sie sein, dich wieder zu Hause zu haben und Zeit mit dir zu verbringen."

„Mmm …", sagte Devlin, weiterhin in diesem unverbindlichen Ton.

Ich runzelte die Stirn. Irgendwie hatte ich das Gefühl, dass es zwischen Devlin und seiner Mutter nicht sehr gut lief, aber es war offensichtlich, dass er nicht darüber sprechen wollte. Er hatte noch nie gerne über seine Mutter geredet, dass er sie überhaupt erwähnte, war recht neu. Ich wusste also, dass es keinen Sinn hatte, weiter auf dem Thema herumzureiten. Stattdessen unterhielten wir uns noch ein wenig über das Wetter und die Aussicht auf „weiße Weihnachten" in Oxford, bevor wir uns verabschiedeten.

Als ich zwanzig Minuten später mit Müsli auf dem Arm ins Erdgeschoss kam, waren die Silberlocken bereits aufgestanden und unterhielten sich angeregt mit Mrs Holmes in der Küche. Sie stürzten sich auf mich, sobald ich eintrat, und bestanden darauf, dass ich alles noch einmal im Detail erzählte.

„Ich kann nicht glauben, dass Sie nichts mitbekommen haben", sagte ich zum Schluss.

„Nun, wir hatten unsere Hörgeräte herausgenommen, Liebes", erklärte Florence. Die anderen Silberlocken nickten.

„Oh … Ich wusste gar nicht, dass Sie welche tragen." Ich beäugte ihre Ohren, konnte aber keine Hörgeräte entdecken.

„Meine Güte, ich dachte, es war schon aufregend

genug, als Sir Hugh uns bat, sein neues Testament zu bezeugen ... und jetzt gibt es sogar einen Mord!", sagte Glenda mit einem wohligen Schauder.

Ich starrte sie an. „Sir Hugh hat Sie gebeten, was zu tun? Welches neue Testament? Wann war das?"

„Nach dem Abendessen, als du mit Annabel und Kelly im Salon warst. Wir wollten gerade zu Bett gehen, als Ellen hier", Mabel wies auf die Haushälterin, „uns mitteilte, dass Sir Hugh uns oben in seinem Wohnzimmer zu sehen wünschte."

„Er hatte gerade ein neues Testament verfasst", erklärte Ethel. „Und er brauchte zwei Zeugen. Auf seine Bitte war ich eine davon", fügte sie stolz hinzu.

„Und ich war die andere", strahlte Florence.

Ich starrte sie an. „Haben Sie gesehen ... konnten Sie das Testament lesen?"

Sie schüttelten den Kopf. „Man hat uns nur gesagt, dass es sein neues Testament ist, und uns gebeten, zuzusehen, wie er unterschreibt und dann unsere eigenen Namen darunter zu setzen."

„Wusste sonst noch jemand von diesem neuen Testament?", fragte ich und warf einen Blick auf Mrs Holmes, die aufmerksam zuhörte.

„Nun, Mabel und Glenda natürlich, da sie mit uns im Zimmer waren", antwortete Florence.

„Und dieser andere Herr - Annabels Ehemann - hätte es wissen können", meldete sich Ethel zu Wort. „Er stand vor Sir Hughs Schlafzimmertür. Er zuckte zusammen, als ich herauskam, murmelte etwas und lief davon. Er erinnerte mich an die ungezogenen

Jungs in der Dorfbibliothek, die versucht haben, ihre durchgekauten Kaugummis irgendwo in der Bibliothek hinzukleben, wenn wir Bibliothekare nicht hinsahen. Es war eine furchtbare Sauerei. Ich weiß noch, dass ich einmal einen von ihnen auf frischer Tat ertappt habe. Mr Floyd sah genauso aus … Habt ihr ihn nicht gesehen?", fragte sie erstaunt, als die anderen drei Silberlocken sie ausdruckslos ansahen.

„Nein, wir haben uns noch mit Sir Hugh unterhalten. Du bist als Erste rausgegangen", erinnerte Florence sie.

„Wollen Sie damit sagen, dass Richard Floyd gelauscht haben könnte?", fragte ich Ethel aufgeregt. „Wenn er gewusst hätte, dass Sir Hugh ein neues Testament zugunsten von Ned aufgesetzt hat, hätte er vielleicht einen Grund gehabt -" Ich brach ab, als ich plötzlich bemerkte, dass Mrs Holmes weiterhin gespannt zuhörte. Wie auch immer ich Richard Floyd gegenüber eingestellt war, erschien es mir falsch, ihn vor dem Personal schlecht zu machen – oder ihn gar des Mordes zu beschuldigen! Ich räusperte mich und sagte: „Ähm … na ja, wie dem auch sei … ein Testament ist kaum ein Staatsgeheimnis. Sir Hugh selbst hätte es bei der nächsten Zusammenkunft der Familie bekannt geben können."

„Ich wünschte, wir hätten einen Blick darauf werfen können", sagte Florence wehmütig.

„Ja, es ist sehr wahrscheinlich, dass es etwas mit Neds Tod zu tun hat." Mabel nickte nachdrücklich.

„Nun, die Polizei ..." Ich brach ab, als das Haustelefon in der Küche klingelte.

Mrs Holmes beeilte sich, den Hörer abzunehmen, und nachdem sie einen Moment gelauscht hatte, legte sie auf und wandte sich an mich: „Das war Sir Hugh. Er hat mich gebeten, Sie zu ihm zu schicken. Er möchte mit Ihnen sprechen und bittet Sie, ihn in seinem Zimmer aufzusuchen."

„Mich?" Ich starrte sie überrascht an. „Ähm ... klar ... ich gehe sofort hoch. Könnten Sie Müsli etwas Frühstück geben?"

Ich setzte die kleine getigerte Katze auf den Boden, die sofort erwartungsvoll zu Mrs Holmes ging. Die Haushälterin lachte und beugte sich hinunter, um Müsli zu streicheln.

„Aber natürlich. Ich habe extra etwas vom Brathähnchen für sie aufgehoben."

Während die Silberlocken mich neidisch beäugten, folgte ich den Anweisungen der Haushälterin zu den Räumlichkeiten des Hausherrn. Ich ging die Treppe hoch und bog in einen Korridor ein, der zum anderen Flügel des Hauses führte, wo sich Sir Hughs Zimmer befanden. Ich klopfte an und trat in ein geräumiges Wohnzimmer mit einer doppelflügeligen Verbindungstür. Sie stand ein Stück offen und ich sah ein Schlafzimmer mit angeschlossenem Bad. Sir Hugh saß in einem Sessel und telefonierte, und er winkte mich ungeduldig herein, als er mich entdeckte.

„... ja, ja ... das stimmt, sie hat die Leiche entdeckt

... hat allen gesagt, sie sollen nichts anfassen ... ja, das dachte ich mir ... Hmm ... das ist ja alles schön und gut, Jeffrey, aber wann werden sie hier eintreffen? Ja, ich weiß, aber mein Sohn wurde ermordet, um Himmels willen! Also gut ... ja, nun ... ich werde nicht einfach herumsitzen und warten, das kann ich dir sagen ... du sorgst dafür, dass deine Männer hier erscheinen, und in der Zwischenzeit regle ich die Dinge auf meine Art. Auf Wiederhören."

Sir Hugh legte den Hörer auf und sah mich an. „Das war Detective Superintendent Jeffrey Kendall. Er ist ein persönlicher Freund von mir. Er hat mir erzählt, dass Ihr Freund Detective bei der Kripo in Oxfordshire ist?"

Ich nickte und fragte mich, worauf er hinauswollte. Der Detective Superintendent war Devlins Vorgesetzter, und ich war ihm ein paar Mal bei gesellschaftlichen Ereignissen der Polizei begegnet, zu denen Devlin mich mitgenommen hatte. Kendall erschien mir streng und unnahbar, ein Mann, der es nicht gern sah, wenn seine Autorität in Frage gestellt wurde. In Sir Hugh schien er jedoch einen ebenbürtigen Partner gefunden zu haben.

„Er hat mir auch erzählt, dass Sie praktisch selbst ein Ehrenmitglied der Kripo sind."

„Oh nein, ganz sicher nicht", erwiderte ich hastig. „Es ist nur so, dass ich ... äh ... der Polizei bei ein paar Mordfällen geholfen habe."

„Sie haben ihr nicht nur geholfen - Sie haben mehrere davon gelöst! Ja, ich weiß Bescheid, meine

Liebe", sagte Sir Hugh und nickte. „Ich habe in den Zeitungen über Sie gelesen. Sie sind die junge Frau, die man die ‚Tearoom-Detektivin' nennt und die mehrere Morde aufgeklärt hat, bei denen die Polizei im Dunkeln tappte. Da war die Messerstecherei im Mai in Oxford ... und die Vergiftung auf dem Dorffest in Meadowford ... und dieser Amerikaner, der mit einem Scone umgebracht wurde ..." Er lehnte sich zurück, kniff die Augen zusammen und beäugte mich eingehend. „Und Sie sind ein helles Köpfchen. Oxford-Absolventin, so war zu lesen ... und Sie hatten einen hochkarätigen Job in einem Unternehmen in Übersee, bevor Sie nach England zurückkehrten, nicht wahr?"

Ich war verblüfft, wie viel er über mich wusste. Natürlich hatte die Presse nach der Lösung der genannten Fälle über mich geschrieben, aber normalerweise machte ich einen Bogen um diese Berichte. Es war mir einfach zu peinlich, doch solange es für gute Publicity für meinen Tearoom sorgte, machte es mir das nicht allzu viel aus. Angesichts der Art und Weise, wie die Medien mich offenbar darstellten, fühlte ich mich jedoch gar nicht wohl in meiner Haut.

„Nein, nein, Sir Hugh - ich glaube, Sie interpretieren zu viel in das, was in den Zeitungen steht. Sie haben einen völlig falschen Eindruck von mir. Ich habe nicht -"

„Und Sie wussten gestern Abend genau, was zu tun war", fuhr der alte Mann fort, als hätte ich nichts

gesagt. „Mrs Holmes hat mir erzählt, wie Sie dafür
gesorgt haben, dass niemand etwas anfasst und dass
die Tür der Bibliothek verschlossen wurde. Ich habe
es Jeffrey gerade erzählt - er war sehr beeindruckt,
das kann ich Ihnen sagen. Und ich vermute, er
würde mir zustimmen: Da die Polizei nicht kommen
kann, müssen Sie den Fall übernehmen."

# Kapitel 11

„Was?" Ich war so überrascht, dass ich vergaß, meine Frage höflicher zu formulieren.

Sir Hugh nickte grimmig. „Ich werde nicht eher ruhen, bis wir herausgefunden haben, wer Ned getötet hat. Aber es kann Stunden dauern, bis die Straßen frei und die Stromleitungen repariert sind. Bis dahin sind wir von der Außenwelt abgeschnitten. Jeffrey meinte, seine Männer könnten frühestens heute Nachmittag hier sein, vielleicht aber auch erst morgen. Das ist ein ganzer Tag! Ich kann nicht einfach herumsitzen und nichts tun. Der Mörder könnte entwischen!"

„Äh ... das halte ich im Moment für ausgeschlossen, Sir", wandte ich ein. „Und wenn die Wetterverhältnisse es zulassen, dass jemand von

Thurlby Hall verschwindet, dann kann auch die Polizei zu uns herauskommen."

Er schüttelte ungeduldig den Kopf. „Nein! Jedes Kind weiß, dass man unmittelbar nach einem Verbrechen die Aussagen aller Zeugen und Verdächtigen aufnehmen muss, bevor die Erinnerung verblasst ... oder bevor die Leute Zeit hatten, sich ein Alibi zusammenzuschustern. Sie müssen also herausfinden, wer sich gestern Abend wo aufgehalten hat. Ich will wissen, wo jeder einzelne war und was er zum Zeitpunkt des Mordes gemacht hat." Er beugte sich mit ausgestrecktem Zeigefinger vor. „Sie haben Erfahrung mit der Befragung von Verdächtigen, Sie werden wissen, worauf Sie achten müssen ... und Sie können allen sagen, dass die Polizei Sie als ihre Vertreterin eingesetzt hat."

„Aber das stimmt doch gar nicht!", rief ich. „Das ist eine glatte Lüge und verstößt wahrscheinlich sogar gegen das Gesetz. Ich darf mich nicht als Polizistin ausgeben ..."

„Wer hat etwas von ‚als Polizistin ausgeben' gesagt? Sie tragen nur die Aussagen aller Anwesenden zusammen."

Sir Hugh richtete den Blick auf ein paar gerahmte Fotos auf dem Beistelltisch neben ihm. Auf allen war Ned als junger Mann zu sehen: auf einem Pferd ohne Sattel, in einem Sessel mit einem Buch, mit einem hübschen Mädchen neben einem Baum, auf dem Fahrersitz eines Cabrios. Auf allen Bildern blitzte sein strahlend weißes Lächeln auf ... Sir Hugh nahm das Foto mit dem Cabrio in die Hand und betrachtete es nachdenklich.

„Ich weiß, dass man Ned allgemein für einen gewissenlosen Schuft gehalten hat, und ja, er hat sich nicht immer so verhalten, wie es sich für einen Gentleman gehört", sagte er leise. „Ned war ein Herzensbrecher, wie er im Buche steht, er konnte nicht mit Geld umgehen, und ich nehme an, er war verdammt arrogant ... aber er war mein Sohn!" Seine Stimme brach. „Und Sie können sich nicht vorstellen, wie viele Jahre ich darauf gewartet habe, dass er nach Hause kommt!"

Der Schmerz in seiner Stimme war unverkennbar, und ich saß da und wusste nicht, was ich sagen sollte.

„Man hat mir gesagt, er sei tot, wissen Sie", fuhr Sir Hugh nach einem Moment fort. „Als Ned verschwand, beauftragte ich einen Privatdetektiv, der ihn in den Vereinigten Staaten aufspürte. Aber dann verlief sich seine Spur. Ich habe ihn jahrelang suchen lassen – die Kosten waren mir egal, ich wollte nur, dass er gefunden wird -, aber das Einzige, was sie am Ende ausgraben konnten, war ein Bericht über einen Unfall eines Reisebusses, in dem Ned als eines der Opfer aufgeführt war. Es hieß, das sei der Beweis dafür, dass er tot sei ... aber ich habe ihnen nie geglaubt! Niemals!" Er sah mich eindringlich an. „Ich bin kein religiöser Mensch, aber damals habe ich angefangen zu beten. Ich habe jede Nacht gebetet, dass mein Sohn zu mir zurückkommt. Und dann ... und dann gestern, als er in der Eingangshalle stand ..." Sir Hugh brach schwer atmend ab. „Es sah so aus, als seien meine Gebete rechtzeitig zu Weihnachten endlich erhört worden: Ich hatte Ned wieder ... und jetzt wurde er mir erneut genommen!" Er ballte die Faust, die Verzweiflung stand ihm ins Gesicht geschrieben. „Können Sie sich vorstellen, wie sich das anfühlt? Und ich soll einfach hier sitzen und warten? Ohne zu wissen, wer es getan hat und warum?" Er ergriff meine Hand. „Bitte ... ich ... ich werde noch verrückt! Ich brauche die Gewissheit, dass etwas unternommen wird, dass die Ermittlungen auf irgendeine Art und Weise in Gang kommen."

Ich starrte ihn an und wusste nicht, was ich sagen sollte. Ja, ich hatte in der Vergangenheit Verdächtige „befragt", aber das glich eher einem harmlosen Geplauder als einem ernsthaften Verhör. Die Hausbewohner einer förmlichen Befragung zu unterziehen, war von einem ganz anderen Kaliber und ich fühlte mich bei der Aussicht überhaupt nicht wohl. Andererseits fand ich Sir Hughs Bitte anrührend - ich wusste, dass es einem so stolzen, unnahbaren Mann schwerfallen musste, seine Gefühle zu zeigen. Und ich konnte seine Wut und Hilflosigkeit verstehen und sein Bedürfnis nachvollziehen, etwas zu unternehmen.

Ich wollte ihm antworten, aber bevor ich etwas sagen konnte, flog die Tür auf und vier nette alte Damen kamen hereinspaziert.

„Natürlich hilft Gemma Ihnen gerne, Sir Hugh“, sagte Mabel mit ihrer dröhnenden Stimme. „Und was für ein Glück, dass wir auch hier sind! Wissen Sie, Gemma hätte diese Fälle niemals ohne unsere Hilfe lösen können. Junge Leute mögen denken, dass sie alles wissen, aber es geht nichts über die Weisheit des Alters, meinen Sie nicht auch, Sir Hugh?“ Sie rieb sich die Hände. „Und? Wann geht es los?“

Ich starrte die Silberlocken wütend an. Sie mussten an der Tür gelauscht haben! Jetzt umringten sie Sir Hugh und redeten alle gleichzeitig auf ihn ein. Der arme Mann sah ziemlich verwirrt aus.

„Also gut, fangen wir mit Ihnen an, Sir Hugh“, sagte Mabel entschlossen. „Hatte Ned irgendwelche Feinde?“

„He, Moment mal“, protestierte ich. „Sie können doch nicht ... wir sind nicht -“

„Ich nehme an, Ned hatte jede Menge Feinde. Der Junge war ein richtiger Draufgänger.“ Sir Hugh lehnte sich mit einem traurigen und zugleich liebevollen Lächeln zurück. „Er steckte immer irgendwie in der Patsche, hatte ziemlich wilde Freunde, konnte sich die Mädchen aussuchen ... Ach ja, der Apfel fällt nicht weit vom Stamm, wie man so schön sagt.“

Mabel beugte sich vor. „Aber meinen Sie, einer von denen hätte ihn umbringen wollen?“

„Nun, das ist schwer zu sagen ...“

Ich saß hilflos dabei, während die Silberlocken

unbeirrt fortfuhren. Mein Protest verhallte ungehört. Schließlich gab ich seufzend nach. Da ich sie nicht zum Schweigen bringen würde, konnte ich genauso gut mitmachen.

„Hören Sie", sagte ich laut, „es hat keinen Sinn, über Neds Feinde zu spekulieren. Thurlby Hall ist seit gestern von außen nicht zugänglich, wegen des Schneesturms. Was bedeutet, dass der Mörder jemand im Haus gewesen sein muss." Zu Sir Hugh gewandt fügte ich sanft hinzu: „Möglicherweise jemand aus Ihrer Familie."

Sir Hugh nickte grimmig. „Daran habe ich schon gedacht."

„Können Sie uns sagen, wann Sie Ned gestern Abend zum letzten Mal gesehen haben?", fragte ich.

„Das war nach dem Abendessen. Ich habe ihn hierherkommen lassen und ihm gesagt, dass ich mein Testament zu seinen Gunsten ändern wollte. Ich dachte, er würde mir dankbar sein, aber nein, er lachte mich nur frech an und meinte, ich könne tun und lassen, was ich für richtig hielte." Der Anflug eines Lächelns umspielte seine Lippen. „Das gefiel mir. Kein Betteln, kein unterwürfiges Gekrieche, keine falsche Freundlichkeit. Er sagte, er wolle weder den Titel noch das Anwesen – von ihm aus könne Julian das erben. Er wollte nur das Geld. Ich habe ihm eine Standpauke gehalten, weil er sich vor seinen Pflichten als Angehöriger der Familie Morecombe drückte, aber er hat nur wieder gelacht und gemeint, wenn ich ein pflichtbewusstes Kind wollte, würde er Annabel rufen. Unverschämter Bengel", sagte Sir Hugh mit einem anerkennenden Lächeln. „Dann hat er Gute Nacht gewünscht und ist gegangen. Das war das letzte Mal, dass ich ihn gesehen habe."

„Wir haben ihn gesehen, als wir kamen, um das Testament zu bezeugen", meldete sich Glenda zu Wort. „Er war auf dem Weg in die Bibliothek."

„Ah … wahrscheinlich wollte er vor dem Kamin einen alten Portwein trinken und Plumpudding essen. Das hat Ned an Weihnachten immer gemacht", erklärte Sir Hugh mit einem weiteren liebevollen Lächeln. „Als er noch ein kleiner Junge war, stellten wir dem Weihnachtsmann ein Glas Portwein und einen Teller mit Plumpudding vor den Kamin, und Ned ist bald auf den Geschmack gekommen. Er hat mir jedes Jahr zu Weihnachten ein Glas Portwein aus den Rippen geleiert – noch bevor er offiziell trinken durfte –, setzte sich dann mit einem Teller Plumpudding vor den Kamin und sagte, er warte auf den Weihnachtsmann."

Ich räusperte mich, bevor er in wehmütige Erinnerungen verfallen konnte. „Einen Aspekt verstehe ich nicht: Wenn Sie davon überzeugt waren, dass Ned noch lebt, hätte er dann nicht in Ihrem Testament erwähnt werden müssen? Warum mussten Sie es zu seinen Gunsten ändern?"

Sir Hugh zuckte mit den Schultern. „Kelly hat mich überredet, ein neues Testament zu machen, als wir uns verlobt haben. Sie sagte, es sei Unfug, alles einem Mann zu hinterlassen, der seit über fünfzehn Jahren offiziell für tot erklärt worden war, und ich ... nun, ich nehme an, irgendwie musste ich ihr recht geben. Ich wollte wieder heiraten und würde möglicherweise weitere Söhne zeugen ... da schien es mir an der Zeit, die lächerliche Hoffnung aufzugeben, dass Ned zurückkehren könnte, um sein Erbe einzufordern."

„Wer wird in diesem neuen Testament bedacht?"

„Nun, das Anwesen und der Titel wären immer noch an Julian gegangen, es sei denn, es wurde ein neuer männlicher Erbe geboren. Richard hätte den Großteil der Firmenanteile erhalten und auch meine Position als Geschäftsführer übernommen ... und als meine Frau hätte Kelly mein persönliches Vermögen erhalten, sofern es nicht im Anwesen gebunden ist."

„Oh ... und Annabel?"

Sir Hugh winkte ab. „Sie ist doch mit Richard verheiratet, nicht wahr? Aber ja, ich hatte einen kleinen Betrag für sie vorgesehen."

Arme Annabel! Die Art und Weise, wie ihr Vater sie behandelte, war ungerecht, aber ich versuchte, meine persönlichen Gefühle beiseite zu schieben und mich auf den Fall zu konzentrieren. „Also ... dann haben Sie Mabel, Glenda, Ethel und Florence zu sich gerufen, damit sie ein neues Testament bezeugen, das Ned begünstigt. Haben Sie noch jemandem davon erzählt?"

„Nein. Ich hatte vor, der Familie die Neuigkeit am Weihnachtstag zu eröffnen, aber bis dahin wusste niemand davon, außer Ned und Ihren Freundinnen." Er humpelte auf die gegenüberliegende Seite des Raumes zu einem großen Ölgemälde, das eine nackte Frau zeigte. Es hing ein wenig schief und Sir Hugh richtete es, während er sagte: „Ich habe das Testament in den Tresor hinter diesem Gemälde gelegt, sobald Ihre Freundinnen weg waren. Und außer mir kennt niemand die Kombination." Er drehte sich um und warf mir einen eindringlichen Blick zu. „Warum fragen Sie? Glauben Sie, dass jemand anderes davon wusste?"

Ich nickte. „Ich denke, Ihr Schwiegersohn könnte es auch gewusst haben."

Er runzelte die Stirn. „Richard?"

Ethel erzählte ihm von Mr Floyd, der vor der Tür gelauscht hatte, und der alte Mann runzelte die Stirn.

„Mir war klar, dass es Richard nicht gefallen würde. Er liebäugelt schon seit Langem mit dem Posten des Geschäftsführers. Er hält sich für den ‚Big Boss', wie? Nun, es ist immer noch meine Firma", sagte Sir Hugh und reckte trotzig das Kinn vor. „Ich habe sie gegründet und aufgebaut, egal, was Richard denkt. Und wenn ich sie meinem Sohn vermachen will, dann ist das mein gutes Recht, verdammt! Oh ja, ich weiß, es ist ungerecht – Ned hat für die Firma keinen Finger krumm gemacht – aber er ist mein Sohn, mein eigen Fleisch und Blut, und wenn ich sie an ihn übergeben will, ist das meine Sache, und Richard hat kein Recht, sich einzumischen! Er besitzt genug eigene Anteile und hat an der Firma sehr gut verdient. Und ich weiß, dass er unser Kundennetz und unsere Branchenkontakte genutzt hat, um auf eigene Faust ein paar Unternehmungen zu starten. Er kann sich also nicht beklagen!"

„War noch jemand bei Ihnen, nachdem wir gegangen waren, Sir Hugh?", fragte Glenda.

„Kelly war hier, um mir Gute Nacht zu wünschen. Sie geht meist nach mir zu Bett, aber normalerweise kommt sie noch kurz zu mir, bevor ich mich hinlege. Gestern Abend wusste ich, dass sie kommen würde – sie hatte ein Auge auf eine Diamantkette geworfen, die sie gesehen hatte, und sie wollte mich um den kleinen Finger wickeln, damit ich sie ihr kaufe ... die kleine Goldgräberin", sagte er lachend.

Ich schaute ihn überrascht an. Die wenigsten Männer würden unverhohlen zugeben, dass ihre zukünftige Frau geldgierig war. Sir Hugh sah meinen Gesichtsausdruck und stieß ein bellendes Lachen aus.

„Für wie dumm halten Sie mich? Natürlich weiß ich, dass Kelly nur wegen des Geldes bei mir bleibt. Aber es funktioniert in beide Richtungen." Er grinste vielsagend. „Es kommt nicht oft vor, dass ein Mann in meinem Alter ein hübsches junges Ding hat, das ein Getue um ihn macht und mit seinem sexy Körper sein Bett wärmt ..."

Ich wandte mich angewidert ab. Plötzlich war mir klar, woher Ned seine „charmanten Manieren" hatte.

„Hat Kelly das Testament erwähnt?", wollte ich wissen.

„Nein, aber sie hat eine Menge Fragen über Ned gestellt."

„Was für Fragen?"

Der alte Mann zuckte mit den Schultern. „Über Dinge, die er mochte, seine Lieblingsbeschäftigungen, seine Abneigungen ... Ist das wichtig?"

Ich zögerte. Ich wollte Sir Hugh auf keinen Fall von meinem Verdacht erzählen, dass seine Verlobte ihre Gunst vom Vater auf den Sohn übertragen wollte. „Nicht unbedingt ... aber alles muss festgehalten werden. Es könnte später von Bedeutung sein."

„Da, sehen Sie?", sagte Sir Hugh plötzlich mit einem triumphierenden Lächeln. „Sie hören sich an wie eine Detektivin!"

# Kapitel 12

„Das ist so aufregend, wie in einem echten Landhauskrimi von Agatha Christie!“, schwärmte Glenda, als die Silberlocken mir die Treppe hinunter folgten.

„Oh ja, die mag ich am liebsten“, stimmte Ethel zu. „Besonders die, in denen alle in dem Haus eingeschlossen sind, in dem das Verbrechen stattfindet – so wie wir!“

Ich sah sie von der Seite an. Fand sie wirklich Gefallen an dem Gedanken, mit einem Mörder in einem Haus gefangen zu sein?

Mabel lächelte selbstgefällig. „Ich wollte schon immer mal eine Leiche in einer Bibliothek finden.“

„Allerdings war es Gemma, die sie gefunden hat“, bemerkte Florence. „Du hast derweil im Bett geschnarcht.“

„Nun, ich war im Geiste dabei“, behauptete Mabel. „Wie auch immer, das Wichtigste ist, dass wir ihr jetzt helfen. Und als Erstes müssen wir nach Fußabdrücken suchen“, fügte sie entschieden hinzu.

Ich lachte. „Was?“

„Es gibt immer Fußspuren“, sagte Ethel geduldig, als hätte sie ein kleines Kind vor sich.

„In Kriminalromanen, nicht im wirklichen Leben!“, erwiderte ich.

„Bücher basieren auf dem wirklichen Leben“, argumentierte Florence.

„Ach, kommen Sie! Sie glauben doch nicht ernsthaft, dass es Fußspuren im Schnee gibt, die von der Bibliothek zum Versteck des Mörders führen oder so?“

„Woher willst du das wissen, wenn du nicht nachgesehen hast?“, fragte Mabel. Sie schüttelte den Kopf und schnalzte missbilligend mit der Zunge. „Die jungen Leute heutzutage! Sie sind viel zu schnell bereit, aufzugeben, und jammern dann über Misserfolge, bevor sie es überhaupt richtig versucht haben ... Sie wollen immer sofort Ergebnisse sehen ... Zu meiner Zeit, meine Liebe, zählten Beharrlichkeit und –“

Ich stieß einen gereizten Seufzer aus. „Gut. Sie können gerne nachsehen, aber ich werde nicht auf der Suche nach imaginären Fußspuren durch den Schnee stapfen! Ich tue das, worum Sir Hugh mich gebeten hat, und befrage die anderen, wo sie sich zur

Tatzeit aufgehalten haben.“

***

Ich fand Mrs Holmes in der Küche. Als ich eintrat, kam sie mir plötzlich bekannt vor, und ich runzelte verwirrt die Stirn, bevor mir klar wurde, wo ich sie schon einmal gesehen haben musste: auf Dutzenden von Grußkarten, die Mrs Claus inmitten von weihnachtlicher Behaglichkeit zeigten. Mit ihrer runden Nickelbrille auf der Nasenspitze, ihrem grauen Haarknoten und der rundlichen Figur sah Mrs Holmes aus wie die freundliche, mütterliche Frau des Weihnachtsmanns, die am Holztisch vor dem Küchenfeuer saß. Es hätte mich nicht gewundert, wenn sie Weihnachtsplätzchen gebacken oder Holzspielzeug gebastelt hätte, doch sie war mit etwas viel Banalerem beschäftigt: Sie schälte Kartoffeln.

Sie schien in Gedanken versunken, während sie mit routinierten Bewegungen ihre Arbeit verrichtete. Als ich eintrat, zuckte sie zusammen. „Oh! Sie haben mich erschreckt, Miss“, rief sie und fasste sich ans Herz.

„Entschuldigung, das wollte ich nicht.“

Sie seufzte. „Ist schon in Ordnung. Ich bin nur schon den ganzen Morgen nervös. Wenn ich daran denke, was letzte Nacht passiert ist ... Der Anblick der Leiche des Mannes in der Bibliothek geht mir nicht aus dem Sinn ...“ Sie erschauderte. „Mein Gott, als ich mir über Weihnachten einen Aushilfsjob gesucht habe, hätte ich nicht im Traum damit gerechnet, dass ich in einen Mord verwickelt werde!"

Ich nickte und sagte dann zögernd: „Ich weiß, es war ein furchtbarer Schock, aber dürfte ich Ihnen ein paar Fragen zum gestrigen Abend stellen? Sir Hugh hat mich gebeten, Aussagen von allen Anwesenden aufzunehmen, da die Polizei verhindert ist und vielleicht erst morgen hier eintrifft."

„Oh ... natürlich." Sie beäugte mich neugierig und fragte sich offensichtlich, was mich berechtigte, Leute zu befragen. Trotzdem antwortete sie bereitwillig, als ich sie bat, mir zu schildern, was sie am Abend zuvor gemacht hatte.

„Nach dem Essen habe ich im Salon Tee und Kaffee serviert. Dann bin ich in die Küche gegangen, um aufzuräumen. Es herrschte ein ziemliches Durcheinander, das Geschirr von der Teeparty musste noch gespült werden, außerdem musste ich die Mahlzeiten für heute vorbereiten, also war ich fast bis Mitternacht hier."

„Haben Sie jemanden von der Familie gesehen?"

„Nun, Mrs Floyd kam kurz vorbei, bevor sie zu Bett ging, um ein paar Dinge für den heutigen Speiseplan zu besprechen."

„Wann war das?"

Die Haushälterin runzelte die Stirn. „Gegen halb zwölf, glaube ich ... nein, es muss kurz davor gewesen sein, denn ich erinnere mich, dass ich die Uhr in der Eingangshalle die halbe Stunde schlagen hörte, nachdem sie gegangen war."

„Und sonst war niemand hier?"

„Nein … oh, Moment, ich habe Mr Floyd gesehen. Das war, nachdem Mrs Floyd nach oben gegangen war, ich glaube, da waren alle anderen schon im Bett. Jedenfalls war es sehr still im Haus. Ich hörte ein Geräusch in der Eingangshalle. Es hörte sich an wie die Haustür, was mir um diese Zeit sehr merkwürdig vorkam. Also ging ich zur Küchentür und steckte den Kopf hinaus. Da sah ich Mr Floyd durch die Vordertür hereinkommen."

„Aha? Wann war das?"

„Kurz vor Mitternacht."

„Sind Sie sicher?"

Sie nickte. „Ja, ich konnte die Uhr an der Eingangstür sehen. Sie zeigte zehn vor zwölf."

„Und Sie sind sicher, dass Mr Floyd ins Haus kam und nicht hinausging?"

„Oh ja, er zog gerade seinen Mantel aus. Ich glaube, er war draußen, um zu rauchen – jedenfalls hielt er eine Zigarre in der Hand."

„Bei diesem Wetter?", sagte ich ungläubig.

Sie zuckte mit den Schultern und ihrem Gesichtsausdruck nach zu schließen, wunderte sie sich schon lange nicht mehr über die exzentrischen Gewohnheiten ihrer wohlhabenden Herrschaft.

„Haben Sie gesehen, was Mr Floyd gemacht hat, nachdem er hereingekommen war?

„Ich glaube, er ist nach oben gegangen."

„Nicht in die Bibliothek?"

Ihre Augen weiteten sich. „Die Bibliothek? Sie meinen, er könnte ..."

Ich antwortete nicht.

„Nein, ich bin mir ziemlich sicher, dass er nach oben gegangen ist", sagte Mrs Holmes. „Allerdings muss ich zugeben, dass ich nicht wirklich gesehen habe, wie er die Treppe hinaufging. Ich habe nur kurz einen Blick in die Eingangshalle geworfen, und als ich sah, dass er es war, habe ich die Küchentür wieder zugemacht. Aber es sah so aus, als würde er auf die Treppe zugehen."

„Waren Sie noch bei der Arbeit, als Sie hörten, wie ich die Vase in der Bibliothek umgeworfen habe?" Ich erinnerte mich, dass sie ihre Schürze trug, als sie hereinkam.

„Ich war eigentlich schon fertig und wollte gerade die Schürze ausziehen, da fiel mir ein, dass in einer der Pfannen etwas angebrannte Soße vom Abendessen am Boden klebte." Sie verdrehte die Augen. „So etwas kenne ich. Wenn man das nicht über Nacht einweicht, kriegt man es kaum mehr ab. Ich wollte die Pfanne gerade in die Spüle stellen, als ich den Lärm in der Bibliothek hörte." Sie sah mich verlegen an. „Tut mir leid, dass ich so geschrien habe. Es war so ein Schock ..."

„Nein, nein, das verstehe ich", beruhigte ich sie. „Es wäre seltsam gewesen, wenn Sie nicht geschrien hätten. Man rechnet damit, dass jemand beim Anblick einer Leiche losschreit." Ich warf einen Blick auf den riesigen Berg Kartoffeln, die sie gerade schälte, und fügte mitfühlend hinzu: „Vermutlich sind Sie froh, wenn die Feiertage und all die Festivitäten vorbei sind und es im Januar wieder ruhiger wird. Werden Sie auf Thurlby Hall bleiben?"

„Das weiß ich noch nicht. Mrs Floyd ist furchtbar nett und die Stelle ist gut bezahlt, aber ..." Sie schaute sich um und verzog das Gesicht.

Ich lächelte sie an. „Vielleicht sehen Sie das anders, wenn Sie eine Weile frei hatten. Wohnen Ihre Kinder in der Nähe oder ..."

„Ich habe keine Kinder. Eigentlich heiße ich ‚Miss Holmes'", gestand sie und errötete leicht. „Ich benutze das ‚Mrs' als eine Art offiziellen Titel für die Arbeit, weil das irgendwie verlässlicher klingt, nicht wahr? Besonders bei einer Haushälterin. Man wird auch ganz selbstverständlich mit ‚Mrs' angeredet, wenn man ein gewisses Alter erreicht hat. Alle gehen davon aus, dass man verheiratet ist und Kinder hat."

Ich warf ihr einen entschuldigenden Blick zu. „Ja, dafür war ich gerade das beste Beispiel – es tut mir sehr leid! Bei Annabel – ich meine, Mrs Floyd – habe ich gestern vor der Teeparty den gleichen Fehler gemacht. Ich habe einfach angenommen, dass sie Kinder hat und die Weihnachtsstrümpfe am Kaminsims für sie sind ... Ich habe mich schrecklich gefühlt, als sie mir sagte, dass sie keine Kinder hat. Sie sah so traurig aus. Ich war wütend auf mich selbst, weil ich taktlos war."

„Nun ja, jeder macht mal Fehler, und ich bin sicher, Mrs Floyd hat es sich nicht zu Herzen genommen. Sie ist eine reizende Dame. Manchmal wundere ich mich, wie sie Sir Hughs Tochter sein kann – oh!" Mrs Holmes brach ab und errötete. „Tut mir leid, vergessen Sie, dass ich das gesagt habe."

Als ich mich von ihr verabschiedet hatte und die Küche verließ, musste ich zugeben, dass ich ganz ihrer Meinung war. Sir Hugh hatte eine Tochter wie Annabel nicht verdient.

# Kapitel 13

Annabel, Richard, Julian und Kelly saßen im Esszimmer beim Frühstück, als ich ihnen zögernd erklärte, worum Sir Hugh mich gebeten hatte. Ich hatte ihre Reaktion gefürchtet – was immer Sir Hugh gesagt haben und wie zuvorkommend Mrs Holmes auch gewesen sein mochte, ich erwartete nicht, dass die anderen sich so bereitwillig auf meine Befragung einlassen würden. Richard Floyds Worte überraschten mich daher nicht.

„Was? Etwas so Lächerliches habe ich noch nie gehört!", polterte er. „Sie sind nichts weiter als eine alberne Teestuben-Kellnerin – was gibt Ihnen das Recht, sich als Vertreterin der Polizei aufzuspielen? Mit Ihnen spreche ich nicht! Wie kommen Sie dazu, mich wie einen Verdächtigen zu befragen? Gehen Sie verdammt noch mal zurück in die Küche, wo Sie hingehören!"

„Richard!", rief Annabel schockiert. „Ich denke, mein Vater hat recht und es ist eine gute Idee, dass Sie der Polizei helfen", sagte sie zu mir gewandt. „Ich bin mir sicher, dass wir alle gerne bereit sind, Ihre Fragen zu beantworten, wenn wir dadurch Neds Mörder auf die Spur kommen. Ich würde sogar den Anfang machen."

Mit einem vorsichtigen Blick auf ihren Mann fragte ich: „Können wir irgendwo hingehen, wo wir ungestört sind?"

„Ja, natürlich. Hier entlang ..." Annabel führte mich durch die Eingangshalle in einen kleinen Raum mit großen Erkerfenstern, von denen man einen Blick auf die Gartenanlage hatte, und einem uralten Klavier in der Ecke. Sie schloss die Tür und wies auf das Sofa. „Das war früher das Musikzimmer. Wir benutzen es jetzt nicht mehr oft. Hier wird uns niemand stören."

Ich beobachtete sie, als sie sich neben mich setzte. Sie war blass und hatte dunkle Ringe unter den Augen, doch die schienen eher von einer unruhigen Nacht als von tiefer Verzweiflung herzurühren. Auch bei eingehender Betrachtung konnte ich keinerlei Anzeichen von Trauer um ihren toten Bruder entdecken – was allerdings angesichts von Annabels allgegenwärtiger Selbstbeherrschung und Gelassenheit nichts bedeuten musste.

„Können Sie mir sagen, was Sie gestern Abend

gemacht haben – und vor allem, wann Sie Ned das letzte Mal gesehen haben?“

„Nun, wie Sie wissen, haben wir Damen uns nach dem Abendessen in den Salon zurückgezogen – mit Ausnahme Ihrer vier Bekannten, die gleich zu Bett gegangen sind. Wir haben zusammen eine Tasse Tee getrunken, dann haben Sie sich verabschiedet. Ich dachte, die Männer würden zu uns stoßen, aber wie es scheint, ist mein Vater direkt nach oben gegangen und Ned hat ihn begleitet, sodass nur Julian zu uns in den Salon kam.“

„Was ist mit Ihrem Mann?“

Annabel zuckte mit den Schultern. „Ich weiß nicht, wo er war. Vielleicht hat er draußen eine dieser schrecklichen Zigarren geraucht. Sie stinken entsetzlich, deshalb habe ich ihn gebeten, sie nicht im Haus zu rauchen.“

*Nein, er war nicht draußen, um zu rauchen*, dachte ich. Er *hat an Sir Hughs Zimmertür gelauscht.*

„Julian hat eine Tasse Tee getrunken, dann sagte er, er sei müde und würde sich hinlegen. Kelly stand kurz darauf ebenfalls auf. Sie sei auch sehr müde und wolle früh schlafen gehen.“

„Oh?“ Ich spitzte die Ohren. Es war interessant, dass sie sich so kurz nacheinander verabschiedet hatten, und natürlich musste ich sofort an die Schritte und das Geflüster denken, die ich gestern Abend vor meiner Zimmertür gehört hatte – und an das Kichern, das sicher von Kelly stammte. „Ähm ... verstehen sich Julian und Kelly ... gut?“

Annabels Seitenblick verriet mir, dass sie wusste, was ich dachte. „Kelly hat viele Freunde", antwortete sie und presste die Lippen zusammen.

Zu spät erinnerte ich mich an die unangenehme Szene mit Annabels Mann und der Zukünftigen seines Schwiegervaters, in die wir gestern Nachmittag hineingeraten waren, und verfluchte mich insgeheim für meine Gefühllosigkeit. Hastig wechselte ich das Thema.

„Ähm ... als ich gestern Abend auf der Suche nach Müsli nach unten kam, konnte ich nicht umhin, Sie und Richard in der Bibliothek zu belauschen. Sie schienen sich zu streiten. Für mich hörte es sich an, als hätten Sie über Ned gesprochen."

Annabel rutschte unbehaglich hin und her.

„Ja. Nachdem Kelly gegangen war, wollte ich nicht allein im Salon sitzen, also ging ich in die Bibliothek. Dann kam Richard herein; er war schlechter Stimmung. Als ich ihn fragte, was los sei, beklagte er sich, Daddy würde Ned immer bevorzugen."

„Haben sich Ihr Mann und Ihr Bruder nicht verstanden?"

Sie zögerte. „Richard hat Ned nie gemocht. Er hat es nicht offen gezeigt, aber ich hatte den Eindruck, dass er froh war, als Ned damals verschwand. Aber Sie wollen doch sicher nicht andeuten, dass Richard vielleicht –" Annabel brach ab und starrte mich an.

„Haben Sie Ned gestern Abend noch einmal gesehen?", fragte ich, ohne ihr zu antworten.

„Ja, er kam in die Bibliothek, nachdem Sie

gegangen waren. Er ... wir ... wir haben uns ein wenig unterhalten", sagte sie und errötete.

Ich sah sie neugierig an. Ihre geröteten Wangen waren die deutlichste Gefühlsregung, die ich bisher bei ihr beobachtet hatte. Ich fragte mich, worüber sie sich mit ihrem Bruder „unterhalten" hatte.

„Dann habe ich in der Küche vorbeigeschaut. Ned blieb in der Bibliothek. Ich wollte Mrs Holmes etwas wegen des morgigen – ich meine, das heutigen – Menüs fragen und bin dann ins Bett gegangen."

„Ging es Ned gut, als Sie ihn in der Bibliothek zurückgelassen haben?", fragte ich.

Sie zögerte für den Bruchteil einer Sekunde. „Ja. Er hatte sich Plumpudding aus der Küche geholt und wollte ihn am Kamin essen und dazu ein Glas Portwein trinken. Das hat er an Weihnachten gern gemacht."

„Und das war das letzte Mal, dass Sie ihn lebend gesehen haben?"

Sie nickte.

„Wie spät war es, als Sie die Bibliothek verlassen haben?"

Sie runzelte die Stirn. „Das muss so gegen Viertel nach elf gewesen sein. Ich war nur kurz in der Küche, und ich weiß, dass es etwa halb zwölf war, als ich zu Bett ging. Ich erinnere mich, dass ich die Standuhr unten die halbe Stunde habe schlagen hören."

Ja, den Halbstunden-Schlag hatte ich auch gehört, kurz vor den Schritten und dem Flüstern vor meiner Tür. Dann war ich eingeschlafen, und als ich wieder aufwachte, war es schon nach Mitternacht. Ich erinnerte mich auch daran, dass die Standuhr halb eins schlug, als ich Neds Leiche entdeckte.

In dieser Stunde – zwischen dem Zeitpunkt, als Annabel ihren Bruder in der Bibliothek zurückgelassen hatte, und dem Zeitpunkt, an dem ich seine Leiche fand – hatte sich also jemand an ihn herangeschlichen, ihn überwältigt und …

„Haben Sie geschlafen, als im Erdgeschoss der Tumult losging?"

„Ja, ich bin aufgewacht, als ich die Schreie hörte. Ich habe mich furchtbar erschrocken. Ich sprang aus dem Bett, schnappte mir meinen Morgenmantel und rannte die Treppe hinunter."

„Was ist mit Ihrem Mann?" Richard Floyd war vollständig angezogen in die Bibliothek gekommen.

„Ich weiß es nicht. Das Bett neben mir war leer, als ich aufwachte … obwohl ich mich erinnere, ihn auf dem Treppenabsatz gesehen zu haben, als ich hinauslief, und er ging vor mir die Treppe hinunter …" Annabel rieb sich die Schläfen. „Es tut mir leid, es war alles durcheinander und ich war gerade aus dem Schlaf hochgeschreckt, sodass ich nicht wirklich darauf geachtet habe."

„Geht Richard oft spät zu Bett?"

Annabel zuckte mit den Schultern. „Kann sein. Ich bekomme es normalerweise gar nicht mit. Ich gehe einfach zu Bett, wenn es mir passt. Richard bleibt meist länger auf, wahrscheinlich arbeitet er bis spät in der Nacht."

*Oder er trifft sich mit Ihrer zukünftigen Stiefmutter,* dachte ich zynisch. Dennoch schien es unwahrscheinlich, dass Richard gestern Abend bei Kelly gewesen war, denn ich hatte gehört, wie sie in Julians Zimmer ging. Wo war er also gewesen?

Das war eine Frage, die ich ihm stellen musste – ob ihm das nun passte oder nicht.

# Kapitel 14

„Warum sollte ich Ihnen etwas erzählen? Sie sind nicht die Polizei. Mein Anwalt ist nicht dabei. Ich muss keine Ihrer Fragen beantworten!"

Ich musterte den streitlustigen Mann vor mir. Was er sagte, entsprach der Wahrheit, und trotzdem hatte ich den Eindruck, dass er diesen Aufstand aus einem einzigen Grund machte: Er hatte Angst. Richard Floyd war ein Tyrann und es gab nur eine Möglichkeit, mit Tyrannen umzugehen: Man musste ihnen den Wind aus den Segeln nehmen.

„Das stimmt", gab ich also ruhig zurück. „Sie müssen meine Fragen nicht beantworten. Aber da alle anderen dazu bereit sind, wird es der Polizei sehr verdächtig vorkommen, wenn Sie sich weigern. Bitte sehr, das ist Ihr gutes Recht. Ich werde einfach vermerken, dass Sie nicht angeben wollten, wo Sie sich in der Mordnacht aufgehalten haben. Die Polizei wird ihre Schlüsse daraus ziehen und -"

„He, nun mal langsam ..." Richard schaute finster drein. „Wer sagt, dass ich mich weigere? Sie tun so, als hätte ich etwas zu verbergen! Ich mag es einfach nicht, wenn man mich wie einen Verdächtigen behandelt."

„Na ja, wenn Sie mir sagen, wie Sie den gestrigen Abend verbracht haben, können Sie vielleicht aus dem Kreis der Verdächtigen ausgeschlossen werden", erwiderte ich in sachlichem Ton.

Er seufzte tief. „Gut. Da gibt es sowieso nicht viel zu erzählen. Nach dem Abendessen habe ich mit Julian im Esszimmer gesessen - Ned hatte Sir Hugh in seinen Bereich des Hauses begleitet. Dann bin ich zu Annabel in die Bibliothek gegangen. Später kamen Sie auf der Suche nach Ihrer Katze herein. Anschließend habe ich im Billardraum eine Partie gespielt. Danach hatte ich Lust auf eine Zigarre, also bin ich nach draußen gegangen."

„So spät am Abend?" Ich hob die Augenbrauen.

„Warum nicht? Ich wollte ein bisschen frische Luft schnappen. Außerdem hasst Annabel meine Zigarren, sie meckert immer über den Gestank ..."

„Aber es hat geschneit!"

Er zuckte mit den Schultern. „Ein bisschen Kälte macht mir nichts aus. Ich hatte meinen Mantel an. Außerdem spürt man den Wind kaum, wenn man an der Hauswand im Windschatten steht. Ich bin einfach zur Vordertür raus und habe mich um die Ecke unter den Dachvorsprung gestellt. Da ist man vor dem Schlimmsten geschützt."

Ich rief mir den Grundriss des Herrenhauses in Erinnerung. „Das ist nicht weit von dem Fenster der Bibliothek, nicht wahr?"

Richard sah misstrauisch aus. „Ja, das Fenster der Bibliothek ist gleich hinter der Ecke, an der ich gestanden habe."

„Haben Sie hindurchgeschaut? Konnten Sie Ned in der Bibliothek sehen?", fragte ich.

„Nein, von da, wo ich gestanden habe, konnte ich nicht hineinsehen. Außerdem ist direkt vor dem Fenster ein riesiger Ilex, der die Sicht versperrt."

„Wann sind Sie wieder hereingekommen?"

„Kurz nach Mitternacht. Zehn nach zwölf? So in etwa."

Ich kniff die Augen zusammen. Mrs Holmes hatte angegeben, dass sie Richard kurz vor Mitternacht ins Haus hatte kommen sehen, doch ich beschloss, seine Aussage im Moment nicht infrage zu stellen. Stattdessen fragte ich: „Und dann sind Sie direkt zu Bett gegangen?"

Er zögerte fast unmerklich. „J-ja. Ich bin nach oben gegangen."

„Aber Annabel sagte, Sie seien nicht im Bett gewesen, als sie durch die Schreie im Erdgeschoss geweckt wurde - sie sagte, Sie seien letzte Nacht nicht ins Schlafzimmer gekommen."

„Was? Natürlich war ich im Schlafzimmer."

„Sie sagte, sie habe Sie auf dem Treppenabsatz gesehen, als sie nach unten lief."

„Nun, ich ... Annabel muss sich getäuscht haben", schimpfte er. „Letzte Nacht ging es drunter und drüber und wahrscheinlich hat sie noch halb geschlafen. Ich ... äh ... war vielleicht noch gar nicht im Bett, als sie aufwachte ... Ich war vermutlich dabei, mich auszuziehen - ja, richtig, jetzt erinnere ich mich. Ich kam ins Schlafzimmer und versuchte, leise zu sein, um sie nicht zu wecken. Ich schlich auf Zehenspitzen herum, aber als ich mich gerade ausziehen wollte, hörte ich unten den Krach, also rannte ich wieder hinaus. Bis Annabel aufgestanden war, stand ich schon auf dem Treppenabsatz." Er lehnte sich mit selbstzufriedenem Gesichtsausdruck zurück.

Ich glaubte ihm kein Wort. Ein Mann, der normalerweise wenig Rücksicht auf seine Frau nahm, würde kaum auf Zehenspitzen herumschleichen, um sie nicht zu wecken. Nein, ich war mir sicher, dass er log.

„Wann sind Sie zum Rauchen vor die Tür gegangen?", fragte ich plötzlich.

„Keine Ahnung", erwiderte er gereizt. „Ich habe nicht auf die Uhrzeit geachtet, okay? Es war irgendwann vor Mitternacht - vielleicht Viertel vor zwölf? So um den Dreh."

„Und Sie sagten, Sie seien erst um zehn nach zwölf wieder hereingekommen ... Mrs Holmes gab allerdings an, sie habe Sie kurz vor Mitternacht ins

Haus zurückkehren sehen."

„Was? Das ist Blödsinn! Mrs Holmes muss sich irren."

„So wie Ihre Frau sich geirrt hat, dass Sie nicht im Schlafzimmer waren, als von unten die Schreie zu hören waren?"

„Ich ... warum reiten Sie darauf herum?", fauchte er. „Das habe ich Ihnen bereits erklärt, und außerdem bin ich definitiv nach Mitternacht wieder reingekommen ..."

„Nein, ich glaube, Sie lügen", sagte ich, beugte mich vor und sah ihm direkt in die Augen. „Sie wollen nicht zugeben, dass Sie früher ins Haus gekommen sind, denn dann müssten Sie Rechenschaft für weitere zwanzig Minuten ablegen ... und warum sollten Sie versuchen, etwas zu vertuschen - es sei denn, Sie haben in dieser Zeit etwas getan, von dem niemand erfahren soll? Wie zum Beispiel ... Ihren Schwager zu ermorden?"

„Was?" Er starrte mich fassungslos an. „Das ist doch Blödsinn! Ich habe Ned nicht ermordet! Ich war nicht in der verdammten Bibliothek, nachdem ich ins Haus zurückgekehrt war. Ich habe Ihnen doch gesagt, dass ich direkt die Treppe hochgegangen bin ..."

„Aber Sie sind nicht in Ihr Schlafzimmer gegangen. Ihre Frau bestätigt das. Was haben Sie wirklich gemacht?", schoss ich zurück. „Ich weiß, dass Sie vorher vor Sir Hughs Zimmerflucht gelauscht haben - ja, eine meiner Bekannten hat mir erzählt, dass sie Sie vor der Tür ertappt hat - und Sie haben wahrscheinlich von dem neuen Testament Ihres Schwiegervaters gehört und geahnt, dass er es zu Neds Gunsten ändern würde. Es ist allgemein bekannt, dass Sie Ihren Schwager nicht ausstehen konnten, und plötzlich war er wieder da, verspottete Sie, drang in Ihren Herrschaftsbereich ein und erntete die Früchte all der harten Arbeit, die Sie in das Unternehmen gesteckt hatten ... Das konnten Sie nicht ertragen. Sie sind ein knallharter Geschäftsmann, der es gewohnt ist, sich einen Vorteil zu verschaffen, koste es, was es wolle. Also haben Sie beschlossen, ihn zu töten ..."

„NEIN!" Richard sprang mit hochrotem Gesicht auf. „Nein", wiederholte er wütend. „Härte im Geschäftsleben, das ist eine Sache. Aber einen Mord begehen? Niemals! Okay, ja ... ich gebe zu, dass ich vor Sir Hughs Zimmer war und gehört habe, wie er über das Testament gesprochen hat ... und ja ... ich war ... ich war wütend ... aber das bedeutet nicht, dass ich Ned getötet habe!" Er beugte sich plötzlich vor und kam mit seinem Gesicht ganz nah an meins. „Wenn Sie wirklich jemanden suchen, der einen Grund hat, meinen Schwager zu töten, dann sollten Sie sich Julian vornehmen."

„Julian?"

„Ja. Er hat es schon seit Jahren auf das Anwesen abgesehen - Annabel hat mir erzählt, dass sie und Ned ihn mit ‚Sir Julian' anreden sollten, als sie noch Kinder waren. Er ist vernarrt in diesen ganzen

Gutsherren-Quatsch. Darauf wartet er sein Leben lang: dass der Alte stirbt und er das Baronat und das Anwesen erbt. Neds Tod bedeutet, dass Julian wieder die Position des einzigen männlichen Erben einnimmt, die er bisher innehatte." Richard nickte grimmig. „Wenn jemand einen guten Grund hatte, Ned loswerden zu wollen, dann ist es Julian."

# Kapitel 15

Im Gegensatz zu den anderen sah Julian Morecombe gut ausgeruht und entspannt aus, als er ins Musikzimmer kam. Er wirkte sogar fast fröhlich.

„So … wir spielen also Murder Mystery?“, fragte er mit einem trockenen Lächeln. „Perfekt für Weihnachten. Oh, ich bitte um Verzeihung, das ist wohl recht geschmacklos, nicht wahr? Solche Witze zu machen, wenn mein armer Cousin tot ist. Aber man muss sich ja einen Sinn für Humor bewahren, meinen Sie nicht auch?“

„Neds Tod scheint Ihnen nicht allzu nahezugehen.“

Er zuckte mit den Schultern. „Ich werde nicht so tun, als sei ich tief getroffen, wenn es nicht stimmt. Natürlich tut es mir leid, was mit Ned passiert ist, aber wir standen uns nie sehr nahe, und ich kann auch nicht behaupten, dass ich ihn vermissen werde. Schließlich war er in den letzten fünfundzwanzig Jahren kein Teil meines Lebens mehr. Ich hatte mich längst an den Gedanken gewöhnt, dass er tot ist."

Seine Worte klangen herzlos, aber eigentlich schätzte ich seine unverblümte Aufrichtigkeit mehr als vorgetäuschte Trauer.

„Fällt Ihnen jemand ein, der ihm etwas hätte zuleide tun wollen?", fragte ich.

Er gab ein humorloses Lachen von sich. „Oh, eine ganze Reihe von Ex-Freundinnen, könnte ich mir vorstellen. Ned war ein gewohnheitsmäßiger Herzensbrecher, er hat Frauen aufgerissen, mit ihnen herumgespielt und sie dann ... ‚abserviert', glaube ich, sagt man. Er war ein Meister darin, sie schlecht zu behandeln ... Ich erinnere mich, dass meine Tante - Neds Mutter - einen Anfall bekam, als Ned eines Sommers aus Eton zurückkam, um die Ferien hier zu verbringen. Er hatte mit ein paar Mädchen aus dem Dorf angebandelt – mit allen gleichzeitig, wie ich hinzufügen möchte - und eine von ihnen war schwanger geworden! Und er war damals erst siebzehn. Nach dem Tod meiner Tante wurde es noch schlimmer. Ich glaube, ihr Einfluss hielt ihn in Schach, aber als sie nicht mehr da war, war niemand da, der ihn hätte zur Ordnung rufen können. Sir Hugh ist immer noch ein furchtbarer Chauvinist, doch in jungen Jahren war er selbst ein schrecklicher Schürzenjäger. Er sagte also nur: ‚Wie der Vater, so der Sohn', wenn Ned mal wieder in der Patsche saß. Für ihn benahm er sich wie ein ‚richtiger Mann'." Julian verzog das Gesicht. „Selbst als Ned verschwand und dieser Riesenskandal losbrach, hat er ihn immer noch in Schutz genommen."

„Welcher Skandal?", fragte ich neugierig.

„Oh, wussten Sie das nicht? Ned war mit einem Mädchen aus der Londoner Promi-Szene verlobt. Mit der Tochter eines Geschäftspartners von Sir Hugh, um genau zu sein. Ich glaube, ihr Name war Jessica, die Tochter von Neville Smythe. Die Eheschließung war für die Zeit nach Neds einundzwanzigsten Geburtstag geplant, aber sie hatten bereits eine üppige Verlobungsparty gefeiert und die Hochzeit sollte das gesellschaftliche Ereignis des Jahres werden. Sie würde zwei beeindruckende Imperien vereinen. Eine Woche, nachdem er volljährig geworden war und auf seinen Treuhandfonds zugreifen konnte, nahm Ned das Geld und verschwand. Mein Gott, dieses Theater hätten Sie erleben sollen! Seine Verlobte war hysterisch, ihr Vater drohte damit, Ned umzubringen, für die Klatschzeitschriften war es ein gefundenes Fressen ..."

Julian schüttelte den Kopf. „Und es wurde immer schlimmer. Es kam heraus, dass sich Ned in zwielichtigen Spielhöllen herumgetrieben und einen gewaltigen Schuldenberg angehäuft hatte. Außerdem hatte er sich mit einem der

Dienstmädchen hier eingelassen, als er schon mit Jessica verlobt war, und sie schwanger sitzenlassen. Und dann hatte er Schmuck aus dem Tresor gestohlen - Erbstücke, die seit Generationen im Besitz der Familie Morecombe waren. Er hat also eine Spur der Verwüstung hinterlassen!" Julian schüttelte erneut den Kopf und lachte. „Von den Juwelen hat zunächst niemand etwas mitbekommen - Sir Hugh dachte, sie seien gestohlen worden, und er machte einen Aufstand, rief seinen Freund bei der Kripo an und bestand auf einer eingehenden Untersuchung ... bis wir eine Postkarte von Ned erhielten, auf der er uns mitteilte, er habe die Juwelen mitgenommen, um ein neues Leben zu beginnen. Wir sollten uns nicht die Mühe machen, ihn zu suchen. Und danach haben wir nie wieder von ihm gehört ... bis er gestern Nachmittag hier auftauchte!"

„Wow ..." Für meine Ohren klang die Geschichte wie ein billiges Fernsehdrama.

„Ja, es hört sich an wie eine schlechte Seifenoper, nicht wahr?", sagte Julian, als hätte er meine Gedanken gelesen. „Und ich kann mir nicht vorstellen, dass Ned sich geändert hat, als er sein neues Leben in den Staaten begann. Ich bin überzeugt, dass er auch dort eine Spur von gebrochenen Herzen und anderen Verletzungen hinterlassen hat. Vermutlich wäre es einfacher, nach Leuten zu suchen, die ihm wohlgesonnen waren ... denn sonst können Sie sich vor Verdächtigen nicht mehr retten."

*Nur waren sie nicht alle auf Thurlby Hall anwesend*, dachte ich. Egal, wie viele Feinde Ned auch gehabt haben mochte, keiner von ihnen war letzte Nacht im Herrenhaus eingeschneit gewesen. Nur die, die sich derzeit hier aufhielten, hatten die Gelegenheit, ihn zu ermorden. Ich warf erneut einen Blick auf Julian Morecombe. *Und dieser Mann ist einer von ihnen.*

Ich räusperte mich. „Wenn es Ihnen nichts ausmacht, wüsste ich gerne, wo Sie sich gestern Abend aufgehalten haben."

Er setzte wieder dieses trockene Lächeln auf. „Ah … um zu sehen, ob ich ein Alibi habe? Nun, ich kann Ihnen gleich sagen, dass ich keins habe. Ich war zum Zeitpunkt des Mordes oben und habe geschlafen, aber das kann ich nicht beweisen."

„Wann sind Sie nach oben gegangen?"

„Oh, so gegen elf, glaube ich. Ich habe mit Annabel und Kelly im Salon Kaffee getrunken und ging dann zu Bett."

„Alleine?"

Er runzelte die Stirn. „Was meinen Sie damit?"

Ich zögerte und fragte dann: „War jemand mit Ihnen in Ihrem Zimmer?"

„Was soll das?", schnauzte er. „Hören Sie, ich war bereit, einige Fragen zu beantworten, aber das gibt Ihnen nicht das Recht, in meinen persönlichen Angelegenheiten herumzuschnüffeln!"

Ich zuckte überrascht zurück. „Sie klingen sehr

defensiv.“

„Ich bin überhaupt nicht defensiv!“, polterte er wütend. „Ich ... ich ärgere mich nur über die Verletzung meiner Privatsphäre. Außerdem verstehe ich nicht, was das mit dem Mord an Ned zu tun haben soll.“

„Es könnte sehr wohl etwas damit zu tun haben, wenn die Person, die bei Ihnen war, Ihnen ein Alibi geben könnte.“

Er hielt inne und ich konnte sehen, wie sein Blick hin und her huschte, als würde er schnell überlegen. Dann sagte er steif: „Nicht, dass es Sie etwas anginge, aber nehmen Sie bitte zu Protokoll: Ja, ich war letzte Nacht allein. Und wenn Sie mich jetzt entschuldigen – mir reicht es für heute an Verhören!“

Ich schaute ihm nachdenklich nach, als er aus dem Zimmer stürmte. Julian Morecombe war entspannt, fast gelangweilt gewesen und hatte sogar gescherzt, dass er als Verdächtiger infrage komme. Erst als ich wissen wollte, ob er die Nacht allein verbracht habe, hatte er dichtgemacht. Was hatte das zu bedeuten? Die naheliegende Schlussfolgerung war, dass er nicht allein gewesen war und nicht wollte, dass jemand davon erfuhr.

Ich dachte an die Schritte, die ich gehört hatte, das Flüstern, das Kichern einer Frau ... Es gab eine bestimmte junge Frau, die den ganzen Abend mit Julian geflirtet hatte - und die mit Sir Hugh verlobt war. Wenn Julian eine Affäre mit Kelly hatte, dann wollte er sie sicher geheim halten - vor allem, wenn er bemüht war, die Gunst seines Onkels nicht zu verspielen.

Nun, Kelly war die einzige, mit der ich noch nicht gesprochen hatte. Es wäre sicher interessant zu erfahren, was sie über ihren Aufenthaltsort in der vergangenen Nacht zu sagen hatte …

***

„Ist es nicht einfach furchtbar? Oh mein Gott, ich hätte nie gedacht, dass ich mal in einen Mord verwickelt werde!" Kelly überlief ein wohliger Schauer. „Der Gedanke, dass Ned unten ermordet wurde und ich oben in meinem Zimmer fest geschlafen habe!"

Das war mein Stichwort. „Sie sind gestern Abend früh zu Bett gegangen?"

„Na ja, nicht besonders früh. Gegen elf, glaube ich. Gleich nachdem Julian hochgegangen war." Sie zog die Nase kraus. „Ich hatte keine Lust, noch länger mit Annabel im Salon herumzusitzen. Sie ist solch eine blöde Gans. Sie war immer noch wütend, weil sie mich gestern Nachmittag mit Richard gesehen hat, aber natürlich wollte sie nicht darüber reden. Typisch! Sie hat mich nur mit dieser eiskalten Höflichkeit behandelt … ich hätte am liebsten geschrien! Ehrlich gesagt wäre es mir lieber gewesen, wenn sie mich angebrüllt und mich eine Schlampe genannt hätte. Dann hätte ich wenigstens das Gefühl gehabt, es mit einem Menschen aus Fleisch und Blut zu tun zu haben – was ist?", fragte sie, als sie meinen Gesichtsausdruck sah. „Schauen Sie mich nicht so an. Wir sind doch alle erwachsen. Wenn Annabel nicht so ein kalter Fisch wäre, würde Richard vielleicht nicht anderswo Trost suchen. Man kann es einem Mann nicht verübeln, wenn er versucht, ein bisschen Sex zu kriegen, wo er kann."

Eigentlich wollte ich gar nicht darauf eingehen, aber ihre gefühllosen Worte waren zu provokant. „Und was ist mit Ihnen? Sie sind verlobt."

„Ich?" Sie lächelte keck. „Na ja, ein Mädel darf sich doch auch mal amüsieren, nicht wahr? Ich sitze hier in diesem Mausoleum mit einem Mann fest, der nicht einmal mehr seine eigenen Zähne hat!" Sie wedelte mit einer Hand. „Ja, ja, ich weiß ... Sie werden sagen, dass ich wusste, worauf ich mich einlasse, aber trotzdem – es muss doch einen Ausgleich geben. Außerdem hat Hugh nichts dagegen, wenn ich mich amüsiere, solange ich ihm zur Verfügung stehe, wenn er mich braucht", fügte sie unverblümt hinzu.

Ich wandte mich angewidert ab. Meine Bewegung entging ihr nicht.

„Oh, ich weiß, was Sie denken, so sittsam und tugendhaft, wie Sie da sitzen", sagte sie mit verächtlichem Schnauben. „Aber nicht alle haben das Glück, in einer Familie der oberen Mittelschicht aufzuwachsen, mit Geld und Privilegien und einer Ausbildung in Oxbridge. Manch einer muss sich nehmen, was er mit seinen eigenen Händen greifen kann - und dafür schäme ich mich nicht!" Sie lehnte sich zurück, strich ihr Kleid glatt und ließ die Hände mit einem selbstgefälligen Lächeln über die Hüften gleiten. „Es war mein Glückstag, als ich letztes Jahr einen Job als Sekretärin von Neville Smythe bekam und dadurch die Chance hatte, Hugh kennenzulernen. Ich habe dafür gesorgt, dass er mich bemerkt, wenn er zu Meetings kam …"

„Sir Hugh macht immer noch Geschäfte mit Neville Smythe?", fragte ich erstaunt. „Aber ich dachte … nach der Sache mit Ned und Jessica …"

Kelly zuckte mit den Schultern. „Geschäft ist Geschäft. Ich sage nicht, dass die beiden die besten Freunde sind, aber ihre Unternehmen waren zu eng miteinander verflochten – wenn sie alle Verbindungen gekappt hätten, hätte das zu große finanzielle Verlusten zur Folge gehabt. Außerdem war die geplatzte Verlobung schon Jahre her und Jessica hatte bald einen anderen armen Kerl am Haken, der ihr jeden Wunsch von den Augen ablas und ihr seinen Ring an den Finger steckte."

„Sie war also verheiratet?"

„Ja, und mittlerweile ist sie geschieden, glaube ich. Hugh sagte einmal, er sei um Haaresbreite davongekommen; zumindest die Unterhaltszahlungen seien jetzt das Problem von jemand anderem." Sie lachte. „Das zeigt nur, wie naiv er ist … Er ging davon aus, dass er nur Unterhalt an die Ex-Frau seines Sohnes zahlen würde. Dass er auch für seine eigene Ex-Frau zahlen müsste, ist ihm nicht in den Sinn gekommen."

„Sie haben also vor, Sir Hugh zu heiraten und sich dann von ihm scheiden zu lassen?", fragte ich schnell.

Sie warf mir einen kühlen Blick zu. „Nein. Aber es kann nicht schaden, vorbereitet zu sein. Wie ich schon sagte, hatte ich niemanden, der sich um mich gekümmert hat - ich habe gelernt, für mich selbst zu sorgen."

„Sind Sie also allein? Keine Familie?"

Ihr Gesichtsausdruck wurde verschlossen. „Ich bin ein Waisenkind. Ich wurde zur Adoption freigegeben und bin in Pflegefamilien aufgewachsen."

„Oh. Das tut mir leid", sagte ich lahm.

Sie grinste. „Wieso tut Ihnen das leid? Ich komme doch ganz gut zurecht, oder?" Sie wies mit der Hand in den Raum. „Bald bin ich Herrin über all das hier - warten Sie's ab!"

Ich holte tief Luft, um das Gespräch wieder auf den Mord an Ned zu lenken.

„Haben Sie sich also gestern Abend mit jemandem ‚amüsiert', wie Sie es nennen?", fragte ich.

„Nein. Wenn's nach mir gegangen wäre ... aber Richard schien in schlechter Stimmung zu sein. Ich kam an ihm vorbei, als ich die Treppe hinaufging. Er fragte mich, wo Annabel sei. Er sah aus, als würde er im nächsten Moment explodieren, also habe ich mich rar gemacht." Sie schmunzelte. „Das überlasse ich den angetrauten Ehefrauen, sich um die üble Laune ihrer Männer zu kümmern."

Diesmal ließ ich mich nicht von ihr provozieren.

„Was ist mit Julian?" fragte ich.

„Julian?" Sie lachte und warf mir einen verschmitzten Blick zu, als wüsste sie etwas, was ich nicht wusste. „Nein, ich war nicht mit Julian zusammen. Ich bin in mein eigenes Zimmer gegangen, habe mir eine Gesichtsmaske gegönnt und mir die Nägel gemacht ..." Sie streckte eine Hand aus und bewunderte die schimmernden rosafarbenen Krallen an ihren Fingerspitzen, dann sah sie mich erneut an und lächelte. „Und danach bin ich ins Bett gegangen."

Ich starrte sie an. Ich hatte gehört, wie sie in Julians Zimmer ging, warum log sie also? Sie hatte gerade gezeigt, dass sie kein Problem damit hatte, mit ihren sexuellen Eroberungen zu prahlen, daher waren Bescheidenheit oder Verlegenheit nicht der Grund für ihre Heimlichtuerei. Wollte sie Julian schützen? Hatte er ihr vielleicht das Versprechen abgenommen, ihre Affäre nicht preiszugeben?

Oder steckt etwas anderes dahinter? Nachdem Kelly gegangen war, blieb ich allein im Musikzimmer zurück und dachte nach. Sir Hugh hatte gesagt, dass Kelly sein Privatvermögen geerbt hätte, wenn Ned nicht zurückgekehrt wäre ... das würde als Motiv durchaus reichen.

# Kapitel 16

Ich verließ das Musikzimmer mit meinen Notizen, die ich mir zu den einzelnen Befragungen gemacht hatte, und spürte plötzlich die Last der Verantwortung auf meinen Schultern, als ich das Bündel Papiere in meiner Hand betrachtete. Ich würde heilfroh sein, wenn die Polizei eintraf und ich die Ermittlungen an sie übergeben konnte. Doch in der Zwischenzeit war ich mit Sir Hugh einer Meinung, dass es besser war, etwas zu unternehmen, als herumzusitzen und auf Hilfe zu warten.

Ich fragte mich, was die Silberlocken in der Zwischenzeit gemacht hatten, und ging auf die Suche nach ihnen.

„Oh, ich glaube, sie sind draußen", sagte Annabel,

als ich ihr in der Eingangshalle begegnete. „Sie sprachen davon, dass sie sich unter dem Fenster der Bibliothek umsehen wollten."

Ich stöhnte insgeheim. *Oh nein! Sie glauben doch nicht immer noch, Fußabdrücke zu finden?* Ich legte meine Notizen an einem sicheren Ort ab, zog meinen Mantel an und öffnete die Eingangstür. Die kalte Luft traf mich wie ein Schlag. Es hatte aufgehört zu schneien, aber es lag eine angespannte Erwartung in der Luft, als würde man uns lediglich eine Atempause gönnen. Der Wind fegte immer noch eisig ums Haus. Ich fröstelte, zog den Mantel enger um mich und betrachtete die trostlose Schneelandschaft, die nun nicht mehr wie ein Winterwunderland aussah.

Ich bahnte mir vorsichtig einen Weg in den Windschatten des Hauses. Richard Floyd hatte recht, dachte ich, als ich um die Ecke bog und feststellte, dass der Wind sofort nachließ. Diese Seite des Gebäudes war sehr geschützt und wenn man sich an die Wand drückte, direkt unter den Dachvorsprung, wurde man nicht nass – solange der Wind nicht umschlug.

Offenbar hatte er in der Nacht gedreht, denn an der Seite des Hauses war ein Schneewall aufgetürmt. Jetzt wehte der Wind aus einer anderen Richtung und der aufgehäufte Schnee bildete einen glatten Hügel ohne irgendwelche Spuren. Ich hatte fast ein schlechtes Gewissen, hindurchzulaufen und die unberührte weiße Pracht zu zerstören. Aber ich hatte die Silberlocken entdeckt - sie kauerten ein Stück weiter auf dieser Seite des Hauses an einem Fenster, neben einem großen Ilex - also holte ich tief Luft und pflügte mir meinen Weg zu ihnen durch.

„Was machen Sie denn hier draußen?", fragte ich atemlos, als ich sie erreichte. „Es ist eiskalt! Und es sieht so aus, als würde es bald wieder anfangen zu schneien. Sie denken doch wohl nicht immer noch -"

Ich brach ab und starrte ungläubig zu Boden. Dort, in dem glatten, weißen Schnee, der sich unter dem Dachvorsprung aufgetürmt hatte, sah ich klar umrissene Fußabdrücke. Sie befanden sich direkt vor dem Fenster - dem Bibliotheksfenster, wie ich feststellte, als ich durch die Glasscheiben ins Innere schaute und den Weihnachtsbaum und die Krippe in der hinteren Ecke sah. Die Fußabdrücke führten vom Fenster weg an der Hauswand entlang.

„Wir haben doch gesagt, dass wir Fußspuren finden würden", meinte Mabel selbstgefällig.

Plötzlich fiel mir auf, dass Glenda und Ethel neben einem der Fußabdrücke hockten. Glenda hielt einen dampfenden Topf mit einer dunklen, goldenen schimmernden Flüssigkeit in der Hand und Ethel löffelte vorsichtig etwas davon aus dem Topf in die Vertiefung, während Florence sich über sie beugte und ängstlich zusah.

„Was in aller Welt tun Sie da?", fragte ich.

„Wir machen einen Abguss", antwortete Florence.

Ich schaute sie verständnislos an. „Einen

Abguss?"

„Von den Fußabdrücken, meine Liebe", erklärte Ethel. „So machen sie das in den Büchern. Das ist sehr wichtig."

„Oh ja, man kann erkennen, ob der Mann klein oder groß, dünn oder dick war und ob er gehumpelt hat", sagte Glenda begeistert.

„Sollten Sie das nicht der Spurensicherung überlassen, wenn die Polizei kommt?", fragte ich und betrachtete sie skeptisch.

„Was ist, wenn der Wind dreht und den Schnee unter den Dachvorsprung bläst? Dann werden alle Fußabdrücke verdeckt und sie sind unrettbar verloren", sagte Mabel.

„Nun ja ... okay, aber man braucht doch eine spezielle Ausrüstung, um einen Abdruck zu machen ..."

„Eine Ausrüstung haben wir nicht, also müssen wir improvisieren", sagte Mabel lässig. „Wir nehmen Ahornsirup."

„Ahornsirup?" Ich starrte sie an.

Ethel nickte eifrig. „Wie in den Büchern von Laura Ingalls Wilder über die kleine Farm in der Prärie! Erinnerst du dich? Laura und ihre Schwester machen im Winter Schneebonbons mit Melasse und Zucker und frischem Schnee. Sie gießen heißen Sirup auf den Schnee, und nach dem Abkühlen hatten sie ein festes Bonbon."

„In Kanada machen sie das auch mit Ahornsirup", sagte Florence. „Meine Nachbarin Cora kommt aus

Ontario, aber sie lebt seit Jahren in Großbritannien. Sie hat Gordon geheiratet, der Engländer ist. Jedenfalls hat sie mir einmal gezeigt, wie man Ahornsirup-Toffee aus reinem Ahornsirup und frischem Schnee macht." Bei der Erinnerung daran leckte sie sich die Lippen. „Das war köstlich!"

„Und zufällig hatten sie hier in der Küche eine Flasche reinen Ahornsirup", fügte Glenda hinzu. „Ist das nicht ein Glück?"

Ich sah sie verärgert an. „Sie können heißen Ahornsirup nicht für Fußabdrücke verwenden! Er lässt den Schnee schmelzen und dann ist der Abdruck zerstört -" Ich brach ab, als ich merkte, dass die Silberlocken mir nicht zuhörten. Sie beugten sich neugierig vor und beobachteten aufmerksam den Ahornsirup, der in einen der Fußabdrücke gelöffelt worden war. Die goldene Flüssigkeit floss um die Vertiefungen herum und härtete langsam aus. Ein paar Minuten später hob Glenda die gefrorene orangefarbene Masse vorsichtig aus dem Schnee.

„Aha! Da, siehst du?" Mabel hielt triumphierend das Stück gehärteten Ahornsirups hoch. Ich betrachtete den langen, flachen Klecks zweifelnd. Für mich sah er nicht wie ein Fußabdruck aus.

*Na toll. Die Polizei wird sich darüber freuen ...* Aber als ich die vor Stolz geröteten Gesichter der Silberlocken sah, behielt ich meine sarkastischen Gedanken für mich. Ich folgte der Spur der Fußabdrücke mit den Augen. Sie schlängelte sich vom Fenster weg in die Ferne, wo sie abrupt zu enden schien. Stirnrunzelnd ging ich ihr nach, die Silberlocken stapften hinter mir her. Die Fußspuren zogen sich dicht an der Hauswand unter dem Dachvorsprung entlang, bis sie vor einem mit Efeu bewachsenen Mauerabschnitt endeten. Die Silberlocken sahen sich verwirrt um.

„Das ergibt keinen Sinn", rief Glenda. „Warum endet die Spur plötzlich? Als hätte sich der Mann einfach in Luft aufgelöst."

„Vielleicht ist er durch ein Fenster geklettert", schlug Ethel vor.

Florence sah sich die Wand an. „Aber an dieser Stelle gibt es keine Fenster."

Mabel deutete nun auf den dichten Efeubewuchs, der die Außenseite des Hauses bedeckte. „Aha! Ich weiß, was passiert ist. Da sind Äste abgebrochen und es fehlen Blätter. Der Mörder muss aus dem Fenster der Bibliothek geflohen sein, an der Seite des Hauses entlanggelaufen und dann am Efeu hochgeklettert sein."

„Nein, die Fußabdrücke führen in die andere Richtung", sagte ich und zeigte auf den Schnee. „Sehen Sie? Die Person ist nicht von der Bibliothek gekommen, sondern es war wahrscheinlich umgekehrt: Sie ist am Efeu hinuntergeklettert und in Richtung Bibliothek gegangen. So ganz genau kann man das nicht mehr erkennen."

„Natürlich, das habe ich gemeint", behauptete Mabel ungerührt. „Der Mörder könnte von außen in die Bibliothek gekommen sein. Wahrscheinlich wollte er nicht, dass jemand im Haus ihn beim Betreten des Raumes sieht, also schlich er sich hier entlang zum Bibliotheksfenster.“

„Er muss von dort heruntergeklettert sein.“ Ethel zeigte nach oben, wo sich das Efeugeäst die Wand hinaufschlängelte und sich um ein Fenster im zweiten Stockwerk rankte. Ich lehnte mich zurück, um besser sehen zu können, dann sog ich scharf die Luft ein. Ich hatte etwas auf der Fensterbank hinter dem Nachbarfenster bemerkt.

„Welches Zimmer das wohl ist?“, fragte Florence.

„Ich glaube, ich weiß es“, sagte ich langsam. „Das ist das Schlafzimmer von Julian Morecombe.“

# Kapitel 17

Ich blickte in vier Paare von überraschten alten Augen.

„Woher weißt du das, Gemma?"

Ich zeigte auf das Fenster daneben. „Sehen Sie das Fenster dort? Das ist mein Schlafzimmer. Sie können meine Handtasche auf der Fensterbank erkennen. Und Julians Zimmer ist das Zimmer neben meinem. Wir sind als einzige in diesem Teil des Hauses untergebracht."

„Heißt das, dass Julian seinen Cousin ermordet hat?", fragte Glenda in aufgeregtem Flüsterton.

„Ich wusste es!" Mabel nickte. „Ich habe doch gleich gesagt, dass er verschlagen aussieht."

„Nein, du hast gesagt, er sieht aus, als hätte er Verstopfung", erinnerte Florence sie.

Mabel wedelte ihren Einwand beiseite. „Verstopft ... verschlagen ... das kommt aufs selbe raus."

„Aber ... ich finde nicht, dass Julian Morecombe aussieht, als würde er aus dem Fenster klettern", wandte Ethel ein.

Ich sah erneut hinauf. Hmm ... da hatte sie recht. Der smarte Oxford-Don mit seinen Seidentüchern und maßgeschneiderten Anzügen war der Letzte, dem ich eine Klettertour an einer efeubewachsenen Mauer zutrauen würde.

Außerdem war Julian zwar nicht dick, aber er neigte durchaus zu einer gewissen Fülle, wie sie mit einem üppigen Lebensstil und fortschreitendem Alter einhergeht. Ich beäugte die Efeuzweige erneut. Hätten sie sein Gewicht halten können?

„In manchen Situationen wächst man über sich hinaus", erklärte Mabel.

„Nein, Ethel hat recht ... Das passt nicht zu ihm", widersprach ich. „Außerdem - wenn Julian aus seinem Schlafzimmer geklettert ist und sich durch das Fenster der Bibliothek geschlichen hat, um Ned zu ermorden, warum führt dann keine Spur zurück?", fragte ich. „Diese Fußabdrücke gehen Richtung Bibliotheksfenster – warum sehen wir keine für den Rückweg? Das ergibt doch keinen Sinn."

„Vielleicht ist er ganz normal durchs Haus über die Treppe in sein Schlafzimmer zurückgekehrt", sagte Florence.

„Aber dann hätte er auch auf diesem Weg in die

Bibliothek gehen können. Warum sollte er sich die Mühe machen, aus dem Fenster seines Schlafzimmers zu klettern, zumal es stockdunkel und eiskalt war?" Ich schüttelte den Kopf. „Nein, das passt alles nicht zusammen. Außerdem ist mir gerade eingefallen, dass Julian in der Nacht im Morgenmantel nach unten gelaufen kam, und ich bin mir ziemlich sicher, dass er darunter nichts anhatte."

Die Silberlocken sahen mich verständnislos an.

„Bedeutet das nicht, dass er im Bett gelegen hat?", fragte ich. „Er muss aufgesprungen sein, hat sich schnell den Morgenmantel übergestreift und ist die Treppe hinuntergerannt."

„Willst du damit sagen, dass er nackt schläft?" Ethel klang schockiert.

„Manche Männer tun das", erklärte Glenda. Ein verträumter Blick trat in ihre Augen. „Ich erinnere mich an einen sehr netten Mann, den ich vor ein paar Jahren kennengelernt habe, als ich mit meiner Freundin Barbara eine Kreuzfahrt gemacht habe … Diego hieß er, glaube ich … und er hat immer splitterfasernackt geschlafen! Weil er als Spanier besonders heißblütig sei, hat er gesagt. Das Haar auf seiner Brust war wundervoll. Es war schon ziemlich grau, aber immer noch dicht und lockig. Er fand es immer schön, wenn ich mit den Händen -"

„Ähm, was den Mord angeht …", unterbrach ich sie hastig.

„Nun, ich weiß nicht, ob es von Bedeutung ist,

dass Julian unter seinem Morgenmantel nackt war", meinte Mabel. „Vielleicht hatte er Straßenkleidung an, um nach draußen zu gehen, hat die dann rasch ausgezogen, als der Lärm losbrach, und hatte aber keine Zeit mehr, sich seinen Pyjama anzuziehen, also hat er einfach seinen Morgenmantel übergestreift, damit es so aussah, als sei er im Bett gewesen."

„Sollten wir in seinem Schlafzimmer nachsehen, ob er einen Schlafanzug hat?", schlug Glenda hoffnungsvoll vor.

„Oh nein, wir schnüffeln nicht in anderer Leute Schlafzimmern", sagte ich streng, bevor sie auf dumme Gedanken kamen. „Ich bin mir außerdem nicht sicher, ob Julian wirklich ein Motiv hatte, Ned zu ermorden. Er scheint ein bequemes Junggesellenleben an der Universität zu genießen und so wie er sich kleidet, glaube ich nicht, dass er Geld braucht ..."

„Nun, Geld zu haben kann nie schaden", sagte Glenda. „Und manche Menschen sind einfach gierig, selbst wenn sie schon alles haben, was sie brauchen. Sie wollen immer noch mehr."

„Ja, aber ich hatte eher den Eindruck, dass Julian vor allem an Titel und Anwesen gelegen ist - und laut Sir Hugh war Ned ohnehin nicht daran interessiert und wollte ihm beides überlassen."

„Möglicherweise hat Julian das nicht gewusst", wandte Florence ein.

„Das kann natürlich sein ..." Ich war immer noch nicht überzeugt. „Ich persönlich denke, wenn jemand einen Grund hatte, Ned zu töten, dann war es nicht Julian, sondern Richard Floyd."

Ich erzählte ihnen von der hitzigen Auseinandersetzung zwischen Richard und Annabel und davon, dass seine Schilderung vom gestrigen Abend Unstimmigkeiten aufwies.

„Ich bin sicher, dass die Zeit, zu der er angeblich ins Haus zurückgekehrt ist, nicht stimmt", schloss ich. „Und wenn er kurz *vor* Mitternacht gekommen ist, wie Mrs Holmes sagt, und nicht *nach* zwölf, wie er behauptet, dann hatte er mehr als genug Zeit, in die Bibliothek zu gehen und Ned zu töten. Und es wäre ihm ohne Schwierigkeiten gelungen, seinen Schwager zu überwältigen", fügte ich hinzu und dachte dabei an die kräftige Statur des Geschäftsmanns.

Ich verstummte, als ich bemerkte, dass es wieder zu schneien begann und der Wind nun aus einer anderen Richtung kam. Diese Seite des Hauses war zwar immer noch recht gut geschützt, aber es war deutlich zu spüren, dass er stärker geworden war. Ich warf einen Blick auf die Fußspuren im Schnee. Wenn der Wind noch heftiger wurde, könnte er den Neuschnee seitlich unter den Dachvorsprung wehen und die Abdrücke verwischen.

*Ich hätte ein Foto machen sollen*, dachte ich und ärgerte mich, weil ich mein Handy nicht dabeihatte. Ich war so in Gedanken gewesen, dass ich es auf meinem Nachttisch hatte liegen lassen, als ich nach unten kam. Sonst hätte ich wenigstens versuchen können, ein Foto von den Fußabdrücken zu machen - das wäre besser gewesen als der Klumpen Ahornsirup, den Glenda so stolz in der Hand hielt. *Tja, jetzt ist es zu spät*, dachte ich, als wir uns wieder auf den Weg zur Haustür machten. Jedenfalls tröstete ich mich mit dem Gedanken, dass der Kontrast im weißen Schnee vermutlich nicht ausreichte, um mit der Handykamera Details in den Fußabdrücken festzuhalten, während sich der Himmel wieder verdunkelte und das Umgebungslicht schwächer wurde.

Wir kehrten in die wohlige Wärme des Salons zurück und fanden dort alle außer Sir Hugh vor. Annabel nippte an einer Tasse Tee, während Müsli zufrieden schnurrend auf ihrem Schoß lag. Kelly saß auf dem Sofa neben ihr und blätterte gelangweilt in einer Modezeitschrift. Julian und Richard hatten auf dem gegenüberliegenden Sofa Platz genommen, ersterer aß mit Genuss ein Stück Früchtekuchen, letzterer starrte mürrisch aus dem Fenster.

Annabel blickte auf, als wir eintraten und sagte: „Meine Güte, Sie sehen ja alle halb erfroren aus! Setzen Sie sich doch, ich bitte Mrs Holmes, eine frische Kanne Tee zu bringen."

Zehn Minuten später saß ich mit einer Tasse heißem Tee in der Hand und einem Teller mit einem großen Stück saftigem Früchtekuchen auf dem Schoß in einem Sessel und musterte die anwesenden Familienmitglieder. Richard Floyd schien mir der offensichtlichste Verdächtige zu sein, aber auch

Julian Morecombe konnte ich nicht ganz ausschließen. Die Fußspur ergab zwar keinen Sinn, aber es war unbestreitbar, dass sie zu seinem Schlafzimmerfenster führte - oder vielmehr von ihm weg. Außerdem wusste ich genau, dass Julian über seine Aktivitäten in der vergangenen Nacht gelogen hatte. Mein Blick wanderte zu der jungen Blondine, die bei ihm gewesen war – davon war ich überzeugt. War Kelly aus Julians Fenster geklettert? Sie war so zierlich, dass die Efeuranken sie tragen würden, allerdings bezweifelte ich, dass sie mit sorgsam manikürten Nägeln und perfekt gestylter Frisur eine Kletterpartie unternehmen würde.

Offenbar war ich nicht die Einzige, die über den Mord an Ned grübelte. Die Atmosphäre im Salon war nervös und angespannt, und sie wurde nicht besser, als Sir Hugh die Treppe herunterkam und sich zu uns setzte. Ich hatte angenommen, dass er würde wissen wollen, welche Fortschritte ich gemacht hatte, doch der Enthusiasmus des Vormittags schien verflogen zu sein.

Er saß in Gedanken versunken in einem Sessel und reagierte kaum auf Annabels fürsorgliche Fragen, sondern murmelte nur ab und zu gereizt: „Wo ist die Polizei? Warum braucht sie so verdammt lange?"

Es war eine Erleichterung, als Annabel sich endlich erhob und sagte: „Nun … es ist fast zwei Uhr. Vielleicht sollten wir uns zum Mittagessen ins Esszimmer begeben? Mrs Holmes hat etwas

Aufschnitt vorbereitet und wir können -"

Sie brach ab, als draußen das deutliche Geräusch von Automotoren zu hören war. Ich sprang auf, rannte zum Fenster und war erleichtert, als ich sah, wie mehrere weiße Autos mit der traditionellen Battenberg-Markierung aus blauen und gelben Karos die verschneite Einfahrt hinauffuhren. Die Polizei war da.

# Kapitel 18

„Das wurde aber auch höchste Zeit", grummelte Sir Hugh. Er humpelte, auf seinen Stock gestützt, in die Eingangshalle.

Ich folgte ihm eilig, doch mir sackte das Herz in die Hose, als die Haustür aufging und ein auffällig gekleideter junger Mann hereinspaziert kam, in Begleitung mehrerer uniformierter Polizeibeamter. Es war Inspektor Depp, der arrogante CID-Angehörige, der vor einigen Monaten von London zur Kripo Oxfordshire versetzt worden war und eine sehr hohe Meinung von seinen Fähigkeiten hatte – leider zu Unrecht. Am liebsten hätte ich mich still und heimlich aus dem Staub gemacht und wäre nach Hause gefahren, ohne mit ihm zu reden, doch dann dachte ich an die Notizen, die ich mir gemacht hatte.

Die sollte ich ihm geben und ihm kurz erläutern, was ich im Laufe des Vormittags zusammengetragen hatte.

„Sie haben was?!", schnauzte Depp, als ich ihm außer Hörweite der anderen meine Aufzeichnungen reichte. „Was zum Teufel haben Sie sich dabei gedacht? Sie hatten kein Recht, irgendjemanden zu befragen! Sie haben keinerlei Erfahrung, Sie sind keine Polizistin und Sie gehören nicht zum CID. Nur, weil Sie die Freundin von O'Connor sind, meinen Sie, Sie hätten Sonderrechte, wie? Nun, Ihr Freund ist nicht hier und kann Sie diesmal nicht unter seine Fittiche nehmen. Ich werde Ihre Einmischung dem Chef melden – und der kann es gar nicht leiden, wenn Zivilisten ihre Nase in Angelegenheiten stecken, die sie nichts angehen!"

„Wahrscheinlich weiß er längst Bescheid", gab ich mürrisch zurück. „Er ist persönlich mit Sir Hugh befreundet und tatsächlich war es Sir Hughs Idee, dass ich vorläufige Aussagen von allen Beteiligten aufnehme. Er bestand darauf und -"

„Und was? Sie hätten Nein sagen können, oder etwa nicht? Sie haben zugestimmt, weil Sie denken, Sie wüssten alles besser. Sie halten sich für superschlau, schlauer als die Polizei, und wollten mal wieder Detektivin spielen."

Seine Worte machten mich wütend, doch mir war gleichzeitig klar, dass er recht hatte. Ich gehörte nicht zur Polizei und hätte Sir Hugh seine Bitte abschlagen können, egal, wie sehr er mich drängte.

Wahrscheinlich wäre es klüger gewesen, abzulehnen; inzwischen bedauerte ich, dass ich mich hatte breitschlagen lassen.

Ich zeigte dem Inspektor meine Notizen und sagte: „Es tut mir leid, ich habe nur versucht, zu helfen. Wie dem auch sei – hier sind meine Aufzeichnungen. Sie können sie lesen oder wegwerfen, mir ist es gleichgültig. Sie werden mir vermutlich nicht glauben, aber eine Mordermittlung ist das Letzte, was ich mir an Weihnachten vorgestellt habe, und ich bin heilfroh, wenn ich nichts damit zu tun habe.“

Ich wandte mich zum Gehen, doch er hielt mich zurück.

„Nicht so hastig, wenn ich bitten darf. Schließlich müssen wir noch Ihre Aussage aufnehmen.“

„Meine Aussage? Wollen Sie damit sagen, dass Sie mich verdächtigen?“, fragte ich fassungslos.

„Sie waren vor Ort, als der Mord begangen wurde, also müssen Sie wie alle Anwesenden angeben, wann Sie sich wo aufgehalten haben. Ich werde Ihnen keine Vorzugsbehandlung zuteilwerden lassen.“

„Ich verlange keine Vorzugsbehandlung“, brachte ich zwischen zusammengepressten Zähnen hervor. Ich hatte Mühe, mich zu beherrschen.

Bevor er etwas erwidern konnte, ertönte hinter uns eine dröhnende Stimme.

„Inspektor Depp, lange nicht gesehen! Ihre Hose hängt immer noch auf Halbmast, junger Mann. Hat Ihre Generation noch nie etwas von Gürteln gehört? Und was um alles in der Welt haben Sie mit Ihren

Haaren angestellt? Sie sehen aus wie das Hinterteil eines Otters.“

Depp sah mit schreckgeweiteten Augen zu, wie Mabel, gefolgt von den anderen drei Silberlocken, auf uns zusteuerte. „Ich … ich wusste nicht, dass Ihre alten Freundinnen auch hier sind“, sagte er mit schwacher Stimme.

„Ja“, antwortete ich grinsend. „Wir waren alle zusammen auf Thurlby Hall eingeschneit. Die vier haben mir übrigens bei meinen vorläufigen Ermittlungen geholfen. Vermutlich wollen Sie sie ebenfalls befragen und sie stehen Ihnen sicher mit Freuden Rede und Antwort. Vor allem Mabel Cooke hat allerlei Theorien, was den Mord angeht.“

Depp schluckte mühsam, sein Adamsapfel hüpfte nervös auf und ab. „Äh … ich glaube, das wird nicht nötig sein. Sicher … haben Sie alles penibel festgehalten und ich … ich spreche morgen mit Ihnen, falls ich noch Fragen habe. Ich weiß ja, wo ich Sie finden kann. Und jetzt muss ich … äh, muss ich mich vergewissern, dass die Kollegen ihre Wagen korrekt abgestellt haben.“ Er stürzte förmlich durch die Vordertür nach draußen.

Ich ging lachend die Treppe hinauf, um meine Sachen zu packen. Ich war bestens gelaunt: Die Polizei war da, die Ermittlungen lagen nicht länger auf meinen Schultern und ich freute mich auf ein ruhiges Weihnachtsfest mit vielen köstlichen Leckereien. Zwanzig Minuten später war ich wieder in der Eingangshalle und wartete mit den

Silberlocken auf den Chauffeur der Morecombes, der mit dem Wagen vorfahren sollte. Die laut protestierende Müsli hatte ich aus der Futterkrippe geholt und mit Mühe in die Katzentransportbox manövriert. Nun presste sie ihre rosafarbene Nase gegen die Gitterstäbe und beschwerte sich lautstark.

*„Miiiauuu! Miau!!"*, jammerte sie.

„Ach, du armes Ding!" Annabel betrachtete sie besorgt. „Sie klingt so unglücklich. Ist alles in Ordnung mit ihr? Vielleicht hat sie sich verletzt, als Sie sie in die Box gesteckt haben? Oder hat sie Hunger?"

Ich warf meiner Katze einen abschätzigen Blick zu. „Oh, ihr geht es gut, sie ist nur beleidigt, weil sie lieber in der Futterkrippe liegen möchte. Sie ist die reinste Dramaqueen, wenn sie nicht in die Box will."

„Ich wünschte, sie könnte noch ein bisschen bleiben", sagte Annabel sehnsüchtig. „Es war so schön, sie hier zu haben. Könnten Sie sie nicht ein paar Tage -" Ihre Miene verfinsterte sich. „Oh, ich habe vergessen, dass Richard Katzen hasst. Er würde es nie zulassen." Sie stieß einen tiefen, schmerzlichen Seufzer aus. „Ich wünschte, ich könnte eine Katze haben. Dann würde sich das Haus nicht so groß und leer anfühlen -"

Ich ergriff spontan ihre Hand. „Wissen Sie, Annabel, in den Tierheimen warten so viele Katzen auf ein liebevolles Zuhause, vor allem um diese Jahreszeit. Warum adoptieren Sie nicht eine? Wenn es etwas ist, das Ihnen am Herzen liegt, sollte Ihr

Mann zu Kompromissen bereit sein – Hauptsache, Sie sind glücklich. Außerdem ist es nicht so, als würden Sie in einer kleinen Wohnung leben, wo er der Katze ständig über den Weg laufen würde. In diesem Haus ist genug Platz für einen katzenfreien Raum und -" Ich verstummte und ließ ihre Hand los. „Tut mir leid", sagte ich mit einem verlegenen Lächeln. „Ich sollte mich nicht einmischen. Ich meine nur ... Sie verdienen es, glücklich zu sein."

Für einen Moment verschwand ihre eisige Maske, als sich ein strahlendes Lächeln auf ihrem Gesicht ausbreitete. „Sie sind ein liebes Mädchen, Gemma." Dann fuhr sie mit der gewohnten Kühle fort: „Danke für all die Köstlichkeiten, die Sie gestern für die Teeparty mitgebracht haben. Bei der nächsten Veranstaltung unserer Organisation melde ich mich bei Ihnen." Sie sah stirnrunzelnd zur Tür. „Ich frage mich, wo Cole bleibt. Er sollte längst mit dem Wagen hier sein."

Schließlich fuhr ein riesiges, luxuriöses SUV vor und ein gehetzt aussehender junger Mann sprang heraus. „Tut mir leid, dass es so lange gedauert hat, Mrs Floyd. Ich musste Frostschutzmittel nachfüllen und konnte die Flasche nicht finden", erklärte er atemlos.

Er half mir, die Servierplatten im Kofferraum zu verstauen. Ich konnte mir ein Lächeln nicht verkneifen, als ich sah, wie Glenda ihm schöne Augen machte. Sie hatte zwar die achtzig überschritten, doch in ihrem Herzen war sie immer noch achtzehn und der Chauffeur der Morecombes mit seinem klar geschnittenen Gesicht und seinem jungenhaften Charme war genau ihr Typ. Sie reklamierte den Beifahrersitz für sich und kicherte und lächelte affektiert, während wir lautlos die Einfahrt von Thurlby Hall entlangfuhren. Cole hatte anscheinend nichts gegen einen Flirt mit netten alten Damen einzuwenden. Er lachte und schäkerte mit Glenda, bis ihre Wangen glühten.

„… und wo haben Sie gelernt, so gut Auto zu fahren?", fragte Glenda mit mädchenhafter Stimme.

„Autos haben mich immer fasziniert", antwortete Cole lachend. „Ursprünglich wollte ich Mechaniker werden, aber meine Schulnoten waren nicht so gut, für eine Lehre hat es nicht gereicht. Dann hat mir ein Kumpel von Chauffeurjobs erzählt und ich fand, das hörte sich perfekt an. Er ist bei einer Firma angestellt und hat unterschiedliche Kunden. Ich dagegen hatte Glück: Ich fand eine Vollzeitstelle als Fahrer eines Privatkunden in London. Da habe ich ein paar Jahre gearbeitet, in der Zeit habe ich viel gelernt. Dann ergab sich der Job bei den Morecombes, der noch um Längen besser war." Er fuhr liebevoll über die Ledersitze und das mit gebürstetem Stahl verkleidete Armaturenbrett. „Nicht jeder kommt in den Genuss einer Luxusausführung des BMW X7! Dieses Teil hat einen Twin-Power-Turbo-Sechszylinder-Dieselmotor mit 400 PS und 760 Newtonmetern Drehmoment - er beschleunigt in fünfeinhalb Sekunden von Null auf sechzig Meilen! Außerdem hat er ein 3D-Surround-

Sound-System von Bowers & Wilkins ... und ein Panorama-Schiebedach ... und Massagesitze ... Und ich bekomme die Unterkunft gestellt! Mein Kumpel war total neidisch, das kann ich Ihnen sagen!"

„Und was macht ein Vollzeit-Chauffeur?", fragte ich neugierig. „Warten Sie einfach, bis ein Familienmitglied irgendwo hinmuss?"

„Ja, aber viel Wartezeit habe ich nicht. Ich bin meistens beschäftigt. Mrs Floyd fährt oft in die Stadt ... und Kelly auch ... Manchmal fahre ich Mr Floyd zur Arbeit, wenn er nicht seinen eigenen Wagen nehmen will. Und Sir Hugh natürlich - er fährt nicht mehr selbst, also bringe ich ihn überall hin."

„Es war sehr nett von Ihnen, uns gestern mitzunehmen", sagte Glenda begeistert.

„Oh, das war kein Problem. Ich musste sowieso nach Oxford, um Julian – also, Professor Morecombe an einem der Colleges abzuholen."

„Sie haben nicht zufällig gesehen, wie Ned Morecombe gestern Nachmittag angekommen ist, oder?" Ich konnte mich nicht zurückhalten, obwohl ich mir geschworen hatte, mich nicht mehr in die Mordermittlungen einzumischen.

„Ja, das habe ich in der Tat. Ich war gerade dabei, den Wagen in die Garage zu stellen, als ich ein Taxi vorfahren sah und er ausstieg."

„War er allein?"

Cole nickte. „Ja, außer ihm war niemand im Taxi. Er hat den Fahrer bezahlt und ist dann zur Haustür gegangen." Er warf Glenda einen Blick zu. „Wo Sie gerade Weihnachtslieder gesungen haben. Ich habe nicht gesehen, was passierte, als er das Haus betrat, aber ich habe später von Mrs Holmes gehört, dass es einen Riesenaufruhr gab."

„Das kann man wohl sagen. Seine Ankunft war ein großer Schock für die Familie ... obwohl es kein Vergleich mit dem Mord letzte Nacht war", sagte Mabel grimmig.

„Ja, verdammt, ich konnte es nicht fassen, als ich heute Morgen rüberkam und hörte, dass er ermordet worden war!", rief Cole.

„Leben Sie nicht im Herrenhaus?", fragte ich.

„Nein, ich wohne über der Garage."

„Haben Sie von dort einen Blick auf das Haus? Können Sie das Fenster der Bibliothek sehen?"

„Ja, obwohl es gestern Abend bei all dem Schneegestöber nicht besonders viel zu sehen gab."

„Sie haben also nichts Seltsames bemerkt?"

„Was meinen Sie mit seltsam?"

„Zum Beispiel, dass jemand vor dem Fenster der Bibliothek herumgelungert ist", sagte Mabel eifrig.

„Oder dass jemand am Efeu hochklettert", meldete sich Ethel zu Wort.

Das Auto machte plötzlich einen Schlenker zur Seite. „Wie bitte?", sagte Cole.

„Wir glauben, dass der Mörder durch das Fenster der Bibliothek eingestiegen ist", erklärte Florence. „Wir haben Spur- !" Sie jaulte auf und sah mich vorwurfsvoll an. „Gemma, pass doch auf! Du hast mir auf den Fuß getreten."

„Tut mir leid. Das muss am Schaukeln des Wagens liegen“, murmelte ich. Cole warf mir im Rückspiegel einen fragenden Blick zu. „Äh, Cole … hören Sie … diese Sache mit dem Mörder, der durch das Fenster der Bibliothek klettert … das ist nicht mehr als eine Theorie. Die Polizei hat nichts bestätigt und ich bin mir nicht sicher, ob wir überhaupt darüber sprechen sollten - oder es irgendjemandem erzählen sollten“, fügte ich schnell hinzu, denn ich wollte nicht, dass er anfing, Gerüchte unter seinen „Kumpels“ zu streuen. Dass mir Inspektor Depp vorwarf, vertrauliche Informationen verbreitet zu haben, war das Letzte, was ich gebrauchen konnte!

Er nickte grinsend. „Okay. Ich werde schweigen wie ein Grab. Aber ich habe sowieso nichts gesehen. Nicht, dass ich die ganze Nacht am Fenster gestanden hätte, natürlich nicht. Ich bin ziemlich früh ins Bett gegangen. Es war einfach zu kalt.“

„Wussten Sie viel über Ned?“, fragte Glenda.

„Ja, Sir Hugh hat ständig von ihm gesprochen. Er fing immer wieder davon an, vor allem, wenn wir lange unterwegs waren … Aber ich war davon ausgegangen, dass Ned tot ist.“ Er lächelte ein wenig schief. „Nun, jetzt ist er es tatsächlich.“

# Kapitel 19

Als ich in Oxford ankam, war es bereits später Nachmittag. Cole hatte zunächst die Silberlocken abgesetzt und mich dann zu meinem kleinen modernen Cottage in einer Siedlung an der Folly Bridge im Süden der Universitätsstadt gefahren. Ich seufzte begeistert, als ich in meinen Hausflur trat und Müsli aus ihrer Transportbox entließ. Sie stolzierte herum und rieb ihr Kinn laut miauend an verschiedenen Möbelstücken. Ich schmunzelte in mich hinein. Ausnahmsweise war ich ganz einer Meinung mit meiner Katze: Es war schön, wieder zu Hause zu sein.

Dann fiel mir ein, dass ich die Weihnachtstage bei meinen Eltern verbringen sollte. Sie erwarteten mich im Laufe des Abends, also blieb mir nicht viel Zeit zu

Hause. *Wenigstens muss ich mich nicht um die Teestube kümmern*, dachte ich mit einem Anflug von Erleichterung. Der Little Stables Tearoom hatte gestern offiziell geschlossen und sollte erst nach Neujahr wieder öffnen.

Ich füllte Müslis Napf mit frischem Katzenfutter, aber sie schnupperte verächtlich daran und sah dann zu mir auf.

„*Miau!*"

„Was ist los? Dein Futter steht da." Ich deutete auf den Napf.

„*Miau ... miau!*" Müsli zuckte mit dem Schwanz und blickte hoffnungsvoll in Richtung Kühlschrank.

Ich stemmte die Hände in die Hüften. „Oh ho, Fräulein, du erwartest wohl Truthahnbraten und Räucherlachs, was? Nun, wir sind hier nicht auf Thurlby Hall und du bekommst keine Luxus-Tischabfälle mehr."

„*Miiiiaau?*" Müsli klang verzweifelt.

„Nein, hier steht vollkommen akzeptables Katzenfutter. Sehr teures, nach speziellem Rezept zubereitetes Katzenfutter, wie ich hinzufügen möchte, für das ich extra in die Tierhandlung fahren musste." Ich sah sie streng an. „Und etwas anderes bekommst du nicht."

Müsli stolzierte mit gereiztem Schwanzzucken aus der Küche. Gleich darauf hörte ich sie im Wohnzimmer jämmerlich miauen, wie eine ausgesetzte Katze, die seit Tagen nichts zu fressen bekommen hat.

*Ehrlich! Katzen!*

Ich ignorierte ihr theatralisches Getue und ging nach oben. Ich freute mich darauf, mich aus meinen schmutzigen Kleidern zu schälen und heiß zu duschen. Als ich unter dem dampfenden Wasserstrahl stand, war es, als würde ich alle Spannungen und Dramen der letzten Tage abwaschen. Schließlich trat ich erfrischt und vor Hitze rosa glühend aus der Dusche. Während ich mich abfrottierte, warf ich einen Blick in meinen Spiegelschrank und stellte fest, dass die Flasche mit meiner Lieblingslotion fast leer war. Ich hätte noch Zeit, mir eine neue zu kaufen. Einer der großen Vorzüge meines Wohnorts war die Nähe zum Zentrum von Oxford. Bis zur High Street mit all ihren Geschäften waren es nur zehn Minuten Fußweg, ich wäre also innerhalb einer Stunde zurück und könnte dann in Ruhe meine Sachen packen, bevor ich zu meinen Eltern aufbrach.

Eine Viertelstunde später war ich in der Cornmarket Street, der größten Fußgängerzone der Universitätsstadt. An den Straßenrändern und auf den Bürgersteigen zeugten Schneereste und Trümmerteile von dem heftigen Wintersturm, der gestern übers Land gefegt war, doch alles in allem schien das Stadtzentrum vom Schlimmsten verschont geblieben zu sein. Alle Geschäfte waren geöffnet, um die letzten Verkaufsmöglichkeiten vor den Festtagen optimal zu nutzen.

Das Gedränge war noch größer als vor ein paar

Tagen, die Leute rannten geradezu panisch umher und versuchten, ihre Last-Minute-Einkäufe zu tätigen. Bis Weihnachten war es nicht mehr lang, wie ich erschrocken feststellte! Kaum zu fassen, dass ich gestern um diese Zeit noch nicht einmal auf Thurlby Hall angekommen war. In den letzten vierundzwanzig Stunden war so viel passiert!

Als ich gerade die Filiale der großen Drogeriekette betreten wollte, blieb ich überrascht und erfreut stehen, denn ich erkannte den bebrillten jungen Mann an der Straßenecke. Es war Seth Browning, einer meiner engsten Freunde. Wir hatten uns in meinem ersten Jahr an der Uni kennengelernt. Nach dem Studium traten die meisten unserer Kommilitonen eine Trainee-Stelle an, doch Seth hatte sich der Forschung und Lehre verschrieben.

Mittlerweile war er einer der jüngsten wissenschaftlichen Mitarbeiter am Chemischen Institut des Gloucester Colleges und das gemächliche Leben an der Universität mit seinen Tutorien, Vorlesungen und Fachkonferenzen passte perfekt zu seinem schüchternen, ruhigen Wesen. Allerdings sah er heute ganz anders aus als sonst: Statt der schwarzen akademischen Roben und braunen Tweedjacken, die er normalerweise trug, hatte er ein grünes Elfenkostüm an und eine grellrote Weihnachtsmannmütze auf dem Kopf.

„Seth!", rief ich und lief zu ihm. „Was machst du hier?"

Er schob sich mit einer vertrauten Geste die Brille

hoch und hielt mir verlegen grinsend eine Sammelbüchse entgegen.

„Ich sammle Spenden für den Domus Trust", antwortete er. „In der Weihnachtszeit grasen wir immer die Straßen ab."

„Oh, natürlich!" Seth engagierte sich seit Jahren für eine Organisation, die sich für Obdachlose in und um Oxford einsetzte. Ich kramte in meiner Tasche nach Kleingeld, das ich in die Sammelbüchse steckte.

„Danke! Die Leute sind sehr großzügig", sagte Seth und nickte dankbar einem Mann zu, der im Vorbeigehen ebenfalls ein paar Münzen spendete. „Wir sammeln seit Anfang Dezember und haben viel mehr zusammenbekommen, als wir erhofft hatten."

„Das ist toll!"

Er nickte strahlend. „Für den ersten Weihnachtstag haben wir ein Festessen organisiert, dazu gibt es Geschenke für alle. Dieses Jahr haben wir uns besondere Mühe gegeben, damit auch die, die kein Zuhause und keine Familie haben, nicht auf all die Dinge verzichten müssen, die wir für selbstverständlich halten." Er musterte mich interessiert. „Wie ich höre, hast du bei einer ähnlichen Aktion der Sinterklaas-Stiftung mitgemacht."

„Ja, gestern wurde für die Kinder eine Teeparty auf Thurlby Hall ausgerichtet. Ich habe das Catering besorgt."

„Und – wie war's?"

„Oh, die Party war super, die Kinder haben sie genossen, die Freude auf ihren Gesichtern war schön zu sehen. Nur die Ereignisse danach waren nicht so angenehm …" Ich verzog das Gesicht.

„Was meinst du damit?"

Ich schilderte kurz, was in der Nacht geschehen war, und er brach in schallendes Gelächter aus.

„Gemma! Wenn jemand auf eine Weihnachtsfeier geht und über einen Mord stolpert – dann du."

„Das war doch keine Absicht!", protestierte ich empört. „Glaub mir, eine Leiche zu finden, ist das Letzte, was ich wollte. Und in eine Mordermittlung hineingezogen zu werden, ist auch nicht gerade angenehm."

„Ach, hör auf, Gemma! Ich möchte wetten, dass du es insgeheim genossen hast, Detektiv zu spielen", schmunzelte Seth. „Und die Silberlocken waren bestimmt im siebten Himmel!"

„Oh ja, auf einem Landsitz eingeschneit zu sein, auf dem ein Mord geschieht – das ist das schönste Weihnachtsgeschenk, das man den Silberlocken machen kann", erwiderte ich lachend. „Du hättest sie sehen sollen, Seth, wie sie herumgeschnüffelt haben und auf der Suche nach Fußspuren rund ums Haus gelaufen sind."

„Und wer sind die Verdächtigen?"

„Eigentlich alle, die im Haus waren – außer Sir Hugh natürlich. Ich gehe nicht davon aus, dass er seinen eigenen Sohn umgebracht hat. Er scheint der Einzige zu sein, der seinen Tod aufrichtig betrauert.

Wie es aussieht, haben die anderen Familienmitglieder Ned gehasst. Zumindest lässt sein Tod sie völlig kalt. Selbst seine eigene Schwester wirkt nicht gerade aufgewühlt. Obwohl ich einräumen muss, dass Ned Morecombe ein echtes Ekel war", fügte ich finster hinzu. „Es überrascht mich nicht, dass ihn kaum jemand vermisst, und es sollte mich nicht wundern, wenn er viele Feinde gehabt hätte."

„Aber da ihr eingeschneit wart, ist es unwahrscheinlich, dass der Mörder von außen gekommen ist, selbst wenn dieser Ned viele Feinde hatte", wandte Seth ein.

„Hm, kein Wunder, dass du einen IQ von 190 hast", neckte ich ihn. „Ja, auf den Gedanken bin ich auch gekommen. Und das bedeutet, dass der Mörder jemand aus der Familie sein muss. Ich persönlich tippe auf Richard Floyd – er ist der Schwager und äußerst unsympathisch. Außerdem hat er ein Motiv. Und dann sind da noch die seltsamen Fußspuren draußen vor dem Bibliotheksfenster. Sie haben irgendwie mit Neds Cousin Julian Morecombe zu tun –"

„Moment mal, sagtest du Julian Morecombe?"

„Ja."

„Julian Morecombe, der Musikprofessor am Parnell College?"

„Ja, wieso?"

„Den kenne ich", meinte Seth, „ich bin schon mal bei den Cricketmatches des *Oxford University Cross*

*Country Club* gegen ihn angetreten."

„Wie ist er denn so? Was erzählt man sich in Akademikerkreisen über ihn?"

„Nun ja, das Übliche ...", antwortete Seth schulterzuckend.

„Und was ist das Übliche?"

Seth verdrehte die Augen. „Man sagt, er sei ein unverbesserlicher Schürzenjäger – dabei hat er es immer auf denselben Typ abgesehen: jung, attraktiv und blond ..."

Ich dachte an Kelly, die diesen Kriterien durchaus entsprach. „Da wäre Sir Hughs Verlobte."

„Verlobte? Aber ... hast du nicht gesagt, dass Sir Hugh Mitte siebzig ist?"

„Ja, ist er", antwortete ich trocken. „Aber ein beträchtliches Vermögen lässt manche Frau über ein paar Runzeln hinwegsehen."

Seth lachte. „Und das war's? Mehr Leute waren nicht im Haus?"

„Nun, da waren die Haushälterin und der Chauffeur, aber sie kommen als Mörder kaum infrage. Erstens hat keiner von beiden ein Mordmotiv, da sie ihn beide kaum kannten ..." Ich runzelte die Stirn. „Obwohl ... als uns Cole, der Chauffeur, heute Nachmittag nach Hause gebracht hat, haben wir uns während der Fahrt unterhalten und irgendetwas an diesem Gespräch lässt mir keine Ruhe -"

„Etwas, das er gesagt hat?"

„Nein ... ich weiß nicht ... vielleicht ... ich kriege

es nicht zu fassen ...“

„Was ist mit der Schwester?“

Ich blickte Seth überrascht an. „Annabel?“

„Ja, du hast sie gar nicht als Verdächtige erwähnt. Dabei hast du vorher gesagt, dass der Tod ihres Bruders ihr nicht allzu viel auszumachen scheint.“

„Jedenfalls erweckt sie diesen Eindruck, weil sie sehr distanziert wirkt und ihre Gefühle unter Kontrolle hält. Ehrlich, Seth, sie hat die typische unerschütterliche Haltung, die man uns Briten nachsagt, zur hohen Kunst erhoben. Aber sie kann nicht die Mörderin sein.“

„Warum nicht?“

„Weil ... weil sie zu nett ist! Sie ist so etwas wie der Fußabtreter für die Familie, ihr Mann putzt sie in aller Öffentlichkeit herunter und benimmt sich schrecklich ihr gegenüber, und ihr Vater beschimpft sie unverhohlen – und trotzdem bemüht sie sich unverdrossen um seine Zuneigung.“

„Das klassische Verhalten von Frauen in toxischen Beziehungen“, bemerkte Seth traurig. „Ich bin durch den Domus Trust einigen Fällen von körperlichem und seelischem Missbrauch begegnet und muss dich warnen: Wenn bei diesen Frauen irgendwann das Fass zum Überlaufen kommt, verlieren sie jegliche Kontrolle. Vielleicht war Neds unerwartete Rückkehr eben jener schicksalhafte Tropfen ... Hat Annabel ein Alibi?“

„Sie hat geschlafen.“

„Kann das jemand bestätigen? Ihr Mann etwa?"

„Nein, Richard Floyd war zur fraglichen Zeit nicht im gemeinsamen Schlafzimmer – obwohl er mir erzählt hat, er habe Annabel auf dem Treppenabsatz stehen sehen, bevor sie gemeinsam ins Erdgeschoss gerannt sind."

„Sie hätte einfach so tun können, als sei sie aus ihrem Schlafzimmer gekommen."

„Ja, sicher", räumte ich widerstrebend ein. „Aber sie kann ihn nicht umgebracht haben, Seth. Sie ist ein Opfer, keine Täterin. Wenn du sie sehen würdest, wüsstest du, was ich meine. Außerdem kann ich mir nicht vorstellen, wie sie es getan haben sollte – allein von den körperlichen Voraussetzungen her. Ned war ein großer, stämmiger Bursche; um ihn festzuhalten und ihn zu ersticken, musste der Mörder gehörige Kraft aufwenden. Annabel ist nicht gerade klein, aber sie ist sehr schlank, fast schon zu dünn. Sie wäre einfach nicht stark genug."

„Nun ja, jetzt kannst du die Ermittlungen getrost der Polizei überlassen und brauchst dir wegen des Mordfalls nicht mehr den Kopf zu zerbrechen."

„Ja, aber du ahnst nicht, wer mit dem Fall betraut ist! Aaron Depp! Die detektivischen Fähigkeiten dieses Idioten gehen gegen Null!"

„Mag sein, doch ihm stehen die Ressourcen der Polizei zur Verfügung – das forensische Team, Zugang zu Datenbanken und was man sonst für eine ordnungsgemäße Untersuchung braucht."

„Wahrscheinlich hast du recht ...", murmelte ich.

„Gemma, lass es gut sein", ermahnte Seth mich lächelnd. „Es ist Weihnachten! Du solltest dir nicht den Kopf über einen Mord zerbrechen!"

Ich erwiderte sein Lächeln und gab mir Mühe, die Ereignisse von Thurlby Hall aus meinen Gedanken zu verdrängen. „Du hast ja recht. Ich überlege mir lieber, wie ich meiner Mutter bei den Festvorbereitungen helfen kann. Sie ist am Rande eines Nervenzusammenbruchs."

„Erwartet ihr viele Gäste?"

„Früher kam die gesamte Verwandtschaft am Weihnachtstag zum Mittagessen – du weißt schon: Tanten, Onkel, Cousinen und Cousins, alte Freunde der Familie ... und meine Großeltern, doch die sind inzwischen verstorben und einige Tanten und Onkel sind ausgewandert, nach Kanada und Frankreich ... und die wenigen Verwandten, die noch in England leben, scheinen sich für dieses Jahr etwas anderes vorgenommen zu haben. Wir werden also nur eine Handvoll Leute sein."

„Das verstehe ich nicht", meinte Seth stirnrunzelnd. „Warum macht sich deine Mutter wegen ein paar Leuten verrückt?"

Ich lächelte. „Weil die paar Leute sehr wichtig sind! Es handelt sich um einen entfernten Cousin meines Vaters und seine Familie. Sie sind Amerikaner, ziehen jetzt aber nach England, weil Hank – das ist der Cousin meines Vaters – von einem Headhunter für eine Londoner Firma rekrutiert worden ist. Meine Mutter hat sich in den Kopf gesetzt, ihnen ein traditionelles englisches Weihnachtsfest zu bereiten, und wie du weißt, neigt sie zu Übertreibungen. Für den Weihnachtstag hat sie ein großartiges Festessen geplant und will natürlich, dass für die Gäste alles perfekt ist ..." Ich schüttelte den Kopf. „Ich begreife nur nicht, warum ihr das so wichtig ist – schließlich sind es keine nahen Verwandten. Ich bin ihnen noch nie begegnet. Ich weiß also nicht, warum sie so darauf erpicht ist, sie zu beeindrucken."

„So sind die Leute eben", antwortete Seth lächelnd. „Bei meinen Eltern habe ich das auch erlebt, vor allem bei Freunden, die zum ersten Mal in England waren. Man könnte fast meinen, dass sie sich wie die Repräsentanten ihres Landes fühlen und sicherstellen wollen, dass die Besucher einen guten Eindruck von Großbritannien haben. Sie scheuen weder Kosten noch Mühen, nur damit der Gast seinen Aufenthalt genießt."

„Wie dem auch sei ... ich weiß, dass du nicht zum Mittagessen kommen kannst, aber zum Tee sehen wir uns doch, oder?"

„Natürlich! Ich freue mich sehr darauf." Er zögerte einen Moment, dann fragte er: „Ähm ... Gemma, weißt du zufällig, ob Cassie eine richtige Schmuckschatulle hat?"

„Eine Schmuckschatulle? Nein, ich glaube, sie hebt ihre Ketten und Ringe in alten Pralinenschachteln auf. Wieso?"

„Oh ... ich hatte überlegt, ihr eine zu Weihnachten

zu kaufen", meinte Seth schüchtern. „In einem Antiquitätengeschäft habe ich ein viktorianisches Exemplar gesehen, aus Teakholz mit Messingbeschlägen. Ich dachte, das könnte ihr gefallen."

„Das ist eine gute Idee. Die Schatulle gefällt ihr bestimmt."

„Meinst du?", fragte er freudig. „Sie hat mir gesagt, dieses Jahr sollten wir uns nichts zu Weihnachten schenken, sondern das Geld stattdessen spenden. Du weißt ja, wie sie ist – praktisch und vernünftig. Aber ich wollte ihr trotzdem etwas Persönliches geben."

Ich lächelte ihn an und überlegte traurig, was sich Seth zu Weihnachten am meisten wünschte: die Bestätigung von Cassie, dass sie seine Gefühle erwiderte. Wahrscheinlich war das an jedem Weihnachten sein sehnlichster Wunsch, seit wir uns alle zu Beginn unseres Studiums hier in Oxford kennengelernt hatten. Seth hatte sich gleich im ersten Moment Hals über Kopf in Cassie verliebt, war aber zu schüchtern, um ihr seine Gefühle zu gestehen. Manchmal wünschte ich, ich könnte ihn dazu zwingen, doch ich wusste, dass ich mich nicht einmischen sollte.

Dann dachte ich mit einem Lächeln, dass es sicher nicht schaden konnte, einen Mistelzweig an strategisch günstiger Stelle aufzuhängen.

# Kapitel 20

„Liebling, was für Unterwäsche trägt Devlin?"

Ich blickte von meinem Platz an der Küchentheke auf, wo ich am nächsten Morgen gerade ein spätes Frühstück vertilgt hatte, und warf meiner Mutter einen misstrauischen Blick zu. „Warum?"

„Als ich neulich bei Debenhams war, wollte ich ihm eigentlich Unterhosen zu Weihnachten kaufen, aber dann habe ich es gelassen, weil ich mich bei dir vergewissern wollte, dass ich die richtige Sorte kaufe. Dein Vater bevorzugt locker sitzende Doppelripp-Unterhosen mit Eingriff, und ich dachte, Devlin würde vielleicht auch welche mögen."

Ich versuchte, das unangenehme Bild meines Vaters in weißen, locker sitzenden Unterhosen zu verdrängen, und sagte: „Nein, nein, ganz bestimmt nicht! Devlin hasst Slips oder wie auch immer man sie nennt. Er trägt Boxershorts. Die klassische Art. Aber Mutter -"

„Oh, wunderbar, Liebling. Ich habe bei Debenhams ein paar schöne Unterhosen aus hundert Prozent Baumwolle gesehen. Ich fahre später in die Stadt, um noch ein paar Dinge zu besorgen, und dann kann ich sie kaufen. Die Geschäfte haben heute länger geöffnet ... Welche Größe hat Devlin?"

„Mutter, du kannst Devlin keine Unterhosen zu Weihnachten kaufen!"

„Warum denn nicht?"

„Weil ... weil das einfach unpassend ist! Warum schenkst du ihm nicht einen Stift oder eine Flasche Rasierwasser ..."

„Rasierwasser und Stifte sind furchtbar langweilig. Außerdem möchte ich ihm etwas schenken, das er wirklich braucht, und ich weiß, dass sich Männer nie die Mühe machen, sich neue Unterwäsche zu kaufen, bis der Stoff fadenscheinig und das Gummiband kaputt ist."

„Ja, aber ... na ja ... Unterwäsche ist ein bisschen persönlich ..."

„Oh, sei nicht albern, Liebling. Ich bin alt genug, um Devlins Mutter zu sein, und ich hätte ihm leicht die Windeln wechseln und seinen Pullermann sehen können ..."

„Mutter!"

„Nun, das macht nichts. Ich habe Devlins

Nummer - ich kann ihn selbst anrufen und fragen.“

„Nein, nein, tu das nicht“, sagte ich hastig. Die Vorstellung, dass meine Mutter mit meinem Freund über seinen „Pullermann“ redete, war grauenvoll. „Ähm ... Devlin hat Größe M.“

„Ah gut ... jetzt muss ich nur noch Mincemeat für die Mince Pies vorbereiten, dann kann ich in die Stadt fahren.“ Meine Mutter strich sich die Schürze glatt und begann dann, die nötigen Zutaten aus der Speisekammer und dem Kühlschrank zu holen.

„Du machst das Mincemeat selbst? Ich dachte, man kauft es fertig zubereitet in Gläsern.“

„Selbst gemachtes Mincemeat mit frischem Obst ist unübertroffen.“

„Aber ich dachte, es muss monatelang durchziehen, damit es seinen typischen Geschmack entwickelt.“

„Der Geschmack wird intensiver, wenn es eine Weile eingelegt ist, aber die frische Version ist auch lecker, sie schmeckt nur anders. Ich bereite es nach einem Rezept deiner Großmutter zu, nur dass ich keinen Rindertalg verwende, sondern Butter.“

Ich stand auf, nahm ebenfalls eine Schürze vom Haken an der Wand und band sie mir um. „Soll ich dir zur Hand gehen?“

„Das wäre reizend, mein Schatz. Du kannst eine Orange und eine Zitrone reiben - in der Obstschale dort sind welche - und außerdem einen Bramley-Apfel. Nein, nicht die aus dem Kühlschrank; die Bramleys liegen dort drüben.“ Meine Mutter schüttelte den Kopf. „Also wirklich, Gemma, ich hätte gedacht, du würdest den Unterschied zwischen einem Koch- und einem Essapfel kennen."

„Schmecken sie im gekochten Zustand wirklich so anders?", fragte ich skeptisch.

„Natürlich tun sie das. Der Bramley ist ein saurer Apfel und zerfällt beim Kochen zu Brei, was bei vielen Rezepten ideal ist. So, jetzt gibst du die geriebene Schale und den geriebenen Apfel in die Schüssel hier …" Meine Mutter deutete auf eine große Rührschüssel.

„Was ist denn da schon drin?", fragte ich und schaute hinein.

„Rosinen, Sultaninen, Korinthen und kandierte Orangen- und Zitronenschale." Meine Mutter wartete, bis ich die geriebene Schale und den frischen Apfel in die Schüssel gegeben hatte, dann fügte sie eine großzügige Portion dunkelbraunen Muscovado-Zucker, Butterflöckchen und den Saft der abgeriebenen Zitrone und Orange hinzu.

„Hoppla, fast hätte ich die Gewürzmischung vergessen", sagte sie. „Kannst du sie holen, Schatz? Im Gewürzregal in der Speisekammer müsste ein Glas stehen. Nicht das Piment, das ist etwas anderes. Es muss ‚Gewürzmischung' draufstehen."

Ich holte das geforderte Glas und schraubte den Deckel ab. Ein warmes, süßlich-würziges Aroma stieg daraus auf und hüllte mich augenblicklich in einen Kokon aus Gemütlichkeit und Nostalgie. „Mmmm … das riecht ja herrlich!" Ich atmete tief ein.

„Das ist Zimt, oder?"

„Ja, und Muskatnuss, Ingwer und Nelken, und auch ein bisschen Piment. Für die Weihnachtsbäckerei unverzichtbar!", erklärte meine Mutter. „Kannst du alles gut umrühren, Schatz?"

Ich nahm die Schüssel und begann, die Mischung mit einem Holzspatel zu bearbeiten. Sie duftete himmlisch und ich sagte nachdenklich: „Leider schreckt die Bezeichnung ‚Mince Pies' viele Leute von dieser Köstlichkeit ab, weil sie denken, dass es sich um eine fleischhaltige Füllung handelt. Das Wort ‚mince' erinnert eben an ‚mince meat', also an Hackfleisch."

„Nun, früher war tatsächlich Fleisch drin, daher stammt der Name", erinnerte mich meine Mutter. „Im Mittelalter hat man Hammelhackfleisch sowie getrocknete Früchte, Nüsse und Gewürze gemischt … Aber heutzutage weiß doch sicher jeder, dass Mince Pies ausschließlich mit Früchten gemacht werden?"

„Leute, die nicht aus Großbritannien, Australien oder Neuseeland kommen, wissen es nicht", sagte ich. „Die meisten Amerikaner zum Beispiel kennen keine Mince Pies, ebenso wenig wie die Japaner und viele andere Touristen. Seit Dora Mince Pies auf die Speisekarte des Tearooms gesetzt hat, müssen Cassie und ich wohl zehnmal am Tag erklären, dass sie kein Fleisch enthalten", fügte ich hinzu und verdrehte die Augen.

„Dann solltet ihr einen Hinweis in die Speisekarte

schreiben", schlug meine Mutter vor. „,Rein vegetarisch' oder ,Enthalten kein Fleisch' dürfte genügen."

„Das ist eine gute Idee", überlegte ich. „Für dieses Jahr ist es zu spät, aber für das kommende Jahr werde ich es mir merken." Ich warf einen neuerlichen Blick auf die Mischung in der Schüssel. „Warum machst du noch mehr Mince Pies?"

„Nun, eigentlich dachte ich, ich hätte genug für alle gebacken, aber jetzt bin ich mir nicht mehr sicher. Ich glaube, ich mache morgen früh lieber noch eine Ladung, nur für alle Fälle ... zumal ich gerade von Onkel Ronnie gehört habe, dass er vielleicht auch zum Mittagessen kommt."

Ich starrte meine Mutter entsetzt an. „Onkel Ronnie? Ich dachte, er sei tot!"

„Oh nein, er ist sehr lebendig. Er ist erst Ende siebzig - nur ein paar Jahre älter als dein Vater. Allerdings sind sie die beiden ältesten Cousins auf dieser Seite der Familie, sie haben viele der jüngeren überlebt. Der arme Gerald starb vor ein paar Jahren an Krebs ... und Thomas hatte einen Schlaganfall und kam ins Krankenhaus, wo ihn eine Lungenentzündung dahingerafft hat ... Jetzt ist da nur noch Agnes, und seit sie sich die Hüfte gebrochen hat, macht sie sich nichts mehr aus Reisen. Deshalb verbringt sie dieses Jahr ein ruhiges Weihnachtsfest zu Hause, und ihre Kinder besuchen sie."

„Ich weiß sowieso nicht, warum wir ihn Onkel

Ronnie nennen", sagte ich mürrisch. „Er ist gar nicht mein Onkel, sondern Dads Cousin ersten Grades und mein Cousin zweiten Grades."

„Weil er wesentlich älter ist als du und es ein Zeichen von Respekt ist." Meine Mutter warf mir einen strengen Blick zu. „Außerdem haben wir ihn immer Onkel Ronnie genannt, seit du ein kleines Mädchen warst."

„Und was ist mit meinen richtigen Tanten und Onkeln?" fragte ich. „Kommen die dieses Jahr nicht?"

„Du weißt ja, dass Stanley letztes Jahr verstorben ist, und die Schwester deines Vaters jetzt bei ihrer Familie in Kanada lebt. Sie wollen diesmal nicht die weite Reise nach England antreten. Und meine Schwester hat beschlossen, über Weihnachten eine Kreuzfahrt in die Karibik zu machen, während ihre Jungs nach Dubai geflogen sind, um dem Winterwetter zu entfliehen." Meine Mutter schürzte missbilligend die Lippen. „Ich hatte gehofft, dass wir dieses Jahr alle zusammen feiern würden, aber heutzutage scheint jeder England den Rücken zu kehren und über Weihnachten wegzufahren! Nicht einmal Helen Green ist da - Lincoln hat seinen Eltern eine Reise nach Prag geschenkt, um sich dort die Weihnachtsmärkte anzusehen."

*Na toll. Bleibt also nur Onkel Ronnie,* seufzte ich insgeheim.

Meine Mutter schnalzte mit der Zunge. „Trotzdem sollten wir uns glücklich schätzen. Wenigstens hatten wir keine Tragödie zu beklagen, wie die arme Annabel. Ich frage mich, ob die Familie ihr traditionelles Mittagessen am ersten Weihnachtsfeiertag durchzieht? Ich glaube nicht, dass irgendjemand in Feierlaune sein wird ... obwohl ich bezweifle, dass man Ned Morecombe sehr vermissen wird. Er war solch ein schrecklicher Mensch."

Ich schaute meine Mutter überrascht an. „Du hast ihn doch gar nicht gekannt."

„Nun, was ich auf der Teeparty gesehen habe, hat mir gereicht. Er schien ein sehr arroganter Bursche zu sein - und so grob und unfreundlich zu seiner Familie! Ich habe den unverschämten Ton gehört, den er Annabel gegenüber angeschlagen hat, und zu Julian war er richtig gemein."

„Was meinst du, Mutter? Woher weißt du -"

„Ich habe sie belauscht, Liebes, als du den Kindern im Esszimmer Tee und Kuchen serviert hast. Ich wollte gerade ein paar zusätzliche Servietten holen, und kam zufällig am Musikzimmer vorbei. Ned und Julian waren drinnen, und es war offensichtlich, dass sie sich gestritten haben. Julian hat versucht, ruhig zu bleiben, aber Ned war furchtbar unhöflich. Er hat Julian nach allen Regeln der Kunst beschimpft - und dann dieser höhnische Ton ... Kaum zu glauben, dass sie Cousins sind! Julian ist ein wahrer Gentleman, so galant und mit reizenden Manieren - er ist überhaupt nicht hinterhältig - nein, wie hat Ned ihn genannt? Ach ja, er sagte, Julian sei andersherum - ich weiß wirklich nicht, warum."

Ich erstarrte. „Moment mal, Mutter - was sagst du da? Wie hat Ned Julian genannt?"

Sie sah mich verständnislos an. „Er bezeichnete Julian als korrupt und hinterhältig. Und dabei hat er richtig böse gelacht."

„Nein, nein, du hast gesagt, er hat Julian als andersherum bezeichnet - war das das Wort, das Ned benutzt hat? Begriffe wie korrupt, hinterhältig oder unehrlich sind dabei nicht gefallen, oder?"

„Nein, er sagte, Julian sei andersherum, und hat gedroht, es Sir Hugh zu sagen."

„Oh mein Gott ..." Ich lehnte mich zurück, als mir aufging, was meine Mutter da sagte. Wenn man mit dem gängigen Slang nicht vertraut war, konnte man „andersherum" durchaus als „hinterhältig" oder „unehrlich" verstehen, wie meine Mutter es getan hatte, aber das Wort hatte noch eine andere Bedeutung: Einen Mann „andersherum" zu nennen, konnte auch heißen, dass er schwul war.

Plötzlich bekamen die Geräusche, die ich in jener Nacht vor meinem Zimmer auf Thurlby Hall gehört hatte, eine ganz andere Bedeutung. Mir wurde auch klar, was mir gestern bei dem Gespräch während der Rückfahrt aufgefallen war, ohne dass ich es hätte benennen können. Es war nichts, was Cole gesagt hatte - es war die Art, wie er gelacht hatte: ein hohes, fast weiblich klingendes Lachen. Es musste mir aufgefallen sein, als er und Glenda miteinander geschäkert hatten, aber ich hatte nicht aufmerksam zugehört und schon gar nicht zwei und zwei zusammengezählt. Schließlich war ich überzeugt gewesen, dass ich in der Mordnacht eine Frau hatte kichern hören, und war davon ausgegangen, dass sich Julian Morecombe in seinem Zimmer mit einer jungen Dame amüsierte. Es war mir überhaupt nicht in den Sinn gekommen, dass es ein junger Mann gewesen sein könnte.

Und dann ging mir auf, dass ich gestern Nachmittag denselben Denkfehler gemacht hatte, als Seth mir den Klatsch über Julian Morecombe erzählt hatte: Er hatte gesagt, der Oxford-Don stehe in dem Ruf, immer auf denselben Typ zu fliegen: jung, attraktiv und blond. Ich hatte selbstverständlich angenommen, dass er damit Frauen meinte, doch natürlich konnte es sich auch um Männer handeln.

Jetzt konnte ich auch Kellys belustigtes Lächeln einordnen, als ich sie gefragt hatte, ob sie die Nacht mit Julian verbracht hatte ... wenn sie wusste, dass er schwul war, musste meine Unwissenheit sie köstlich amüsiert haben.

Wenn Ned seinen Cousin verspottet und gedroht hatte, seine sexuellen Neigungen zu enthüllen, hatte sich Julian vielleicht gezwungen gesehen, den Rückkehrer zum Schweigen zu bringen. Schließlich war Sir Hugh erzkonservativ und hätte seinen Neffen aus seinem Testament streichen können, wenn er die Wahrheit herausgefunden hätte.

Was bedeutet, dass Julian Morecombe ebenfalls

ein Motiv für den Mord gehabt haben könnte.

***

„Wenn Sie bitte dort drüben warten wollen ... Inspektor Depp wird gleich bei Ihnen sein."

Ich setzte mich auf einen Stuhl am Tisch im Verhörraum und fragte mich, ob Depp bereits von Julian Morecombes Homosexualität wusste. Vielleicht war dieser Besuch auf der Polizeiwache reine Zeitverschwendung. Aber was auch immer ich von Depps Fähigkeiten - oder vom Mangel derselben - halten mochte, ich war verpflichtet, alle Informationen zu melden, die die Ermittlungen voranbringen konnten.

Depp hörte mir jedoch kaum zu. Als ich fertig war, winkte er abschätzig mit der Hand. „In Ordnung. Ich werde meine Leute anweisen, das zu überprüfen und seine Akte zu aktualisieren."

„Ist das alles? Sonst werden Sie nichts unternehmen?"

„Was sollte ich Ihrer Meinung nach unternehmen?"

„Ich weiß es nicht! Zum Beispiel ... mit dem Chauffeur sprechen? Oder vielleicht Julian noch einmal befragen?"

„Und warum?"

Ich holte tief Luft, um nicht die Beherrschung zu verlieren. „Weil sich dadurch alles ändert! Es gibt Julian ein Motiv für den Mord an Ned."

Er zuckte mit den Schultern. „Kann sein. Aber im

Moment interessieren mich Ihre Motive weit mehr."

Ich starrte ihn überrascht an. „Meine Motive?"

„Ja, ich freue mich, dass Sie aufs Revier gekommen sind. Ich wollte Sie heute Nachmittag sowieso aufsuchen, um Sie zu befragen, aber so haben Sie mir die Mühe erspart."

„Worüber wollten Sie mich befragen?"

Er lehnte sich zurück und betrachtete mich selbstzufrieden. „Sie haben in Ihrer Aussage nicht erwähnt, dass Sie selbst eine Auseinandersetzung mit Ned hatten. Aha ... Sie dachten wohl, Sie könnten das verheimlichen, was? Sie haben nicht geglaubt, dass ich mich bei den anderen umhören und Ihre Aussage überprüfen würde."

„Ich ... ich habe nicht versucht, irgendetwas zu verbergen", stotterte ich. „Natürlich habe ich damit gerechnet, dass Sie alle befragen würden. Ich dachte jedoch nicht, dass mein Zusammenprall mit Ned für die Ermittlungen relevant sein würde."

„Nicht relevant für die Ermittlungen?" Er zog die Augenbrauen mit übertriebener Dramatik in die Höhe. „Das Opfer hat Sie an jenem Abend tätlich angegriffen und Sie haben ihm gedroht, falls er es noch einmal versuchen sollte. Oh ja, ich habe mit Mrs Holmes gesprochen und sie hat mir erzählt, was passiert ist. Sie meinte, Sie seien sehr wütend und aufgebracht gewesen ... so aufgebracht, dass Sie sagten - Zitat: ‚Wenn er mich noch einmal anfasst, bringe ich ihn um!', Zitat Ende ... Nun, ich würde sagen, das ist durchaus relevant, nicht wahr?"

Ich starrte ihn an. „So etwas sagt man eben, wenn man außer sich ist. Sie meinen doch hoffentlich nicht, dass man dann tatsächlich jemanden umbringen würde."

„Außerdem ist es interessant, dass ausgerechnet Sie Mr Morecombes Leiche gefunden haben. Es könnte doch sein, dass Sie nur so getan haben, als hätten Sie das Opfer in der Bibliothek entdeckt. Niemand hat Sie hineingehen sehen; wir haben nur Ihr Wort, dass Sie aus Ihrem Zimmer heruntergekommen sind ... angeblich auf der Suche nach Ihrer Katze." Seine Stimme triefte vor Sarkasmus.

„Ich habe tatsächlich nach meiner Katze gesucht", fauchte ich ihn an. „Und Ihre Andeutungen sind absurd! Sie glauben wahrhaftig, dass ich Ned Morecombe umgebracht habe, weil er mich begrapscht hat?"

„Na ja, bei all dem Getue um Frauenrechte und sexuellen Missbrauch heutzutage ... sahen Sie es wahrscheinlich als Ihr gutes Recht an, ihn zu töten. Mrs Holmes hat mir auch erzählt, dass Sie gesagt haben, Sie würden Mr Morecombe für seine Taten büßen lassen ..."

„Ich meinte damit, dass ich rechtlich gegen ihn vorgehen und ihn wegen sexueller Belästigung anklagen würde ..."

„Geben Sie es zu: Sie sind in die Bibliothek zurückgegangen - vielleicht haben Sie wirklich Ihre Katze gesucht, aber zu einem früheren Zeitpunkt, als

Sie in Ihrer Aussage angegeben haben - und sind dort auf das Opfer gestoßen. Er hatte getrunken, er war sexuell erregt, und er hat sich noch einmal an Sie herangemacht: Er hat Sie angefasst und versucht, Sie zu küssen, vielleicht wollte er sogar mehr. Also haben Sie sich gewehrt. Sie könnten sogar sagen, es war Notwehr", sagte er, als wollte er mir den Weg zu einem Geständnis ebnen. „Das könnte ich ohne Probleme akzeptieren."

„Was? Legen Sie mir keine Worte in den Mund! So ist es nicht gewesen. Ned hat nicht noch einmal versucht, mich anzufassen - ich habe ihn nach dem Abendessen überhaupt nicht mehr gesehen. Und als ich in die Bibliothek kam, war er schon tot!" Ich stand wütend auf. „Wenn Sie weiterhin solche lächerlichen Anschuldigungen erheben, werde ich künftig nur noch im Beisein eines Anwalts mit Ihnen reden."

# Kapitel 21

Ich schäumte vor Wut, als ich aus dem Polizeirevier kam. Meine schlechte Laune schlug jedoch in Überraschung um, als ich Mabel und die anderen Silberlocken auf der Eingangstreppe traf. Sie sahen noch zorniger aus, als ich mich fühlte, ihre faltigen Wangen waren gerötet und ihre Körperhaltung strahlte gekränkte Würde aus.

„Hallo!", begrüßte ich sie. „Was machen Sie denn ihr hier?"

„Wir wollten die Polizei fragen, ob sie eine Spur zu unserem wichtigen Beweisstück gefunden hat!" Mabel straffte die Schulter.

„Aber man scheint keinen Wert auf unsere Ermittlungsergebnisse zu legen", sagte Ethel traurig.

Glenda hielt einen flachen orangefarbenen Klecks

hoch. „Nicht einmal unseren Ahornsirup-Abguss wollten sie haben."

„Die Polizisten hatten die Frechheit, uns auszulachen. Der Abdruck sei nutzlos, sagten sie!", klagte Florence.

„Macht nichts", meinte Mabel munter. „Wenn die Polizei gute Beweise nicht zu schätzen weiß, müssen wir die Sache eben selbst in die Hand nehmen."

„Was genau meinen Sie damit?", fragte ich misstrauisch.

„Nun, das Naheliegendste wäre, unseren Ahornsirup-Abguss mit Julian Morecombes Schuhen zu vergleichen", erklärte Mabel.

Sie nickte zufrieden. „Und zum Glück ist es nicht weit zum Parnell College. Julian ist Junggeselle, er wohnt im College. Wir müssen nur eine Möglichkeit finden, in seine Räumlichkeiten zu gelangen und uns seine Schuhe anzusehen ..."

„Moment mal – Sie können doch nicht -"

„Miss Rose!"

Ein Police Constable kam gerade aus der Polizeiwache und streckte mir ein Papier entgegen.

„Miss Rose, Inspektor Depp sagt, Sie sollen diese Ergänzung zu Ihrer Aussage durchgehen und unterzeichnen ..."

Ich seufzte und bedachte die Silberlocken, die bereits entschlossen die Straße hinuntergingen, mit einem gequälten Blick, dann folgte ich dem Polizisten aufs Revier. Als ich das Protokoll gelesen und unterzeichnet hatte und endlich wieder nach draußen trat, waren Mabel und ihre Begleiterinnen nicht mehr zu sehen.

„Mist!", murmelte ich und machte mich eilig auf den Weg Richtung Parnell College, denn ich war sicher, dass dies ihr Ziel war.

Als ich vor dem riesigen mittelalterlichen Eingangstor des Colleges ankam, bemerkte ich auf der gegenüberliegenden Straßenseite ein Auto, das mir bekannt vorkam: einen glänzenden schwarzen BMW X7.

*Ist das der Wagen der Morecombes?*, überlegte ich und schaute mich nach Cole, dem Chauffeur, um. Ich konnte ihn jedoch nirgends entdecken, und nachdem ich mich noch einmal umgesehen hatte, ging ich durch das Tor. Während einige Colleges täglich ein paar Stunden für Besucher geöffnet waren, sodass Touristen einen Blick auf das Leben in einem Oxforder College erhaschen konnten, waren viele nicht für die Öffentlichkeit zugänglich und durften nur von Studenten und anderen Angehörigen der Universität betreten werden. Ich zückte meinen Alumni-Ausweis und hielt ihn dem Pförtner entgegen, der seinen Kopf aus dem Fenster der Pförtnerloge streckte. Ich fragte mich, wie die Silberlocken es geschafft hatten, an ihm vorbeizukommen - vorausgesetzt, sie trieben sich bereits im College herum.

„Ähm … ich nehme nicht an, dass Sie vor Kurzem vier ältere Damen haben reinkommen gesehen?", fragte ich zaghaft.

Die Miene des Pförtners hellte sich auf. „Oh, Sie meinen die Tanten von Professor Morecombe?"

„Die Tanten von Professor Morecombe?"

Er nickte. „Ich wusste gar nicht, dass er so viele Tanten hat! Sie wollten ihm zu Weihnachten mit selbst gemachten Süßigkeiten eine Freude machen. Ich wünschte, ich hätte solche Tanten." Er grinste. „Meine stricken mir nur hässliche Pullover. Jedenfalls habe ich ihnen gesagt, sie könnten die Sachen einfach bei mir lassen und ich würde sie dem Professor später geben, aber sie lehnten ab, sie wollten sie selbst zu seinen Räumen bringen und vor die Tür legen. Als Überraschung, verstehen Sie? Wirklich süß, finden Sie nicht?"

„Sie haben ihnen also den Weg zu seinen Räumlichkeiten gezeigt?" Insgeheim staunte ich über das Improvisationstalent der Silberlocken.

Er nickte. „Normalerweise würde ich Nicht-Mitgliedern keinen Zutritt zum College gewähren, aber wir haben Weihnachten und es ist kaum noch jemand hier ..." Dann sah er mich neugierig an und stellte die Frage, die er längst hätte stellen sollen: „Warum suchen Sie nach ihnen?"

„Oh, ich bin ... äh ... Professor Morecombes Cousine", sagte ich und schenkte ihm ein strahlendes Lächeln. „Über die Festtage gibt es immer ein großes Familientreffen der Morecombes. Jedenfalls habe ich versprochen, dass ich mich mit ihnen hier im College treffen würde ... ähm ... sagten Sie, dass Julians Räume in dieser Richtung liegen?"

Ich wies auf den großen Innenhof.

„Ja, der erste Aufgang rechts im hinteren Hof, durch den Bogen dort. Aber Sie können nicht -"

„Danke! Ich finde mich schon zurecht!" Ich winkte ihm fröhlich zu und eilte davon, bevor er mich zurückhalten konnte.

Nachdem ich den großen Innenhof durchquert hatte, ging ich unter dem Bogen hindurch zu einem viel kleineren, auf allen vier Seiten umbauten Hof. In jeder Wand war eine Tür zu einem Treppenaufgang eingelassen. Die Treppen führten wahrscheinlich zu Studenten- oder Tutorenzimmern, und ich war froh, dass der Pförtner mir den Weg gewiesen hatte, denn ich hätte nicht gewusst, welche ich mir zuerst vornehmen sollte. Als ich mich der ersten Tür zu meiner Rechten zuwandte, wurde mir klar, was ich vergessen hatte: Die Türen zu den Aufgängen waren verschlossen, und ich kannte den Code für das Tastenfeld nicht. Wie waren die Silberlocken hineingekommen? Sicherlich reichte ihr Einfallsreichtum nicht aus, um ein digitales Tastenfeld zu hacken?

Dann ging plötzlich die Holztür auf und eine junge Frau kam heraus – und schon hatte ich die Antwort auf meine Frage. Schnell packte ich die Tür, als sie sich hinter ihr zu schließen begann, und trat ein, als sei alles in bester Ordnung. Ich befand mich in einem engen Treppenhaus mit Holzstufen, die im Zickzack nach oben führten. Als ich über mir Stimmengemurmel hörte, spähte ich nach oben und erblickte vier weiße Haarschöpfe auf einem Treppenabsatz.

Einen Moment lang fühlte ich mich in die Zeit zurückversetzt, als ich gerade nach Oxford zurückgekehrt war und meine Teestube eröffnet hatte: Ohne es zu wollen, war ich in eine Mordermittlung verwickelt worden, nachdem ein amerikanischer Tourist auf mysteriöse Weise an einem meiner Scones gestorben war. Damals hatte ich in einem College in einem Treppenhaus wie diesem gestanden und nach den Silberlocken gesucht, die beschlossen hatten, auf eigene Faust ein wenig herumzuschnüffeln.

*Im Laufe des Jahres hat sich nicht viel verändert*, dachte ich kopfschüttelnd, als ich die Holztreppe hinaufging.

Ich fand die Silberlocken auf dem zweiten Treppenabsatz. Sie hatten sich vor einer Tür versammelt, die davon abging, und schienen sich zu streiten. Sie zuckten sichtlich zusammen, als ich hinter ihnen auftauchte.

„Oh, du bist es, Gemma - Gott sei Dank! Wir dachten schon, es sei Julian Morecombe." Florence fasste sich erschrocken mit einer molligen Hand ans Herz.

„Psst! Ich muss mich konzentrieren", zischte Glenda, die über den Türknauf gebeugt war.

„Warum bitten wir nicht Gemma, es zu erledigen?", schlug Ethel vor. „Sie ist jünger und hat flexiblere Finger ..."

„Was erledigen?", fragte ich misstrauisch.

„Die Tür aufschließen", sagte Mabel, nahm Glenda etwas weg und reichte es mir.

Ich sah auf das Metallwerkzeug in meiner Hand hinunter. „Was ist das?"

„Das ist der Super Pick - er öffnet jede Tür in weniger als sechzig Sekunden", erklärte Glenda stolz. „Mein Großneffe Mike hat ihn mir zu Weihnachten geschenkt. Er sagte, er stamme aus einer Lieferung, die von einem Lastwagen gefallen sei …" Sie runzelte die Stirn. „Obwohl ich mich frage, wie er es geschafft hat, den Super Pick aufzufangen, als er heruntergefallen ist. Das muss ein großer Glücksfall gewesen sein. Und ich weiß nicht, warum er nicht versucht hat, den Lastwagenfahrer anzuhalten, um ihm zu sagen, dass er einen Teil seiner Ladung verloren hat. Ich nehme an, er fuhr zu schnell und war weg, bevor Mike ihm Bescheid geben konnte?"

Ich verdrehte die Augen. Mike Bailey war ein zwielichtiger Typ, der in viele zweifelhafte Geschäfte verwickelt war und wahrscheinlich auch vor kleinen Diebstählen nicht zurückschreckte. Als ich ihm zum ersten Mal begegnet bin, war er sogar als Mordverdächtiger im Visier der Polizei. Aber Glenda war vernarrt in ihren Großneffen, und ich brachte es nicht übers Herz, ihr zu sagen, dass „von einem Lastwagen gefallen" nichts anderes bedeutete als „Diebesgut" - es klang nur netter.

„Ich werde das Schloss nicht knacken - und ich

kann es nicht fassen, dass Sie das vorhatten", sagte ich, reichte Glenda das Werkzeug zurück und bedachte sie mit einem strengen Blick. „Wenn man Sie erwischt, werden Sie verhaftet."

„Blödsinn", erwiderte Mabel energisch. „Wir sind einem Verdächtigen auf den Fersen - wir leisten wichtige Polizeiarbeit."

„Ja, aber Sie sind nicht von der Polizei! Und selbst wenn Sie es wären ... auch die Polizei braucht einen Durchsuchungsbeschluss, bevor sie Privaträume betreten darf ..."

„Ach, Unsinn!" Mabel wedelte mit der Hand. „Wenn man dich reden hört, könnte man denken, dass wir einbrechen wollen."

„Aber ... aber genau das tun Sie doch!" Meine Stimme war schrill vor Verzweiflung. „Sie können nicht -"

„Geschafft!", rief Glenda triumphierend.

Sie stieß die Tür auf, und bevor ich Einwände erheben konnte, drängten sich die Silberlocken ins Zimmer. Ich unterdrückte ein ärgerliches Knurren und folgte ihnen. Wir befanden uns in einem großen Raum – er hatte etwa die Ausmaße einer Einzimmerwohnung -, in der sich Bücher, Papiere, benutzte Kaffeetassen türmten. Mäntel, Hüte und Schals waren achtlos über die Lehnen der Sessel geworfen. Es sah so ganz anders aus, als ich es erwartet hatte, dass ich ein überraschtes „Oh!" ausstieß.

„Was ist los, Liebes?" Die Silberlocken blieben

stehen und drehten sich um, um mich anzuschauen.

„N-nichts ... es ist nur ..." Ich lächelte verlegen. „Es ist dumm von mir, automatisch davon auszugehen, dass alle schwulen Männer ordentlich und pingelig sind."

Sie sahen mich ausdruckslos an. „Wovon redest du, Liebes?"

„Oh, tut mir leid - ich hatte es noch nicht erzählt. Ich habe es selbst erst heute Morgen erfahren: Julian Morecombe ist schwul. Meine Mutter hat bei der Teeparty ein Gespräch mit angehört. Ned hat seinen Cousin verspottet und gedroht, die Wahrheit über seine Homosexualität auffliegen zu lassen. Wenn der erzkonservative Sir Hugh davon erfahren hätte, wäre Julian aus dem Testament gestrichen worden ... ein guter Grund für Julian, Ned zu töten und ihn auf diese Weise zum Schweigen zu bringen."

„Aha! Ich habe doch gesagt, dass er schuldig ist, nicht wahr?", fragte Mabel selbstzufrieden. „Jetzt müssen wir nur noch seine Schuhe mit den Fußabdrücken vergleichen, die wir vor dem Fenster gefunden haben, dann haben wir den Fall gelöst!"

„Nein, das ist nicht -"

Mabel ignorierte meinen Protest und sprach weiter mit den anderen. „Ich überprüfe seine Schuhe. Ihr seht euch nach weiteren Hinweisen um."

„Warten Sie, Sie können doch nicht -"

Wieder hörte niemand auf mich, während Ethel, Glenda und Florence vergnügt begannen, das Zimmer zu untersuchen und Mabel zum

Kleiderschrank neben dem Bett marschierte.

Ich warf einen nervösen Blick über die Schulter auf die Wohnungstür. Draußen auf dem Treppenabsatz schien es ruhig zu sein, und ich konnte nur hoffen, dass die Silberlocken die Schnüffelei leid wurden, bevor jemand auftauchte. Als ich mich umdrehte, sah ich, wie sie durch eine Verbindungstür auf der anderen Seite des Raumes gingen. Ich eilte ihnen hinterher und war einen Moment lang abgelenkt, da ich mich in einem geräumigen Bad wiederfand.

Seit meiner Studentenzeit hatten sich die Verhältnisse in Oxford offenbar sehr verändert. Ich erinnerte mich an mein Zimmer am oberen Ende einer zugigen Treppe. Das Bad mit Waschbecken und Badewanne, das sich sechzehn Studenten teilten, befand sich auf halber Treppe. Eine Dusche gab es nicht. Morgens herrschte ein schreckliches Gedränge, wenn sich alle für die ersten Vorlesungen fertig machten. Jetzt betrachtete ich die glänzenden Armaturen und die gefliese Duschkabine vor mir voller Neid.

Währenddessen durchstöberten die Silberlocken eifrig die Toilettenartikel auf dem Waschtisch, nahmen jede Flasche in die Hand und begutachteten sie mit Interesse.

„Oh, das duftet herrlich." Glenda sprühte etwas Aftershave in die Luft und schnupperte geräuschvoll.

Florence rümpfte die Nase. „Die Zitrusfrüchte sind recht dominant, nicht wahr? Ich persönlich mag die würzigen Düfte wie Zimt und Myrrhe lieber ..."

„Sandelholz", sagte Mabel fest. „Das ist der beste Duft für einen Mann. Ich kaufe meinem Henry jedes Jahr zu Weihnachten eine Flasche."

„Ich finde, ein sauberer, frischer Duft steht Männern am besten", warf Ethel ein. Sie fügte errötend hinzu: „Es gab mal einen Herrn, der regelmäßig in die Bibliothek kam und immer einen herrlichen Minzgeruch verströmte, wenn er sich über den Tresen beugte, um mich nach einem Buch zu fragen ..." Sie fächelte sich Luft zu, ihre Wangen färbten sich rosa. „Ich denke immer noch an ihn, wenn ich eine neue Zahnpastatube aufmache!"

„Sprüh dir etwas davon aufs Handgelenk", sagte Glenda zu Florence. „Angeblich riechen Düfte anders, sobald sie mit der Haut reagieren ..."

„Oh, um Himmels willen! Wir sind hier nicht in der Parfümabteilung eines Kaufhauses!", sagte ich verärgert, riss ihr die Flasche aus den Händen und stellte sie auf den Waschtisch. „Wir sind in einem Zimmer, in dem wir rein gar nichts verloren haben! Man kann uns jeden Moment entdecken. Wir müssen hier verschwinden -"

Ich verstummte, als ich ein Geräusch in dem Zimmer wahrnahm, aus dem wir gekommen waren. Mir schlug das Herz bis zum Hals. Die Badezimmertür knarrte, ich wirbelte herum und sah mich einem Mann gegenüber, der uns entgeistert anstarrte.

# Kapitel 22

Es war nicht Julian Morecombe. Es war ein völlig Fremder und er starrte uns verblüfft an.

„Was um alles in der Welt -?"

Ich zermarterte mir das Hirn, wie wir ihm unsere Anwesenheit in seinem Badezimmer erklären sollten, doch bevor mir etwas einfiel, stürzte Mabel nach vorne und rief mit ihrer dröhnenden Stimme:

„Ah! Perfektes Timing! Wir haben schon auf Sie gewartet. Also, meine Lieben …" Sie wandte sich an die anderen Silberlocken und wedelte mit der Hand wie ein Dirigent. Die vier alten Damen holten tief Luft, dann trällerten sie los:

*„Deck the halls with boughs of holly,*
*Fa la la la la, la la la la!*

*'Tis the season to be jolly,*
*Fa la la la la, la la la la!"*

Sie klangen wie betrunkene Nachtigallen und ich betrachtete sie entgeistert, bis Mabel mir den Ellbogen in die Rippen stieß und „Sing mit!" zischte. Mit einem Blick auf den Mann vor uns, der völlig verdattert aussah, als ich mich fühlte, stimmte ich leise ein.

*„Don we now our gay apparel …*
*Fa la la, la la la, la la la!"*

*Das darf alles nicht wahr sein,* dachte ich, während ich das vertraute Weihnachtslied mit den Silberlocken sang, die neben mir begeistert wippten und sich im Rhythmus der Melodie wiegten. Als wir fertig waren, ging Mabel auf den Mann zu und schüttelte ihm die Hand.

„Frohe Weihnachten, Sir! Ich hoffe, Sie haben diese kleine Weihnachtsüberraschung genossen."

„Aber … was …", stammelte er. „Wer …?"

„Oh, wir sind eine Abordnung der ‚Twelve Greys of Christmas' und bieten einen neuen Service", erklärte Mabel strahlend. „Wissen Sie, traditionell werden Weihnachtslieder immer an der Haustür gesungen, aber das ist so vorhersehbar und langweilig. Deshalb haben wir beschlossen, Ihnen die guten, alten Weihnachtslieder direkt nach Hause zu bringen! In Ihre Küche, in Ihre Wohnzimmer, in

Ihr Badezimmer! Damit Sie spüren, dass Weihnachten wirklich überall ist." Sie klopfte ihm auf die Schulter und sagte an die anderen Silberlocken gewandt: „Gut! Wir müssen jetzt los – wir haben heute noch viele andere Badezimmer vor uns …"

Sie marschierte hoch erhobenen Hauptes hinaus, gefolgt von Glenda und Florence. Ethel zog eine Sammelbüchse aus ihrer Manteltasche und hielt sie dem Mann hin.

„Wie wär's mit einer kleinen Spende, Sir?", fragte sie fröhlich.

Mit einem erstickten Laut packte ich sie am Arm und zog sie aus dem Raum. Auf dem Treppenabsatz ließ ich sie los und sah die Silberlocken streng an.

„Es ist nicht zu fassen! Weihnachtslieder im Badezimmer? Ich weiß nicht, wie -" Ich brach ab, als erneut ein Geräusch an mein Ohr drang. Aber dieses Mal war es etwas, das mir sehr bekannt vorkam: ein helles Kichern. Ich wirbelte herum und stellte fest, dass das Geräusch durch die geschlossene Tür auf der gegenüberliegenden Seite des Treppenabsatzes kam. Ich warf alle Vorbehalte über Bord, eilte hinüber und presste mein Ohr an die Tür. Zu meiner Überraschung bewegte sie sich, als ich mich dagegen lehnte, und schwang auf. Das Schloss war offenbar nicht richtig eingerastet – was nicht ungewöhnlich war: Ich erinnerte mich, dass man meine Zimmertür am College immer feste zudrücken musste.

Mabel drängte sich an mir vorbei ins Zimmer,

dicht gefolgt von den anderen Silberlocken. Ich eilte hinterher und fand mich in einem Zimmer wieder, das ähnlich eingerichtet war wie das, das wir gerade verlassen hatten. Der wesentliche Unterschied war, dass das Bett nicht leer war: Ein gutaussehender junger Mann, den ich wiedererkannte, lag zwischen den Laken, und neben ihm, nur mit einer schwarzen Robe und dem typischen Doktorhut bekleidet, lag Julian Morecombe.

„Was ... was soll das?", rief Julian empört und sprang auf. Sein Gesicht war knallrot und er sah gleichzeitig wütend, panisch und verängstigt aus. „Wie können Sie es wagen! Dies ist mein Privatquartier und Sie haben kein Recht, unaufgefordert hereinzuplatzen!"

Ich wandte den Blick ab und hätte mich möglichst unauffällig verdrückt, doch Mabel trat unbeirrt vor und zeigte auf Cole, der sich abrupt im Bett aufgesetzt hatte.

„Junger Mann, Sie sind in der Mordnacht am Efeu heruntergeklettert, nicht wahr?"

Der Chauffeur warf Julian einen unsicheren Blick zu. Nach kurzem Zögern murmelte er: „Ja, das war ich. Julian sagte, ich solle nach dem Essen in sein Zimmer kommen. Wenn ich durch die Hintertür über die alte Dienstbotentreppe käme, würde mich niemand sehen. Er wollte in seinem Zimmer auf mich warten und mir aufmachen. Und nach ... danach haben wir herumgeblödelt und er forderte mich heraus, zum Spaß am Efeu runterzuklettern. Und das habe ich getan. Ich verließ sein Zimmer auf diesem Weg und ging zurück in meine Wohnung über der Garage."

„Aber Ihre Fußabdrücke führten zum Bibliotheksfenster", wandte ich ein.

„Nun, es hat geschneit, also bin ich an der Seite des Hauses entlanggegangen, unter dem Dachvorsprung, weil man dort geschützter ist. Als ich zum Fenster der Bibliothek kam, sah ich jemanden von der Vorderseite des Hauses um die Ecke kommen. Es war Mr Floyd, der draußen eine Zigarre rauchte. Ich wollte nicht, dass er mich sieht, deshalb habe ich mich hinter dem Ilexbusch versteckt." Cole verzog das Gesicht. „Es war verdammt kalt und ich dachte, er würde ewig da stehen und qualmen! Das muss so um die zehn Minuten gedauert haben ... Schließlich ging er wieder rein und ich bin zur Garage gelaufen." Er reckte entschlossen das Kinn vor. „Aber ich habe nichts mit dem Mord an Ned Morecombe zu tun! Er war definitiv noch am Leben, als ich ihn auf dem Rückweg durch das Fenster der Bibliothek gesehen habe."

„Moment - Sie haben Ned durch das Fenster gesehen?", fragte ich aufgeregt. „Das könnte das letzte Mal gewesen sein, dass ihn jemand lebend zu Gesicht bekommen hat. Haben Sie das der Polizei erzählt?"

Wieder warf er Julian einen kurzen Blick zu, dann schüttelte er den Kopf. „Das konnte ich doch nicht, oder? Niemand durfte wissen, dass ich in dieser Nacht im Haus war. Ich musste so tun, als sei ich die ganze Zeit in meiner Wohnung gewesen."

„War mit Ned alles in Ordnung, als Sie durchs Bibliotheksfenster geschaut haben?", fragte Mabel.

Er nickte. „Ja, er war mit seiner Schwester zusammen, mit Mrs Floyd."

„Mit Annabel?" Ich sah ihn überrascht an. „Das war, als Sie auf dem Rückweg waren, sagten Sie? Wie spät war es da?"

Er dachte einen Moment nach. „Kurz vor Mitternacht … Ich erinnere mich, dass die Uhr neben Julians Bett Viertel vor zwölf zeigte, als ich aus dem Fenster geklettert bin."

„Aber das kann nicht Annabel gewesen sein", protestierte ich. „Sie sagte, sie sei um halb zwölf im Bett gewesen. Sind Sie sicher?"

„Ja, sie war schon vorher mit Ned in der Bibliothek. Ich habe sie gesehen, als ich auf dem Weg zum Haus das erste Mal am Fenster vorbeikam."

„Um welche Uhrzeit war das?", fragte ich schnell.

„So gegen Viertel nach elf oder zwanzig nach elf."

*Ja, das passt zu Annabels Schilderung*, dachte ich. Sie hatte gesagt, sie sei bis etwa Viertel nach elf mit Ned in der Bibliothek gewesen, dann sei sie in die Küche gegangen, um kurz mit Mrs Holmes zu sprechen, und sei danach nach oben ins Bett gegangen. Es sei denn …

Ein unangenehmer Gedanke schoss mir durch den Kopf. Könnte Annabel gelogen haben? Ich wusste, dass sie Mrs Holmes aufgesucht hatte, und die Haushälterin hatte das bestätigt, aber war sie danach wirklich nach oben gegangen, wie sie behauptet hatte …?

„Was haben sie gemacht?", fragte Mabel.

Cole sah sie ausdruckslos an. „Was meinen Sie?"

„Ned und Annabel - haben sie sich unterhalten?", fragte Mabel ungeduldig.

„Oder etwas gegessen?", fügte Florence hinzu.

„Oder Bücher gelesen?", meldete sich Ethel zu Wort.

„Oder haben sie sich gestritten?", fragte Glenda.

Cole musterte die vier Damen verwirrt. „Äh … ja, Ned hatte einen Teller mit Plumpudding vor sich stehen, aber er hat ihn nicht gegessen. Er hat Portwein getrunken, und Annabel -Mrs Floyd hatte auch ein Glas in der Hand. Und ja, es sah aus, als würden sie sich heftig streiten. Ich meine, ich konnte natürlich nicht hören, was sie gesagt haben, doch ihren Mienen waren eindeutig. Ned hatte einen spöttischen Gesichtsausdruck und Mrs Floyd sah aus, als würde sie gleich anfangen zu weinen. Und ich glaube, sie haben sich immer noch gestritten, als ich auf dem Rückweg am Fenster vorbeikam - Sie wissen ja, wie Familienstreitigkeiten sind", fügte er mit einem ironischen Blick hinzu. „Mrs Floyd war auf die andere Seite des Zimmers gegangen, sodass ich sie vom Fenster aus nicht sehen konnte, aber ich sah, wie Ned mit ihr sprach."

„Und war alles in Ordnung mit ihm?"

Cole grinste. „Eigentlich sah er ziemlich besoff-, äh, betrunken aus", korrigierte er sich hastig mit einem Blick auf die Silberlocken. „Er lehnte am Kaminsims, mit so einem albernen Grinsen im Gesicht."

„Ich denke, es reicht", ergriff Julian zum ersten Mal das Wort. „Dieses Verhör ist weit genug gegangen, wenn man bedenkt, dass Sie nicht von der Polizei sind und keinen offiziellen Status haben." Er stand steif neben dem Bett und versuchte, eine würdevolle Haltung zu bewahren, während er die Ränder seiner schwarzen akademischen Robe zusammenhielt. Er wies zur Tür. „Ich wäre Ihnen dankbar, wenn Sie jetzt gehen würden."

Widerwillig schlurften die Silberlocken aus dem Raum. Ich folgte ihnen, während meine Gedanken wild durcheinanderwirbelten. *Annabel? Sie kann unmöglich die Mörderin sein!*, dachte ich. Zum einen musste Ned von einem Mann überwältigt worden sein - oder zumindest von einer kräftigen, sportlichen Frau. Und Annabel war weder das eine noch das andere. Sie war nicht stark genug, um ihn festzuhalten und zu ersticken.

*Es sei denn, man hat ihn vorher außer Gefecht gesetzt.*

Ich blieb wie angewurzelt stehen. Vor meinem geistigen Auge sah ich noch einmal Neds Leiche, wie ich sie in jener Nacht gefunden hatte: Er war im Sessel vor dem Kamin zur Seite gesackt, die Arme hatte er ausgebreitet, der Kopf war zur Schulter geneigt ... Bevor ich ihm den Strumpf vom Kopf gezogen hatte, war ich überzeugt, dass Ned zu tief ins Glas geschaut hatte und im Vollrausch in sich zusammengesackt war. Coles Schilderung ging in die gleiche Richtung. War Ned möglicherweise zu betrunken, um sich zu wehren?

Aber nein ... das hielt ich für unwahrscheinlich. Ich war mir sicher, dass jemand wie Ned Morecombe eine Menge vertrug, vermutlich hatte er sogar eine ausgesprochen hohe Alkoholtoleranz. Ich selbst hatte ihn weniger als zwei Stunden zuvor gesehen, nach dem Abendessen, und da war er völlig klar gewesen. Könnte er in der Zwischenzeit derart viel getrunken haben, dass er nicht in der Lage war, sich zu wehren, als jemand versuchte, ihn zu ersticken? Nein, das erschien mir zu weit hergeholt.

Dann stockte mir der Atem, als mir eine neue Idee kam. Ich wusste nicht, warum ich nicht schon früher daran gedacht hatte. Ned war vielleicht nicht betrunken ... aber möglicherweise war er betäubt.

Ja, das wäre eine schlüssige Erklärung! Vielleicht hatte man ihm etwas in seinen Drink gemischt, das ihn geschwächt oder vielleicht sogar nahezu bewusstlos gemacht hatte, sodass er sich nicht zur Wehr setzen konnte. Ich fragte mich, ob der Gerichtsmediziner die Autopsie schon durchgeführt hatte und ob man Hinweise auf Drogen in seinem Körper gefunden hatte.

*Nicht, dass Inspektor Depp mich in die Ergebnisse der Autopsie einweihen würde*, dachte ich säuerlich.

Plötzlich vermisste ich Devlin und musste daran denken, wie hilfreich es war, wenn er die Ermittlungen leitete. Oft teilte er vertrauliche polizeiliche Informationen und gerichtsmedizinische Ergebnisse mit mir und hielt mich auf dem Laufenden, was den Fortschritt der Ermittlungen anging. Ich nahm mir vor, heute Abend mit Devlin zu sprechen. *Vielleicht kann ich ihn bitten, für mich bei der forensischen Abteilung nachzufragen*, dachte ich. *Es muss ein Gift gewesen sein, das man in dem Getränk nicht so leicht schmeckt, etwas, das -*

Ich wirbelte herum und blickte zum Bett. „Cole, hören Sie ... gestern, auf der Rückfahrt in die Stadt, mussten wir eine ganze Weile auf Sie warten. Sie sagten, Sie hätten sich verspätet, weil Sie das Frostschutzmittel nachfüllen mussten."

„Ja, das stimmt. Normalerweise steht es auf einem Regal in der Garage, aber da war es nicht, ich musste also auf die Suche gehen. Schließlich fand ich die Flasche im Abstellraum im hinteren Teil des Hauses. Wenn ich mich recht entsinne, hat Mrs Floyd gesagt, sie wollte etwas Frostschutzmittel auf den Gartenweg am Gemüsebeet sprühen, weil er vereist war. Sie wollte kein Salz verwenden, weil das den Pflanzen schadet. Vermutlich hat sie vergessen, die Flasche danach in die Garage zurückzustellen."

Ich starrte ihn an. Frostschutzmittel war ein bekanntes Gift, das - nach allem, was ich gehört hatte - Symptome wie bei einer Alkoholvergiftung hervorrief: Koordinationsverlust, Schwindel und

Müdigkeit, Übelkeit, Erbrechen, sogar Krampfanfälle und schließlich Koma …

Es widerstrebte mir, die nächste Frage zu stellen, aber ich musste es wissen: „Cole, Sie sagten, Sie hätten Ned und Annabel mit einem Drink in der Hand gesehen, als Sie das erste Mal durch das Fenster schauten.“

„Ja, das ist richtig.“

Ich zögerte. „Haben Sie zufällig beobachtet, ob Annabel Ned ein Glas gereicht hat?“

Julian brach plötzlich in Gelächter aus. „Wollen Sie damit andeuten, dass meine lammfromme Cousine ihren eigenen Bruder ermordet hat?“ Er schüttelte den Kopf. „Es tut mir leid, aber das kann selbst ich kaum glauben!“

# Kapitel 23

Der Abend verlief nicht so, wie ich ihn mir vorgestellt hatte. Ich half meiner Mutter zwar, letzte Hand an die Dekoration des Hauses anzulegen und das große Festessen am nächsten Tag vorzubereiten, doch der Gedanke an den Mordfall ließ mich die ganze Zeit nicht los. Die Vorstellung, dass Annabel die Mörderin sein könnte, beunruhigte mich zutiefst.

Ein freches *„Miau?"* unterbrach meine Grübeleien. Ich war gerade damit beschäftigt, die Servietten nach den Anweisungen meiner Mutter in die Serviettenringe zu drehen. Ich blickte auf und sah Müsli auf der anderen Seite des Raumes, die versuchte, am Weihnachtsbaum hochzuklettern.

„Neeeeein ... Müsli!", knurrte ich, stand auf und ging zu ihr.

Meine kleine Katze war den ganzen Abend über besonders ungezogen gewesen - sie strich allen um die Beine, kletterte auf den Kaminsims, fegte die dort aufgestellten Weihnachtskarten eine nach der anderen zu Boden und schlug mit Begeisterung nach dem Baumschmuck. Am liebsten kletterte sie jedoch auf den Weihnachtsbaum, um die Kugeln von den obersten Zweigen zu werfen. Da ich bei mir zu Hause keinen Baum aufgestellt hatte, war Müsli hocherfreut gewesen, als wir gestern Abend bei meinen Eltern ankamen und im Wohnzimmer eine sechs Fuß hohe Tanne vorfanden. Sie erklärte sie sofort zu ihrem persönlichen Klettergerüst und hangelte sich immer wieder an den Zweigen nach oben.

„Müsli ... lass das sein!", schimpfte ich, als ich sie zum x-ten Mal aus dem Baum zerrte und dabei überall Tannennadeln verstreute.

Die kleine Katze gab ein trotziges „*Miau!*" von sich, wand sich aus meinen Armen und stürzte sich erneut auf den Baum. Die Zweige bogen sich bedenklich, als er sich zur Seite neigte, und einen Moment lang dachte ich, er würde umkippen.

„MÜSLI!", rief ich entsetzt und hielt den Baum mit einer Hand aufrecht.

„*Miau?*" Sie klammerte sich kopfüber an einen Zweig und warf mir über die Schulter einen frechen Blick zu.

Ich biss mir auf die Lippe, um nicht loszulachen. Ich konnte meiner kleinen Katze nicht böse sein, wenn sie so niedlich aussah und offenbar ihren Spaß hatte. Doch meine gute Laune verflog, als ich nach unten blickte und feststellte, dass der cremefarbene Teppich meiner Eltern von Tannennadeln übersät war. Schuldbewusst sah ich zu meiner Mutter hinüber - normalerweise duldete sie kein Stäubchen auf ihrem Teppich und angesichts der bevorstehenden Ankunft der Gäste achtete sie noch peinlicher auf Ordnung und Sauberkeit.

Zu meiner Überraschung schien meine Mutter meinen Kampf mit Müsli jedoch gar nicht bemerkt zu haben. Das Silberputztuch und die Suppenkelle, die sie gerade damit bearbeitet hatte, lagen vergessen auf ihrem Schoß, während sie einen Artikel in der Abendzeitung las. Neugierig ging ich zu ihr, um zu sehen, was ihre Aufmerksamkeit fesselte. Es war ein kurzer Artikel unten auf der Titelseite mit der Schlagzeile: „Mord in Landhaus löst Kontroverse aus".

Ich riss erstaunt die Augen auf, als ich die Zeilen darunter sah:

„Der Geschäftsmann Neville Smythe hat mit seinen Äußerungen über Ned Morecombe, den Mann, der vor einigen Tagen in einem Landhaus in Oxfordshire tot aufgefunden wurde, eine dreißig Jahre bestehende Geschäftsbeziehung an den Rand des Zerwürfnisses gebracht. Die Polizei geht von Mord aus, die Ermittlungen sind im Gange. Jessica, das einzige Kind von Mr Smythe, war ehedem mit Ned Morecombe verlobt, doch der löste die Verlobung unvermittelt und machte sich mit seinem Treuhandfonds aus dem Staub. Der nachfolgende Skandal war für Jessica Smythe schwer zu ertragen, und man geht davon aus, dass der Geschäftsmann seither einen Groll gegen Mr Morecombe jun. hegte. Als Mr Smythe zu dem Mord befragt wurde, soll er gesagt haben: ‚Ned hat es nicht anders verdient.‘ Darüber hinaus warf er ein schlechtes Licht auf den Charakter und die ethische Einstellung des Toten. Seine Bemerkungen entfachten den Zorn seines langjährigen Geschäftspartners, Sir Hugh Morecombe, dem Vater des Mordopfers. Nun wird befürchtet, dass das Zerwürfnis einen Keil zwischen die beiden Firmen treiben könnte. Die Aktienkurse verzeichneten einen dramatischen Verfall, nicht zuletzt ausgelöst durch die Angst, Sir Hugh könnte als Reaktion auf die Kritik durch Mr Smythe drastische Schritte einleiten.“

„Oh je …“, seufzte meine Mutter. „Die arme Annabel. Einen weiteren Skandal kann die Familie nun wirklich nicht gebrauchen. Diese herzlosen Kommentare von Neville Smythe sind schrecklich – als sei Neds Tod nicht schon schlimm genug.“

*Es sei denn, er freut sich, dass der Gerechtigkeit endlich Genüge getan wurde?* Ein wilder Gedanke schoss mir durch den Kopf - ich fragte mich, ob Neville Smythe möglicherweise in den Mord an Ned verwickelt gewesen sein könnte. In der Presse ging man offenbar davon aus, dass er ihm sein Verhalten nach wie vor nicht verziehen hatte, und seine

Bemerkungen über Ned schienen dies zu bestätigen … aber würde er tatsächlich so weit gehen, den Mann zu ermorden, der vor Jahren seine Tochter hatte sitzenlassen? Außerdem – wie hätte er das anstellen sollen? Schließlich war Neville Smythe nicht auf Thurlby Hall eingeschneit gewesen. Er hätte also jemanden mit dem Mord beauftragen müssen.

*War es Zufall, dass Kelly als Neville Smythes Sekretärin gearbeitet hat?*, fragte ich mich, wies mich insgeheim jedoch sofort zurecht. *Nein, nein, das ist doch lächerlich – Kelly als* femme fatale, *die sich im Auftrag von Neville Smythe im feindlichen Lager einschleicht und das Zielobjekt umbringt?* Niemand wusste, dass Ned wie aus dem Nichts auftauchen würde. Und Kellys Verbindung zu Neville Smythe war kein seltsamer Zufall, sondern vielmehr der Grund, weshalb sie und Sir Hugh sich kennengelernt hatten.

Ich seufzte. So gern ich den Mord auch jemand anderem in die Schuhe schieben wollte, war mir doch klar, dass ich Annabel ernsthaft als Verdächtige in Betracht ziehen musste, statt diese abwegigen Theorien zu spinnen. Alles in mir rebellierte gegen diese Möglichkeit. Ich mochte Annabel, sie tat mir sehr leid, und in meinen Augen war sie selbst ein Opfer. Aber ich konnte nicht vergessen, wie gemein ihr Vater sie zurechtgewiesen und ihr unmissverständlich mitgeteilt hatte, dass er Ned bevorzugte …

Seths Worte über Frauen in toxischen Beziehungen kamen mir wieder in den Sinn: „Wenn bei diesen Frauen irgendwann das Fass zum Überlaufen kommt, verlieren sie jegliche Kontrolle. Vielleicht war Neds unerwartete Rückkehr eben jener schicksalhafte Tropfen …"

Meine düsteren Gedanken ließen mich während des Abendessens mit meinen Eltern nicht los, also entschuldigte ich mich kurz danach. Ich erinnerte mich an meinen Plan, Devlin anzurufen, und wählte voller Vorfreude seine Nummer. Es dauerte eine Weile, bis er sich meldete. Im Hintergrund dröhnten laute Musik, wildes Gejohle und schallendes Gelächter, sodass ich ihn kaum verstehen konnte.

„Offenbar sind die Feierlichkeiten bei deiner Mutter bereits in vollem Gange", meinte ich lachend.

Devlin stieß einen müden Seufzer aus. „Ja, die Gäste geben sich schon seit dem Mittag die Klinke in die Hand und alle sind mittlerweile total besoffen."

Ich hörte schrilles Lachen und Kreischen, gefolgt von dem Geräusch von zersplitterndem Glas. Devlin fluchte leise, dann rief er: „Sei vorsichtig, Mum! Du hättest dich verletzen können! Nein, nicht … nein, lass sie liegen … Ich kümmere mich später darum … Tut mir leid", sagte er zu mir.

„Ist schon okay. Zumindest scheinen sich alle gut zu amüsieren", stellte ich mit einem schwachen Lachen fest.

Devlin fand das gar nicht spaßig. „Ich komme mir vor, als würde ich eine Horde sinnlos betrunkener Minderjähriger beaufsichtigen – nur dass die Anwesenden deutlich über dreißig sind und es eigentlich besser wissen müssten", sagte er zähneknirschend.

Eine Woge des Mitleids erfasst mich. Es hörte sich nicht so an, als würde er die Zeit mit seiner Mutter genießen. „Wenn sie heute eine große Party feiern, wird der morgige Tag vielleicht ruhiger", versuchte ich, ihn aufzumuntern. „Hat deine Mutter etwas Besonderes für den Weihnachtstag geplant?"

„Äh ... eigentlich ..." Devlin verstummte.

„Ja?"

„Sie hat ... ja, sie hat etwas geplant ..." Er verstummte erneut.

Ich runzelte die Stirn. „Devlin, ist alles in Ordnung?"

„Äh ... ja, alles bestens ... Und was treibst du so?", wechselte er abrupt das Thema. „Ich nehme an, du bist wohlbehalten aus Thurlby Hall zurück? Als ich gestern deine Nachricht bekam, dass die Straße zum Herrenhaus geräumt ist und man euch nach Oxford bringt, war ich erleichtert."

„Oh ja, ich war am späten Nachmittag wieder in Oxford und jetzt bin ich bei meinen Eltern."

„Vermutlich leitet Aaron Depp die Ermittlungen? Ich hoffe, er hat seinem Namen nicht alle Ehre gemacht, als er euch befragt hat."

„Na ja, also ..." Ich überlegte, was ich sagen sollte. Devlin würde früher oder später erfahren, dass ich in den Fall verwickelt war, und es war besser, wenn er es von mir hörte und nicht von seinem unterbelichteten Kollegen.

Ich holte tief Luft und sagte: „Ich war ... äh ... sozusagen an der Befragung der Verdächtigen beteiligt.“

„Was meinst du damit?“

Ich erzählte ihm, wie Sir Hugh darauf bestanden hatte, dass ich von allen eine vorläufige Aussage aufnahm, während wir auf die Polizei warteten, und berichtete auch von den Fußspuren vor dem Fenster der Bibliothek, die die Silberlocken entdeckt hatten.

„Was? Gemma!“ Devlin stöhnte auf. „Du hast mir versprochen, dass du nicht herumschnüffeln und dich nicht einmischen würdest!“

„Ich schnüffle nicht herum und mische mich auch nicht ein. Sir Hugh hat mich gebeten, mich umzuhören, und außerdem war es besser, aktiv zu werden, anstatt tatenlos herumzusitzen und auf die Polizei zu warten. Wir wussten nicht, wie lange wir eingeschneit sein würden, es hätte ewig dauern können ...“

„Ich bin sicher, Depp war anderer Meinung.“

„Ja, er hat sich wie ein Volltrottel verhalten“, sagte ich gereizt. „Außerdem verdächtigt er mich! Ist das nicht unfassbar?“

„Was meinst du?“

Ich schilderte ihm mein Gespräch mit Depp auf dem Polizeirevier am Nachmittag und setzte wütend hinzu: „Dieser Mann zieht immer voreilige Schlüsse und versucht dann, alle Fakten so anzuordnen, dass sie zu seiner vorgefassten Meinung passen. Er ist arrogant und faul und macht sich nicht die Mühe,

Nachforschungen anzustellen, sondern glaubt, er hätte alle Antworten parat. Ich wette, er hat noch nicht einmal den Autopsiebericht aufmerksam gelesen – oh, da fällt mir ein: Könntest du die Forensik anrufen und fragen, ob der Portwein und der Plumpudding, die Ned in der Mordnacht zu sich genommen hat, analysiert worden sind?"

„Gemma …!" Devlin klang alles andere als begeistert.

„Oh bitte, Devlin. Es ist doch nur ein kurzer Anruf. Du weißt, dass ich diese Informationen von Depp nie bekommen würde."

„Du brauchst diese Informationen nicht", erwiderte Devlin streng. „Überlasse die Mordermittlung der Polizei."

„Dieses Detail könnte die Ermittlungen weiterbringen, aber für Depp spielt es wahrscheinlich keine Rolle. Bitte, Devlin … es ist wirklich wichtig. Wenn Ned Frostschutzmittel zu sich genommen hat, bedeutet das, dass er auch von einer Frau getötet worden sein könnte, die über geringere Körperkräfte verfügt als ein Mann. Das ändert alles! Bitte, Devlin", flehte ich.

Devlin seufzte. „Gemma, ich kann es versuchen … aber ich ermittle nicht in diesem Fall. Ich bin offiziell im Urlaub, sodass ich keine Befugnis habe, solche Informationen abzufragen. Mein Anruf könnte Befremden auslösen, und Depp würde sicher Wind davon bekommen. Außerdem ist morgen Weihnachten, wie du weißt. Die forensische

Abteilung ist wahrscheinlich längst geschlossen und wird erst nach dem zweiten Weihnachtsfeiertag wieder öffnen. Ich bezweifle sogar, dass sie sich schon mit dem Morecombe-Fall befasst hat ... Als ich mich letzte Woche verabschiedet habe, war der Rückstand enorm. Der Bericht wird sicher bis weit nach Weihnachten auf sich warten lassen."

Ich biss mir auf die Unterlippe. Eine ganze Woche voller Ungewissheit, während meine Gedanken um die Frage kreisten, ob Annabel Floyd die Mörderin war – das konnte ich mir nicht vorstellen.

„Gibt es eine andere Möglichkeit -", setzte ich an, wurde jedoch durch einen gellenden Schrei unterbrochen, gefolgt von ärgerlichem Geschimpfe.

„Gemma ... es tut mir wirklich leid, Liebes, aber ich muss Schluss machen", sagte Devlin rasch.

Ich war wie vor den Kopf geschlagen. Ich hatte mich auf einen langen Schwatz gefreut, vielleicht auch auf ein wenig romantisches Geplänkel. Mit einem flüchtigen Austausch hatte ich nicht gerechnet.

„Ich vermisse dich", sagte ich und versuchte, nicht zu erbärmlich zu klingen.

„Ich vermisse dich auch." Devlin war mit den Gedanken schon woanders. „Ich rufe dich morgen an, ja?"

Ich beendete das Gespräch, dann starrte ich das Telefon stirnrunzelnd an.

Irgendetwas hatte Devlin beschäftigt, abgesehen von dem Chaos, das die Partygäste im Hintergrund veranstalteten. Und was war mit den Plänen seiner Mutter für den Weihnachtstag –warum wollte er nichts dazu verraten? Er klang, als sei er nicht bei der Sache, was gar nicht typisch für ihn war.

Ich seufzte. Dieses Weihnachtsfest barg mehr Geheimnisse, als mir recht war.

# Kapitel 24

„Ah, perfektes Timing, Schatz! Du kannst mir mit den Mince Pies helfen“, sagte meine Mutter, als ich am nächsten Morgen in die Küche trat.

Ich blieb wie angewurzelt stehen und schaute mich erstaunt um. Auf dem Herd köchelte es, im Backofen stapelten sich die Bleche, auf der Kücheninsel türmten sich Kartoffeln, Babykarotten, Pastinaken, grüne Bohnen und Rosenkohl, fertig geputzt, geschält oder in Scheiben geschnitten. Im Mixer war eine Füllung aus Salbei, Zwiebeln, Wurstbrät und Semmelbröseln. Und eine Reihe Krüge mit Brotsoße, Bratenfond, Preiselbeersoße, Apfelchutney und Sauce Hollandaise stand stramm wie Soldaten, die gleich in die Schlacht ziehen.

Auf einer Arbeitsfläche waren Käse und Kräcker

kunstvoll auf Platten arrangiert, außerdem Pasteten, Dips und Brotstangen, winzige Canapés mit Räucherlachs, Törtchen mit karamellisierten Feigen und kleinen Würstchen im Schlafrock. Auf der gegenüberliegenden Arbeitsfläche standen Lebkuchen, Zimtschnecken, traditionelles Shortbread, ein in Scheiben geschnittener Sandkuchen und hausgemachtes Schokoladen-Fudge. Ich konnte darüber hinaus ungeöffnete Packungen Kartoffelchips mit Salz- und Essiggeschmack und Packungen mit Stapelchips, gerösteten Erdnüssen und honiggetränkten Cashewnüssen, Haselnuss-Biscotti und Karamell-Popcorn sehen – und eine gigantische Pralinenschachtel. Und als meine Mutter die Kühlschranktür öffnete, um eine Packung Crème double herauszuholen, sah ich, dass er mit einem Yule Log, einer Biskuitrolle mit Schokoladencreme-Füllung, einer großen Schüssel mit Himbeer-Trifle und anderen Lebensmitteln vollgestopft war.

„Lieber Himmel, Mutter, rechnest du mit einer ganzen Kompanie?", fragte ich. „Wer soll das alles essen?!"

„Es ist Weihnachten, Schatz! An den Festtagen wird reichlich gegessen und ich sage immer: lieber zu viel als zu wenig. Ein paar Sachen habe ich für den Tee heute Nachmittag vorgesehen."

Ich musste lachen. „Zum Tee? Wenn wir mit dem Mittagessen fertig sind, kriegen wir bis nächste Woche bestimmt nichts mehr runter."

„Denk dran, Seth und Cassie kommen nicht zum Mittagessen, aber später zum Tee. Und Mabel, Glenda, Florence und Ethel auch … wir werden also eine große Runde sein."

Meine Mutter wies auf eine freie Stelle auf der Wüscheninsel und reichte mir eine Schüssel. „Hier ist das Mincemeat, das wir gestern gemischt haben. Du musst nur noch den Teig ausrollen und die Mince Pies zubereiten."

Ich zog die Frischhaltefolie von der Schüssel und schnupperte an der Mischung aus getrockneten und frischen Früchten, geriebener Zitrusschale, Muskatnuss, Zimt und anderen Gewürzen. „Hmmmm, das hat gestern schon fantastisch geduftet, aber heute ist es, als hätte jemand Weihnachten in einer Flasche eingefangen!"

Meine Mutter reichte mir ein Stück Teig, ebenfalls in Frischhaltefolie gewickelt. „Dort drüben liegen das Nudelholz und die Ausstechförmchen für die Teigkreise."

Ich rollte den Teig dünn aus und stach dann runde Scheiben aus, die ich in die flachen Vertiefungen eines Muffinblechs presste. Dann füllte ich Mincemeat hinein und deckte jede Mulde mit einer kleineren Teigscheibe zu. Mit den Zinken einer Gabel drückte ich die Ränder der Törtchen vorsichtig zusammen, um sie zu verschließen, und bestrich sie dann alle mit verquirltem Ei.

„Fertig!", sagte ich.

Meine Mutter inspizierte das Ergebnis und nickte

anerkennend. „Gut. Nun kommen sie für zwanzig Minuten in den Ofen.

Der Duft, der sich bald darauf in der Küche ausbreitete, ließ mir das Wasser im Mund zusammenlaufen und ich hatte Mühe, mich auf die anderen Aufgaben zu konzentrieren, die meine Mutter mir auftrug. Die zwanzig Minuten Backzeit waren kaum vorbei, als ich das Muffinblech aus dem Ofen zog. Die Mince Pies waren goldbraun und dufteten himmlisch. Ich wartete ungeduldig, bis sie genügend abgekühlt waren, um sie aus den Mulden zu holen. Ich verteilte sie auf einem Teller, bestäubte sie leicht mit Puderzucker, dann trat ich zurück und betrachtete mein Werk voller Stolz.

„Kann ich einen probieren?", fragte ich eifrig.

Meine Mutter blickte von den Krabbencocktails auf, die sie gerade in Gläsern zurechtmachte, und antwortete zerstreut: „Ja, aber nur einen, Schatz."

Ich griff nach einem Mince Pie, biss genüsslich in den leichten, buttrigen Teig. Die Füllung, die herausquoll, war so heiß, dass sie mir fast die Zunge verbrannte, und ein Feuerwerk an Aromen explodierte in meinem Mund: das duftende Mincemeat mit seiner feinen Mischung aus würzig und süß, die pralle Saftigkeit der Rosinen und Sultaninen, das Bittersüße der Zitronenschalen, alles überlagert von der Wärme der Gewürze wie Zimt, Muskatnuss, Ingwer und Nelken.

Als ich am Morgen aufgestanden war, hatte ich keine sonderlich weihnachtlichen Gefühle verspürt, und die Aussicht, den Weihnachtstag mit einem Haufen entfernter Verwandter zu verbringen, denen ich noch nie begegnet war, hatte mich auch nicht aufgeheitert ... aber die köstlichen, nostalgischen Aromen des Mince Pies versetzten mich auf der Stelle in festliche Stimmung.

„Mmmm ..." Ich schloss die Augen, während ich ehrfürchtig kaute. „Ich glaube, das ist der beste Mince Pie, den ich je gegessen habe!"

Meine Mutter lachte. „Es schmeckt immer besser, wenn man sich die Mühe macht, sie selbst zu backen. Und jetzt richte sie auf einer Servierplatte an und bringe sie zusammen mit den anderen Knabbereien ins Wohnzimmer. Und sieh bitte nach deinem Vater - er sollte die Drinks vorbereiten. Oh, und kannst du den Tisch decken?" Meine Mutter strich sich eine Haarsträhne hinters Ohr und sah nervös auf die Uhr an der Küchenwand, was gar nicht ihre Art war. „Die Gäste werden bald eintreffen und ich möchte, dass alles perfekt ist!"

Wie sich herausstellte, trafen die Gäste jedoch keineswegs zur vereinbarten Zeit ein. Am frühen Nachmittag fehlte noch jede Spur von ihnen. Die Anspannung meiner Mutter wuchs zusehends, während sie wie besessen den Truthahn und die anderen Speisen kontrollierte. Ihr sorgsam getakteter Ablaufplan geriet aus den Fugen und mit jeder Minute, die verstrich, drohten ihre Köstlichkeiten auszutrocknen, zu verkochen oder zu fest zu werden ...

„Oh, Scheibenhonig! Wo bleiben sie nur?", rief meine Mutter und sah zum fünfzehnten Mal nach dem Truthahn.

Ich warf ihr einen raschen Blick zu. Wenn meine Mutter auf das Sch-Wort zurückgriff, standen die Dinge wirklich schlecht.

„Vielleicht stehen sie im Stau?", meinte ich.

„So schlimm ist der Verkehr nicht. Sie sind gestern mit dem Zug angereist und wohnen im Randolph. Sie brauchen nur ein Taxi vom Hotel – ah! Das müssen sie sein."

Meine Mutter lief eifrig in die Diele, doch als sie die Haustür öffnete, stand keine große, gutgelaunte amerikanische Familie auf der Schwelle. Stattdessen grinste uns ein älterer Mann in einem klassischen Dreiteiler entgegen. In einer Hand hielt er einen altmodischen Spazierstock mit silbernem Knauf und auf seinem Kopf thronte das lächerlichste Toupet, das ich je gesehen hatte. Man hätte meinen können, dass ein Pelztier auf seinem Haupt verendet war.

„Ronnie!", rief meine Mutter. „Wie schön, dich zu sehen. Ich bin so froh, dass du es doch noch geschafft hast."

„Fröhlche Weihnach- hick! – Weihnachten, Evelyn … freut mich!" Er wankte ins Haus und seine Miene erhellte sich, als er mich entdeckte. „Aha! Wer ist denn diese reiss-reizende junge Dame?", fragte er mit einem leicht anzüglichen Lächeln.

„Erkennst du Gemma nicht mehr?" Meine Mutter legte mir eine Hand auf die Schulter. „Sie war einige

Jahre im Ausland, aber jetzt lebt sie wieder in England."

Ich gab ihm einen flüchtigen Kuss auf die Wange, wobei ich versuchte, den Alkoholdunst zu ignorieren, der ihn umgab. Er hatte sich offensichtlich schon früh der weihnachtlichen Schnapsseligkeit hingegeben. „Hallo, Onkel Ronnie."

Er packte meine Hände mit krallenartigem Griff und beugte sich vor. Einen Moment lang dachte ich, er würde gegen mich sacken, doch er fing sich im letzten Augenblick und schwankte in die entgegengesetzte Richtung. „Na, sieh mal einer an, die kleine Gemma. Wieder zu Hause, ja? Und? Was machst du so in Good Old England?"

„Ich betreibe einen Tearoom, Onkel Ronnie."

„Hä?" Er legte eine Hand hinters Ohr. „Du muss deutlicher sprechen. Schrecklich, dass junge Leute immer so nuscheln."

„Ich betreibe einen Tearoom", wiederholte ich lauter.

„Hä?"

„ICH BETREIBE EINEN TEAROOM!"

„Na, na, was schreist du mich so an?" Er musterte mich empört unter seinen buschigen Augenbrauen.

„Komm doch rein, Ronnie ..." Meine Mutter führte uns ins Wohnzimmer. „Wie wär's mit einem Sherry?"

„Hab mir schon ein paar – hicks! – genehmigt", kicherte er leise schwankend. „Aber der eine oder andere geht noch rein. Hallo, Philip! Hab geschgessern Abend das Test Match England gegen Indien gesehen ...! Sieht nicht gut aus für uns."

Mein Vater schüttelte ihm die Hand. „Warten wir's ab, bis beide Mannschaften ein Innings gespielt haben. Außerdem haben wir ein paar geschickte Bowler in der Hinterhand, die werden noch einiges reißen."

„Ich hoffe, ihr zwei werdet beim Mittagessen nicht nur über Cricket fachsimpeln", sagte meine Mutter streng. „Sonst verstehen unsere amerikanischen Verwandten kein Wort und langweilen sich entsetzlich."

Ronnie sah sie erstaunt an. „Hä? Amerikanische Verwandte?"

„Mein Cousin Hank, der in den Staaten geboren ist, aber gerade von Berufs wegen nach England übergesiedelt ist. Er kommt heute mit seiner Familie zum Essen", erläuterte mein Vater.

„Sie waren vorher noch nie in England, ein traditionelles englisches Weihnachtsfest kennen sie also nicht." Meine Mutter wirkte angespannt. „Mir ist es wirklich wichtig, dass sie einen guten Eindruck haben und sich wohlfühlen ..."

„Oh, mach dir keine Sorgen, Evelyn, ehrlich. Mit Amis kenn ich mich aus", prahlte Onkel Ronnie. Er machte eine schwungvolle Bewegung mit dem Arm und verschüttete dabei einen guten Teil seines Sherrys. „Überlass das ruhig mir, ich weiß, wie man das macht." Er nickte wissend. „Nimm sie in den Arm, das mögen sie. Und dann richtig laut reden und immer schön lächeln. Zeig ihnen die Sä-Zähne, haha.“

*Oh nein!* Ich starrte Onkel Ronnie entgeistert an. Er war noch schlimmer, als ich ihn in Erinnerung hatte.

„Äh … das sind lauter Klischees, Onkel Ronnie“, sagte ich hastig. „Nicht alle Amerikaner -“

In diesem Moment klingelte es und wir hörten lebhaftes Stimmengewirr vor der Haustür.

„Oh, das müssen sie sein!“, rief meine Mutter und eilte aus dem Wohnzimmer.

Nach ein paar Minuten kam sie mit den Gästen zurück. Sie strahlte wie eine Reiseleiterin, die stolz ihre erste Touristengruppe präsentierte. Ihr folgte ein Ehepaar in den Sechzigern: ein gutmütig lächelnder Mann mit gewaltigem Bierbauch und einer mehr als nur flüchtigen Ähnlichkeit mit meinem Vater, und seine hagere Frau, mit einem schmalen Gesicht, ängstlicher Miene und einer Figur, die aussah, als würde sie durch tägliche Yogastunden in Form gebracht.

Mein Vater ging auf sie zu, aber bevor er etwas sagen konnte, wankte Onkel Ronnie mit ausgebreiteten Armen nach vorn.

„Fröhlche Weihnachten! Fröhlche Weihnachten! Du biss Hank, stimmt‘s?“ Er stürzte sich auf den Mann und schloss ihn in die Arme. „Willkommen - hick! - in England!“

Hank taumelte zurück und starrte den alten Mann erschrocken an, der mit seinen gefletschten Zähnen eine deutliche Ähnlichkeit mit einem

Schimpansen hatte.

„Äh ... danke. Wie schön, Familie auf dieser Seite des großen Teiches zu haben und mit ihr Weihnachten zu feiern." Vorsichtig löste sich Hank aus Onkel Ronnies Armen, dann reichte er meinem Vater mit strahlendem Lächeln die Hand. „Mann, ist das lange her, Philip! Ich glaube, als wir dich und Evelyn das letzte Mal gesehen haben, waren die Kinder noch nicht einmal geboren ... nicht wahr, Madison?"

Er warf einen Blick auf seine Frau, die meiner Mutter mit raschen, nervösen Bewegungen einen Luftkuss gab. Sie wich so schnell sie konnte zurück, als hätte sie Angst, sich anzustecken, und sagte: „Ich glaube, ich war mit Tanya schwanger, Schatz ... Ich weiß noch, dass ich mich elend fühlte und dass ich nirgendwo das Antibrechmittel finden konnte, das ich wollte, und ich war in schrecklicher Sorge, dass ich Schwangerschaftsdiabetes bekommen würde -"

Hank schnippte mit den Fingern. „Ja, das ist richtig. Madison und Evelyn waren beide schwanger ... was bedeutet, dass Tanya genauso alt ist wie deine Gemma, nicht wahr?" Er sah mich interessiert an, dann deutete er auf die Gruppe hinter sich. „Hey Kinder ... begrüßt eure englische Verwandtschaft."

Eine junge Frau in meinem Alter trat vor. Mit ihrer Hochsteckfrisur, dem eleganten marineblauen Kleid und den Stöckelschuhen sah sie aus, als käme sie geradewegs von einer Vorstandssitzung. Sie schaute mit schnellem, ungeduldigem Blick durch den

Raum. Fast rechnete ich damit, dass sie einen Laserpointer zückte und fragte, wo der Projektor sei. Hinter ihr standen eine weitere junge Frau, etwa Mitte zwanzig, die eifrig auf ihrem Handy tippte und kaum den Kopf hob, um alle zu begrüßen, und ein Junge im Teenageralter, der mürrisch vor sich hinmurmelte.

Hank sagte begeistert: „Das mit Gemma und Tanya ist ja großartig! Ihr solltet euch beim Mittagessen nebeneinander setzen - ihr habt euch sicher viel zu erzählen, schließlich seid ihr gleich alt."

„Gemma war in Oxford", sagte Onkel Ronnie laut, während ich verlegen zusammenzuckte. „Beste Uni der Welt!"

Hank grinste. „Tja, Tanya war auch auf einer schicken Uni: Sie hat ihren Abschluss in Yale gemacht, magna cum laude ... stimmt's, Schatz?" Stolz sah er seine Tochter an. „Und dann bekam sie eine Stelle bei einer der Top-Investmentbanken in New York und ist jetzt eine renommierte Analystin bei einem Fortune-500-Unternehmen. Sie jongliert jedes Jahr mit Millionen von Dollar! Vielleicht wird sie nächstes Jahr sogar Vizepräsidentin."

„Und was machst du so, Gemma?", fragte Tanya mit selbstgefälligem Lächeln.

„Ich ... ähm ... nun, ich habe letztes Jahr etwas ganz Neues angefangen. Ich habe jahrelang in Sydney gearbeitet, aber dann wurde mir klar, dass der ständige Konkurrenzkampf in einem großen Unternehmen nichts für mich ist. Also habe ich gekündigt und bin zurück nach Großbritannien gekommen." Ich reckte entschlossen das Kinn vor. „Ich habe immer davon geträumt, einen traditionellen englischen Tearoom zu eröffnen, und das habe ich dann auch getan."

Tanya brach in schallendes Gelächter aus. „Das gibt's doch nicht! Das ist ein Witz, oder? Im Ernst, was machst du?"

„Ich betreibe eine Teestube", antwortete ich und versuchte, mein Lächeln nicht verblassen zu lassen.

Sie starrte mich an, ihre Lippen kräuselten sich verächtlich. „Was? Du willst mir erzählen, dass du hauptberuflich Tee und Kuchen servierst?"

Ich errötete, als ich spürte, wie mich alle ansahen. Ich musste unweigerlich an die schreckliche Zeit nach meiner Rückkehr denken, als ich mit den entsetzten oder abschätzigen Reaktionen über meine Entscheidung konfrontiert wurde. Ich hatte fast ein Jahr gebraucht, um mir den Respekt der Leute zu verdienen und mich nicht dafür zu schämen, dass ich einen unkonventionellen Weg eingeschlagen hatte. Jetzt verspürte ich plötzlich wieder diese ungute Mischung aus wütender Frustration und defensiver Verlegenheit.

Dann meldete sich meine Mutter zu Wort: „Oh, aber Gemma serviert in ihrem Tearoom wunderbaren Tee und Kuchen. Für ihre Scones ist sie in ganz Oxfordshire bekannt. Und ich finde es großartig, was sie in einem Jahr erreicht hat. Wir sind sehr stolz auf sie."

Ich warf meiner Mutter einen Blick voller Liebe und Dankbarkeit zu. Sie hatte zu meinen schärfsten Kritikern gehört, als ich meine Stelle in Sydney aufgegeben hatte, doch inzwischen war sie der treueste Fan des Tearooms.

„Ganz recht, ganz recht ... man muss in seinem Job glücklich sein - das sage ich immer", meldete sich Onkel Ronnie zu Wort. Er klang plötzlich überraschend nüchtern. „Schließlich verbringt man einen Großteil seines Lebens bei der Arbeit. Es gibt nichts Schlimmeres, als in einem Job gefangen zu sein, der einem keinen Spaß macht, oder? Selbst wenn man dafür einen Haufen Kohle bekommt."

Tanya sah nicht überzeugt aus, zog verächtlich die Nase kraus und musterte mich, als wäre ich ein exotisches Tier in einem Zoo.

Es herrschte eine peinliche Stille, dann stieß Hank ein gezwungenes Lachen aus und sagte: „Ach ja, die lieben Kleinen! Mit denen ist immer etwas los, nicht wahr? Wo wir gerade dabei sind - hier sind meine beiden anderen. Das ist Britney ... Britney, Schatz, kannst du mal kurz dein Handy beiseitelegen? Und das ist Cody, mein Jüngster. Oh, und das ist mein Schwager, Shaun ... Madisons Bruder." Er wies auf einen etwa vierzigjährigen Mann mit einem struppigen Vokuhila-Haarschnitt und einem schwarzen T-Shirt mit dem Logo einer Heavy-Metal-Band.

„Hallo, Leute ...!", sagte Shaun, hielt eine Hand hoch und spreizte den kleinen Finger und den

Zeigefinger zum Rockergruß.

„Äh ... guten Tag“, begrüßte ihn mein verblüffter Vater.

„Shaun ist in letzter Minute zu uns gestoßen - deshalb haben wir uns verspätet - er tauchte im Hotel auf, als wir gerade gehen wollten. Er lebt in London und ist nach Oxford getrampt, könnt ihr euch das vorstellen?“ Hank schüttelte bewundernd den Kopf. „Ich hoffe, es macht dir nichts aus, Evelyn, dass ich ihn mitgebracht habe. Schließlich ist Weihnachten ein Familienfest, nicht wahr?“

Er klopfte meiner Mutter lachend auf die Schulter.

Sie geriet kurz aus dem Gleichgewicht und versuchte, die Fassung zu wahren. „Oh! Äh ... natürlich ... freuen wir uns, dass er ... ähm ...“ Sie wies auf das Sofa. „Wollt ihr euch nicht setzen?“

Alle nahmen im Wohnzimmer Platz, und ich begann, die Knabbereien herumzureichen, während sich mein Vater um die Getränke kümmerte und meine Mutter aufgeregt um die Gäste herumflatterte.

„Oh, Madison, gib mir deinen Mantel, ich hänge ihn an die Garderobe. Cody, warum setzt du dich nicht hierhin, es ist vielleicht bequemer. Lass mich den Beistelltisch näher heranrücken, Hank ... Tanya, Liebes, bitte sehr, eine Serviette – nicht, dass dein schönes Kleid Flecken bekommt. Shaun, möchtest du -“

Plötzlich stieß sie einen Schrei aus und starrte entsetzt auf Shauns Frisur. Oder genauer gesagt auf das, was unter seinem Haarschopf hervorkroch: eine große, schuppige, grüne Eidechse mit einem stachelbewehrten Rücken, einem langen, gestreiften Schwanz und sackartigen Hautfalten im Nacken.

Sie kroch aus ihrem Versteck unter Shauns langen Nackenhaaren hervor und krabbelte auf seine Schulter, wo sie sich festkrallte, den Kopf neigte, um reihum alle mit ihren orangefarbenen Augen zu mustern.

„Ach ja … das hatte ich vergessen", sagte Shaun grinsend und winkte der Eidechse zu. „Darf ich euch Godzilla vorstellen? Ich hoffe, es macht euch nichts aus, dass ich ihn mitgebracht habe. Er ist nicht gern allein - er fühlt sich einsam - und ich hatte Angst, dass das Hotelpersonal ausflippen könnte, wenn es einen Leguan in einem der Zimmer findet. Außerdem gehört Godzilla ja auch zur Familie …" Er drehte den Kopf, spitzte die Lippen und gab dem schuppigen Tier einen schmatzenden Kuss. „Stimmt's, Kumpel?"

# Kapitel 25

Im Wohnzimmer herrschte eisiges Schweigen, während meine Eltern schockiert auf den Leguan starrten. Meine Mutter war leichenblass und zum ersten Mal in ihrem Leben schien sie einer Situation nicht gewachsen zu sein.

Als Shaun ihren Gesichtsausdruck sah, hob er eine Hand und sagte: „Hey ... ganz ruhig, Leute! Godzilla beißt nicht oder so. Er ist ein entspannter Zeitgenosse, am liebsten sucht er sich ein warmes Fleckchen und da hängt er dann ab. Und er ist wirklich schlau - die Leute wissen gar nicht, wie intelligent Leguane sind. ... Er ist außerdem stubenrein. Ja, ehrlich! Das war gar nicht schwierig, weil Leguane von Natur aus im Wasser kacken, also braucht man nur einen Ort, wo sie untertauchen können, wie zum Beispiel eine Badewanne. Natürlich muss man konsequent sein, wie bei Welpen, und wenn sie das Kacken mit Wasser in Verbindung bringen, stellt man einfach eine Schale mit Wasser in ihr Terrarium ... und fertig ist die Laube!"

Meine Mutter gab einen erstickten Laut von sich, doch bevor sie antworten konnte, hörten wir ein neugieriges *„Miau?"* und einen Moment später schlenderte Müsli ins Wohnzimmer. Ihre Augen leuchteten auf, als sie die Besucher sah, und sie kam näher, um die Aufmerksamkeit einzufordern, die sie für ihr gutes Recht hielt.

Dann blieb sie wie angewurzelt stehen, als sie Godzilla entdeckte.

Ihr Fell sträubte sich, sie machte einen Buckel und aus ihrer Brust drang ein tiefes Knurren, während ihr Schwanz hin und her peitschte. Der Leguan drehte sich langsam zu ihr um und wippte dann mit dem Kopf auf und ab, sodass die Wamme an seinem Hals schwabbelte.

„Wow ... cool, Mann!" Shaun grinste breit. „Godzilla hat noch nie ein Kätzchen gesehen!" Er streichelte der großen Echse über den Kopf. „Was meinst du, Kumpel? Willst du mal ein Kätzchen probieren, hm?" Er blickte glucksend in die Runde. „Oh, keine Sorge - Leguane sind Vegetarier. Sie fressen nur Blumen, Früchte und Blätter."

Müsli näherte sich der großen Echse vorsichtig und fauchte herausfordernd. Der Leguan wippte noch kräftiger mit dem Kopf, gab ein grunzendes

Geräusch von sich und schlug mit dem Schwanz. Meine Mutter zuckte zusammen, als er dabei nur knapp eine Lladró-Skulptur auf dem Beistelltisch verfehlte.

„Ganz ruhig, Kumpel", sagte Shaun, hob den Leguan auf und drückte ihn an seine Brust. Er runzelte die Stirn. „Kann jemand die Katze wegbringen? Sie regt Godzilla auf."

Ich starrte ihn an. Seine Unverschämtheit war nicht fassen. Er brachte seine verdammte Riesenechse unangemeldet mit und beschwerte sich jetzt über unsere Katze? Ein Blick auf meine Mutter zeigte mir jedoch, dass sie kurz davor war, die Fassung zu verlieren, und die Atmosphäre war schon angespannt genug.

Widerwillig schnappte ich mir Müsli und brachte sie nach oben in mein Schlafzimmer.

„Tut mir leid, Müsli", sagte ich und gab ihr einen freundlichen Klaps. „Es ist nur für ein paar Stunden, okay?"

„*MIAU!*", murrte Müsli, schlug mit dem Schwanz und sah mich wütend an. Dann sprang sie aufs Fensterbrett und wandte mir ihr Hinterteil zu.

Ich seufzte und ging wieder nach unten. Als ich das Wohnzimmer betrat, hatte sich eine angespannte Stille über die Gruppe gelegt. Der Wunsch meiner Mutter, eine gute Gastgeberin zu sein, und ihre tief verwurzelte britische Angewohnheit, im Angesicht von Widrigkeiten höflich zu bleiben, waren offensichtlich stärker als ihre Abneigung gegen den

Leguan. Sie verteilte Kanapees und gab sich alle Mühe, die große, schuppige, grüne Eidechse auf ihrem Sofa zu ignorieren. Ich nahm den Teller mit den Mince Pies in die Hand und machte damit die Runde.

„Darf ich dir einen Mince Pie anbieten?", fragte ich Madison.

Sie zuckte entsetzt zurück. „Oh nein! Ich mag keine Fleischpasteten."

„Da ist kein Fleisch drin. Der Name ist irreführend. Es sind nur Früchte und Gewürze - eigentlich müsste es ‚Obsttörtchen' heißen", erklärte ich geduldig.

Madison schaute immer noch zweifelnd, aber Hank beugte sich vor und nahm eines der kleinen goldenen, mit Puderzucker bestäubten Küchlein. Er betrachtete es neugierig.

„Habt ihr zu Weihnachten keine Minsch Pies?", fragte Onkel Ronnie.

Hank schüttelte den Kopf. „Nein. Wir haben Kürbiskuchen, Apfelkuchen, Pekannusskuchen -"

„Nicht zu vergessen den Süßkartoffelkuchen", warf seine Frau ein.

„Mannomann! Weihnachten ohne Minsch Pies! Nicht zu fassen!", murmelte Onkel Ronnie. „Weihnachten ohne die tradischonellen Köstlichkeiten wie Minsch Pies oder Chrischmusch Pudding?"

„Na ja, ihr habt ja auch keinen Eierpunsch, richtig? Und ohne Eierpunsch ist es für *uns* kein

Weihnachtsfest", sagte Hank grinsend. Er betrachtete den Mince Pie in seiner Hand, biss hinein und kaute mit offensichtlichem Vergnügen. „Hey! Die sind ziemlich gut!"

„Freut mich, dass sie dir schmecken. Aber verdirb dir nicht den Appetit aufs Mittagessen." Mutter gab Hank einen spielerischen Klaps auf die Hand, als er nach einem zweiten Mince Pie griff. „Sollen wir zu Tisch gehen?"

Gehorsam machten sich alle auf den Weg ins Esszimmer. Shaun stand auf, hob den Leguan vom Sofa und setzte ihn wieder auf die Schulter.

„Äh ... du nimmst ihn doch nicht mit zum Essen, oder?", fragte meine Mutter entsetzt.

„Oh, das ist kein Problem", sagte Shaun und winkte ab. „Er sitzt einfach auf meiner Schulter und chillt. Schließlich ist er kein Hund, der ständig bettelt. Godzilla interessiert sich nicht für das Weihnachtsessen. Hast du etwas Salat oder rohes Gemüse für ihn? Es ist doch gemein, wenn wir uns den Bauch vollschlagen und der Arme zusehen muss. Er mag Blattgemüse, wie Grünkohl oder Mangold, oder Karottenspitzen - hast du so etwas? Oder Kürbis oder grüne Bohnen ... oder Brokkoli? Zu Hause gebe ich ihm manchmal Würmer und Grillen, aber vermutlich hast du so etwas nicht im Haus."

Meine Mutter atmete geräuschvoll durch die Nase und sah aus, als würde sie gleich noch viel mehr sagen als „Scheibenhonig!", aber im nächsten Moment hatte sie sich wieder unter Kontrolle und sagte freundlich: „Ich fürchte, auf ein Reptil als Gast bin ich nicht vorbereitet. Vielleicht kann ich nach dem Mittagessen nachsehen, ob noch Salat für … äh … dein Haustier übrig ist.“

„Okey-dokey“, sagte Shaun und schlenderte mit Godzilla auf der Schulter ins Esszimmer.

Wir setzten uns an den Tisch und die amerikanischen Gäste beäugten interessiert die festlichen Cracker, die auf jedem Teller lagen.

„Was ist das?“, fragte Hank, hob einen Cracker hoch und drehte ihn neugierig um.

„Hä?“ Onkel Ronnie hielt sich die Hand hinters Ohr. „Sprich lauter!“

„Was ist das?“ Hank wedelte dem alten Mann mit dem Cracker vor der Nase herum. „Es sieht aus wie ein riesiges Bonbon, aber … es fühlt sich an, als sei nichts drin.“

Onkel Ronnie verdrehte die Augen. „Habt ihr die nicht bei euch in Ameki-Amerika? Euer Weihnachten musch eine tost-trostlose Angelegenheit sein! Das ist ein Chrischmusch-Cracker.“

„Man zieht an den Crackers, bevor man mit dem Essen beginnt“, erklärte meine Mutter. Sie schaute mich an. „Liebes, warum zeigst du ihnen nicht, wie das geht?“

Ich nahm meinen Cracker in die Hand und wollte mich meiner Tischnachbarin Tanya zuwenden, überlegte es mir beim Anblick ihrer verächtlichen Miene jedoch anders. Stattdessen bat ich Hank, der mir gegenübersaß, das andere Ende des Crackers zu packen. Er ergriff es zaghaft und zupfte leicht daran.

„Nein, nein, du musst entschlossener ziehen, Hank", kicherte mein Vater. „Sei nicht so höflich."

„O-kay ..." Hank packte sein Ende fester und zerrte kräftig daran. Ich tat es ihm nach und der Cracker zerbarst mit lautem Knall, einem Pistolenschuss nicht unähnlich.

Die Amerikaner sprangen auf und Shaun rief: „Verdammt, was war das?"

Onkel Ronnie klopfte sich vergnügt auf die Schenkel, während ich Hank entschuldigend anlächelte.

„Tut mir leid, ich hätte euch vorwarnen sollen. Im Inneren befindet sich ein Pappstreifen mit etwas Schießpulver darauf. Wenn man an dem Cracker zieht, gibt es eine kleine Explosion." Ich zeigte ihm den geschwärzten Streifen. Dann wies ich auf seine Hände. „Du hast die größere Hälfte, also bekommst du den Preis."

„Ach ja? Was ist es denn?", fragte Hank eifrig.

Die Gäste schauten fasziniert zu, als ich die weihnachtlich rot-grüne Verpackung entrollte und die Papprolle darin zum Vorschein kam, in der eine grüne Papierkrone, ein Plastikspielzeug und ein kleiner Zettel mit einem aufgedruckten Text steckten.

Hank verzog das Gesicht. „Ist das alles?"

Mein Vater lachte. „Traditionell enthält ein Cracker eine Papierkrone, ein nutzloses Spielzeug und einen dummen Witz."

„Du musst beim Essen die Krone tragen. Das gehört dazu", sagte ich, entrollte die Papierkrone und reichte sie Hank.

Er setzte sie sich mit gutmütigem Lächeln auf, nahm dann das Papier in die Hand und hielt es auf Armeslänge von sich weg, während er auf den Text schielte. „Die Schrift ist so klein ... ohne Brille kann ich sie nicht lesen."

„Soll ich?" Ich nahm das Papier und las laut vor: „,Was sagte die Uhr, als sie sich im Spiegel sah? Es ist Zeit zu reflektieren!'"

Alle stöhnten auf und Hank rief: „So ein blöder Witz!"

„Ich will auch einen probieren!", rief Madison, schnappte sich ihren Cracker und bot meiner Mutter ein Ende an. Beide Damen zogen, es gab einen lauten Knall, dann hielt Madison triumphierend den größeren Teil des Crackers hoch. Sie schüttelte den Papierhut und einen Schlüsselring aus Plastik heraus, dann entfaltete sie eifrig ihren Zettel und las laut vor:

„,Warum können Weihnachtsbäume so schlecht stricken? Weil sie immer ihre Nadeln fallen lassen.'"

Wieder stöhnten alle. „Der ist ja noch schlimmer!", meinte Hank.

Schon bald war der ganze Raum erfüllt von dem Geräusch von zerreißendem Papier, kleinen Explosionen und Gelächter, als alle an ihren Crackern zogen und die Witze dazu vorlasen - alle, außer Britney, die immer noch mit gesenktem Kopf dasaß und eifrig auf ihrem Handy herumtippte.

„Britney, Schatz - willst du nicht an deinem Cracker ziehen?", fragte Madison. Dann beugte sie sich zu ihrer Tochter und zischte: „Um Himmels willen - kannst du nicht mal kurz dein Handy weglegen?"

„Taylor hat gerade mit Brad Schluss gemacht, okay?", fauchte Britney und hob endlich den Kopf. „Sie flippt total aus und braucht mich. Ich bin die Einzige, die mit ihr reden kann. Und du weißt, dass sie unter Depressionen und Angstzuständen leidet. Sie könnte total abrutschen ...“

„Ich bin mir sicher, dass deine Freundin Taylor darüber hinwegkommt – schließlich macht sie jede Woche mit einem anderen Schluss", erwiderte Madison verärgert. „Kannst du nicht mal an Weihnachten deine Familie an die erste Stelle setzen?" Sie senkte ihre Stimme und fügte hinzu: „Außerdem sind wir hier zu Gast! Es ist unhöflich von dir, die ganze Zeit auf dein Handy zu schauen."

„Herrgott, nicht schon wieder diese alte Leier, okay?", knurrte Britney. „Ich bin kein Kind mehr - ich bin siebenundzwanzig, ich bin eine erwachsene Frau und will im Urlaub Zeit haben, mich zu entspannen und mit meinen Freunden zu kommunizieren."

Madison presste wütend die Lippen zusammen. Wir hatten alle in verlegenem Schweigen zugehört, und jetzt schien niemand zu wissen, was er sagen sollte. Britney hatte sich auf ihrem Stuhl zurückgelehnt und tippte wieder fleißig auf ihrem Handy. Eine derart unausstehliche und rücksichtslose Frau war mir wahrlich selten begegnet.

Dann griff Onkel Ronnie über den Tisch und riss Britney das Handy aus der Hand. „Ehrlisch, ich hasche egoschentrische Leute wie disch!", sagte er und sah Britney finster an.

Meine Mutter schnappte entsetzt nach Luft. „Ronnie!"

Britney heulte auf. „Daddy, er hat mir mein Handy weggenommen! Und er will mich haschen!"

„Ich glaube, er meinte etwas anderes", murmelte ihr Bruder. „Aber er hat recht - du *bist* egozentrisch!"

„Nein, bin ich nicht!", schnauztes Britney.

„Bist du wohl!"

„Bitte, Kinder ...", sagte Hank und hob begütigend die Hände.

Ich lehnte mich zurück, während Cody und Britney sich immer wüstere Beschimpfungen an den Kopf warfen. Dass ein Weihnachtsessen so schnell den Bach runtergehen konnte, hätte ich nie für möglich gehalten. *Erstaunlich, dass an Weihnachten nicht mehr Mordfälle zu verzeichnen sind*, dachte ich und schüttelte insgeheim den Kopf. Bis jetzt hatten wir es mit einem betrunkenen Onkel, einem Gast, den niemand eingeladen hatte, einem Leguan und einem peinlichen Familienstreit zu tun ... schlimmer konnte es eigentlich nicht mehr werden.

Meine Mutter stand abrupt auf und zum ersten

Mal in meinem Leben hörte ich sie ihre Stimme erheben: „Äh ... SOLL ICH DEN TRUTHAHN SERVIEREN?"

Das allgemeine Geschrei verstummte, stattdessen herrschte leicht beschämtes Schweigen. Onkel Ronnie gab Britney widerwillig das Handy zurück, und während wir darauf warteten, dass meine Mutter aus der Küche kam, schienen sich die Gemüter zu beruhigen. Als sie ein paar Minuten später mit dem prächtigen Truthahnbraten auf einem großen Tablett den Raum betrat, strahlten alle über das ganze Gesicht. Die goldbraun gerösteten Kartoffeln, die mit Honig glasierten Babykarotten, der sautierte Rosenkohl, die gebratenen Pastinaken, die Salbei-Zwiebel-Füllung und die knusprigen Würstchen im Schlafrock taten ihr Übriges, um die gute Laune und festliche Stimmung wiederherzustellen. Uns allen lief beim Anblick der Köstlichkeiten das Wasser im Munde zusammen. Sogar Godzilla schien sich dafür zu interessieren. Er kletterte auf Shauns Schoß und streckte den Kopf über die Tischkante, um die Speisen zu betrachten.

Meine Mutter wollte sich gerade setzen, doch dann fiel ihr etwas ein. „Oh, Sch...ande! Ich habe die Bratensoße und Salz und Pfeffer vergessen."

„Warte, ich helfe dir." Hank begleitete sie in die Küche.

Kurze Zeit später ertönte das laute Splittern von Glas und Porzellan. Meine Mutter schrie auf und wir rannten in die Küche. Dort starrten meine Mutter und Hank entgeistert auf das Durcheinander aus Glasscherben, Himbeerkompott, Biskuitkuchen, Schlagsahne und Vanillepudding auf dem Küchenboden.

„Es ... es tut mir so leid", stammelte Hank. „Ich weiß nicht, wie das passieren konnte – die Schüssel ist mir irgendwie aus den Händen gerutscht ..."

Meine Mutter atmete tief durch und setzte dann ein Lächeln auf. „Ist schon in Ordnung. Ein Unfall, so was kommt mal vor. Zum Glück haben wir einen Yule Log und Mousse au Chocolat zum Nachtisch, außerdem Eis und Christmas Pudding. Wir werden es verschmerzen."

„Wir helfen dir beim Aufräumen", bot Madison an.

„Oh, nein, nein, lasst nur", sagte meine Mutter und wandte mit leichtem Schaudern den Blick ab. „Gehen wir zu Tisch, sonst wird das Essen kalt. Aufräumen können wir später." Sie ging voran ins Esszimmer. „Solange niemand hineintritt -"

Sie brach ab und blieb wie angewurzelt stehen. Ich prallte gegen sie und spürte, wie die anderen gegen mich stießen, sodass sich an der Tür zum Esszimmer ein Stau bildete. Meine Mutter schwankte leicht und gab einen erstickten Laut von sich. Ich schaute ihr über die Schulter und musste feststellen, dass ich mich vorhin geirrt hatte. Es konnte tatsächlich noch schlimmer kommen ...

Britney saß immer noch mit gesenktem Kopf da und schrieb eifrig ihre Nachrichten, ohne etwas anderes zu bemerken. Auf dem Tisch vor ihr, bis zu den Schultern im Hinterteil des Truthahns, hockte Godzilla, der Leguan, und tat sich in aller Seelenruhe an der Salbei-Zwiebel-Füllung gütlich.

# Kapitel 26

Ich weiß nicht, wie wir es geschafft haben, aber irgendwie überstanden wir dieses grauenvolle Mittagessen. Shauns selbstbewusstes Auftreten schien angemessen gedämpft, nachdem sein Haustier durch die aufgetischten Speisen getappt und fast die gesamte Truthahnfüllung verschlungen hatte. Er bemühte sich sichtlich, Godzilla für den Rest des Essens unter Kontrolle zu halten. Meine Mutter rettete, was zu retten war, und wir verspeisten in feierlichem Schweigen einen seltsamen Brei aus Krabbencocktail, durchweichten Röstkartoffeln, geschreddertem Truthahn und – das bildete ich mir jedenfalls ein - einer leicht nach Leguan schmeckenden Soße. Hank versuchte, ein paar Witze zu reißen, aber die sonst so unerschütterliche Fassade meiner Mutter ließ sie diesmal im Stich, und sie brachte kaum ein Lächeln zustande.

Schließlich erhoben wir uns vom Tisch und gingen zurück ins Wohnzimmer, wo es zum Glück noch Mince Pies, Käse und Kräcker, Chips, Nüsse und Schokolade gab, die der Leguan nicht angerührt hatte. Mein Vater beeilte sich, Drinks anzubieten, und meine Mutter sagte mit schwacher Stimme: „Machst du mir einen Gin Tonic, Schatz? Einen doppelten, bitte."

Auf dem Fernsehbildschirm wurde ein Chor eingeblendet, engelsgleiche Stimme sangen die Nationalhymne „God Save the Queen". Meine Mutter horchte auf.

„Ah! Die Weihnachtsansprache der Königin!", rief Onkel Ronnie. Er stimmte mit zittrigem Bariton ein und wedelte mit den Armen wie ein Dirigent: „Send her victorioush ... Happy and glorioush ... Long to reign over us ... God shave the Queen!"

„Oh! Das hätte ich fast vergessen!", rief meine Mutter und setzte sich aufrecht hin. „Kannst du den Ton lauter stellen, Schatz?"

Meine Eltern waren keine überzeugten Royalisten, aber am Nachmittag des ersten Weihnachtsfeiertags setzten sie sich Jahr für Jahr vor den Fernseher, um sich die traditionelle Ansprache der Königin anzuhören. Ich drückte gehorsam auf die entsprechende Taste auf der Fernbedienung und setzte mich neben meine Mutter. Die Kamera schwenkte über die prachtvolle Fassade von Buckingham Palace. Die Amerikaner schauten leicht verwirrt, als wir die nächsten zehn Minuten in andächtigem Schweigen dasaßen, während die Königin über das vergangene Jahr resümierte und schließlich allen ein friedliches und frohes Weihnachtsfest wünschte.

Meine Mutter seufzte zufrieden und lehnte sich in die Kissen zurück. In ihre Wangen war die Farbe zurückgekehrt. „Ohhh ... das war wunderbar, nicht wahr? Sie hat so eine liebenswerte, charmante Art, und ich mag das Kleid, das sie dieses Jahr anhatte. Es passt so schön zu ihren Perlen."

„Ja, wunnerbar ... wunnerbar ...!", murmelte Onkel Ronnie in sein Weinglas.

Meine Mutter stand auf, sie hatte die Fassung wiedererlangt und sie lächelte alle an. „Also, möchte jemand eine Tasse Tee?"

Während sie den Tee ausschenkte, klingelte es an der Haustür. Ich öffnete und sah zu meiner Überraschung die Silberlocken vor der Tür stehen.

„Fröhliche Weihnachten, Gemma! Wir sind ein bisschen früh dran für den Tee, aber wir dachten, dass deine Mutter nichts dagegen hat."

Sie drängten sich ins Haus, wobei sie alle gleichzeitig redeten.

„... fabelhafte Rede, die Ihre Majestät dieses Jahr gehalten hat", erklärte Mabel. „Ich sage ja immer: Für die Verdauung gibt es nichts Besseres, als nach dem Essen der Queen zuzuhören."

„… der Weihnachtsmann in der Grotte im Westgate Centre war definitiv der beste", schwärmte Glenda. „Dieser wundervolle buschige Bart - sein eigener, stell dir vor! - und diese funkelnden blauen Augen … und erst sechsundsechzig, hat er mir gesagt! Mavis sagt, ihr Toyboy ist zweiundsechzig, und er sieht viel älter aus …"

„… immer noch der Meinung, dass man den Christmas Pudding am besten mit Brandy-Soße serviert", sagte Florence mit einem nachdenklichen Stirnrunzeln. „Obwohl meine Nachbarin Cora auf ihre Preiselbeer-Toffee-Soße schwört und Dot Wilkins vom Bingo erzählt immer, dass sie Vanillepudding dazu reicht …"

„… ich konnte es kaum fassen, als sie sagten, sie hätten ‚Eine Weihnachtsgeschichte' noch nie gelesen! Wie kann jemand Dickens' Klassiker nicht gelesen haben?", rief Ethel. „Deshalb schenke ich dieses Jahr jedem ein Exemplar des Buches zu Weihnachten - außer dir, Gemma", fügte sie hinzu, griff in ihre Umhängetasche und holte ein Päckchen heraus. „Das ist dein Geschenk."

„Oh! Danke." Ich nahm es lächelnd entgegen.

„Es ist von uns allen, Liebes", erklärte Florence.

„Ja, aber ich habe es gestrickt", sagte Ethel mit stolzgeschwellter Brust.

Ich riss das festliche Geschenkpapier auf und hielt einen scheußlichen Weihnachtspulli hoch, auf dessen Vorderseite ein schiefes Rentiergesicht prangte.

„Es soll Rudolph darstellen. Siehst du den roten Bommel auf der Nase? Das war nicht in der Vorlage, es war meine eigene Idee", sagte Ethel stolz.

„Äh ... der sieht toll aus!" Ich betrachtete den Pullover voller Abscheu.

„Dann zieh ihn an, zieh ihn an!", drängten mich die vier alten Damen.

Ich hatte nicht die geringste Lust dazu, aber ich wollte ihre Gefühle nicht verletzen, also holte ich tief Luft und zerrte mir den Pullover über den Kopf.

Während ich mit dem kratzigen Wollmonster kämpfte, hörte ich Glendas gedämpfte Stimme neben mir: „... und ich finde immer noch, wir hätten auch einen für Cole machen sollen. Der liebe Junge hat mir erzählt, dass er noch nie einen handgestrickten Pullover besessen hat – kannst du dir das vorstellen? Natürlich hätte seine Mutter nicht gewusst, wie man das macht – sie war selbst noch ein junges Mädchen, als sie ihn bekam – und wie schrecklich, dass sein Vater die beiden so im Stich gelassen hat. Ich denke immer, wenn ein Mann eine Frau schwängert, sollte er sich als Ehrenmann erweisen und sie heiraten! Aber ich nehme an, es kommt darauf an, in welchen gesellschaftlichen Kreisen man sich bewegt: Cole hat gesagt, sein Vater stamme aus einer sehr vornehmen Familie und seine Mutter sei nur eine einfache Bauerntochter ..."

„Moment mal ... was sagen Sie da?" Ich hatte Mühe, mit dem voluminösen Pullover zurechtzukommen, und gab es schließlich auf, den

Zugang zu den Ärmeln zu finden. Zu Glenda gewandt fragte ich eindringlich: „Haben Sie gesagt, dass Coles Vater seine Mutter verlassen hat, als sie schwanger war?"

„Ja, Liebes. Hast du nicht zugehört, als er uns von Thurlby Hall zurückgebracht hat? Er hat mir alles über seine Herkunft erzählt ..."

„Oh nein!", rief ich. „Cole könnte der Mörder sein!"

„Cole?" Die vier sahen mich verständnislos an.

Ich schilderte ihnen, was Julian Morecombe mir über Neds Ruf als Frauenheld und die beiden Mädchen aus dem Dorf berichtet hatte, mit denen er sich in seiner Jugend herumgetrieben hatte. „Julian erzählte mir, dass er eine von ihnen geschwängert hat und Sir Hugh die Familie auszahlen musste. Was, wenn ... was, wenn Cole das Kind aus dieser Beziehung wäre? Er wäre ungefähr im richtigen Alter. Und er könnte verbittert und verärgert darüber sein, dass Ned seine Mutter im Stich gelassen und sie derart schäbig behandelt hat ... vielleicht hat er seinen Vater aus Rache umgebracht!"

Glenda schnappte nach Luft. „Nein! Dieser reizende junge Mann? Er würde sicher niemanden ermorden, schon gar nicht seinen eigenen Vater!"

„Sie kennen ihn doch gar nicht", beharrte ich. „Woher wollen Sie wissen, wozu er fähig ist? Wenn Cole der Mörder wäre, würde das vieles erklären – etwa die seltsamen Fußspuren, die zum Bibliotheksfenster hinführten, aber nicht vom Fenster weg ... und dann die Sache mit Annabel, die das Frostschutzmittel aus der Garage geholt und angeblich nicht zurückgestellt hat – Cole könnte das alles erfunden haben, um Spuren zu verwischen und den Verdacht von sich selbst abzulenken ...“ Ich kramte in meiner Tasche nach meinem Handy. „Ich bin mir sicher, dass Cole der Mörder ist! Ich muss die Polizei anrufen und Inspektor Depp Bescheid sagen ...“

„Er ist auf Thurlby Hall“, sagte Florence.

Ich hielt inne. „Was meinen Sie damit?“

„Wir haben ihn angerufen, bevor wir hergekommen sind. Wir wollten ihm sagen, wie die Polizei unseren Ahornsirup-Abguss verwenden könnte, aber er war wirklich sehr unhöflich.“ Mabel schürzte missbilligend die Lippen. „Er sagte, er habe keine Zeit zum Reden, weil er auf dem Weg zu Sir Hugh sei.“

„Am Weihnachtstag?“, fragte ich verwirrt.

„Nun, anscheinend ist auf dem Revier nichts los und Sir Hugh ist verärgert über die mangelnden Fortschritte der Polizei – und du weißt ja, dass er mit dem Detective Superintendent befreundet ist, also hat Inspektor Depp gesagt, er würde ihm persönlich über die Ermittlungen berichten“, erklärte Glenda.

„Aber Inspektor Depp tut mir ein bisschen leid, weil er an Weihnachten Dienst schieben muss“, warf Ethel ein.

Ich hörte nur mit halbem Ohr zu, weil ich gerade auf dem Polizeirevier anrief. Ich bat darum, mit Depps Mobiltelefon verbunden zu werden.

„Es tut mir leid, aber dazu bin ich nicht befugt", sagte der diensthabende Wachtmeister. „Sie können dem Inspektor eine Nachricht hinterlassen, und ich sorge dafür, dass er sie erhält, wenn er zurückkommt ..."

„Nein, Sie verstehen nicht ... es ist wirklich wichtig", drängte ich. „Es geht um eine laufende Mordermittlung. Ich ... ich habe Informationen, die zur Lösung des Falls beitragen könnten! Ich muss sofort mit Inspektor Depp sprechen ..."

„Wie gesagt, Sie können eine Nachricht hinterlassen, und ich sorge dafür, dass der Inspektor sie erhält, wenn er aufs Revier zurückkehrt."

*Aaarrgghhh!* Ich hätte schreien können, so frustriert war ich. Stattdessen atmete ich tief durch, bedankte mich bei dem Sergeanten und beendete das Gespräch. Die Silberlocken sahen mich erwartungsvoll an.

„Ich muss mit Depp sprechen! Er ist bereits auf Thurlby Hall; er könnte Cole an Ort und Stelle verhaften und verhören -" Ich brach ab, warf einen Blick auf die Uhr im Flur und traf dann eine plötzliche Entscheidung. „Ich werde hinfahren. Mit dem Auto brauche ich nur eine Viertelstunde. Ich muss nur kurz mit Depp sprechen und kann in einer Stunde zurück sein." Ich nahm mir die Autoschlüssel meiner Mutter vom Haken neben der Tür. „Können Sie meiner Mutter sagen, dass ich bald wieder da bin?"

Doch kaum hatte ich den Motor angelassen,

wurde die Beifahrertür aufgerissen und Mabel ließ sich auf den Sitz neben mir plumpsen. Ich starrte sie an, doch im nächsten Moment öffneten sich auch die hinteren Türen und Glenda, Ethel und Florence drängten sich auf den Rücksitz.

„Was soll das?", stöhnte ich.

„Wir kommen mit", sagte Mabel. „Wenn du den Mörder entlarven willst, dann sollten wir dabei sein. Schließlich sind wir an den Ermittlungen beteiligt. Wir sind Partner."

Ich schnaubte verärgert. „Wir sind keine Partner! Wir ..."

„Außerdem braucht die Polizei vielleicht doch noch unseren Ahornsirup-Abguss", fügte Glenda hinzu und hielt den orangefarbenen Klecks hoch, der immer unförmiger zu werden schien.

Ich wollte etwas erwidern, beschloss dann aber, keine Zeit zu verschwenden. Wenn sie unbedingt wollten, konnten sie mitkommen. Ich fuhr die Einfahrt hinunter auf die Straße, trat auf das Gaspedal und sagte: „Schnallen Sie sich an. Wir gehen auf Mörderjagd."

# Kapitel 27

Rings um Thurlby Hall waren noch Spuren des Schneesturms zu sehen, und ich musste vorsichtig fahren, um den schmutzigen Verwehungen auszuweichen, die an der Einfahrt zu rutschigem Schneematsch getaut waren. Ich parkte den Wagen vor dem Haus, neben einem unauffälligen Fahrzeug, das wahrscheinlich Inspektor Depp gehörte, und eilte zur Haustür. Mrs Holmes öffnete und hob überrascht die Augenbrauen, als sie mich mit den Silberlocken sah.

„Oh! Ich wusste nicht, dass Mrs Floyd Besuch erwartet …

„Ich … ich wollte eigentlich mit Inspektor Depp sprechen. Ist er hier?", fragte ich.

„Ja, er ist oben bei Sir Hugh." Die Haushälterin

fügte zögernd hinzu: „Sie sagten, sie dürften unter keinen Umständen gestört werden."

„Ist Inspektor Depp schon lange hier?"

Mrs Holmes warf einen Blick auf die Uhr an der Wand neben der Eingangstür. „Der Inspektor ist vor etwa zwanzig Minuten angekommen."

Ich zögerte. Natürlich könnte ich warten, aber möglicherweise dauerte die Zusammenkunft der beiden Männer noch ewig. *Nein*, entschied ich. Mein Anliegen war wichtig genug, um ihr Gespräch zu unterbrechen.

„Ich muss unbedingt mit Inspektor Depp sprechen. Es geht um die Mordermittlung und ich bin sicher, dass Sir Hugh ebenfalls hören möchte, was ich zu berichten habe, also werden die Herren wohl nichts dagegen haben, wenn ich sie aufsuche", sagte ich und eilte an ihr vorbei die Treppe hinauf.

„Wir kommen mit, Gemma!", rief Glenda und machte sich mit den anderen Silberlocken daran, die Stufen zu erklimmen.

„Nein, nein … nicht alle auf einmal", widersprach ich und stellte mir Depps Gesicht vor, wenn wir zu fünft in seine Unterredung mit Sir Hugh platzten. Wahrscheinlich würde er sich vor lauter Ärger weigern, mir zuzuhören. „Warum setzen Sie sich nicht zu Annabel, bis ich fertig bin?"

Zu meiner Erleichterung erhoben sie ausnahmsweise keine Einwände und trotteten in Richtung Salon, während ich die Treppe hinaufging. Ich irrte durch das Gewirr aus Fluren, bis ich endlich die Tür zu Sir Hughs Suite fand. Ich klopfte leise an, öffnete die Tür und trat ein. Die beiden Männer blickten auf und Depps Miene verfinsterte sich, als er mich erkannte.

„Was wollen Sie?", fragte er barsch. „Ich habe Mrs Holmes gesagt, dass wir nicht gestört werden wollen."

„Ich weiß - es tut mir leid, ich hätte Sie nicht gestört, aber ich habe wichtige Informationen, die zur Aufklärung des Falles beitragen könnten!"

Meine Ankündigung schien Depp nicht zu beeindrucken. Er warf mir einen herablassenden Blick zu und sagte: „Ich bin sicher, Sie können dem diensthabenden Sergeanten auf dem Revier erzählen, was Sie sich zusammengereimt haben."

„Es ist wichtig", beharrte ich. Seine arrogante Art machte mich wütend. „Ich glaube, ich weiß, wer der Mörder ist."

Depp blickte noch finsterer drein. „Hören Sie, Miss Rose - für wen halten Sie sich eigentlich? Ich verschwende meine Zeit nicht mit -"

„Nein, warten Sie", unterbrach ihn Sir Hugh und hob eine Hand. „Wenn Miss Rose Informationen hat, die uns bei der Suche nach Neds Mörder helfen könnten, möchte ich hören, was sie zu sagen hat."

Depp wollte etwas erwidern, überlegte es sich jedoch anders und presste die Lippen zusammen. Ich holte tief Luft und legte ihnen rasch meine Theorie über Cole auseinander.

„... deshalb denke ich, dass Sie ihn noch einmal

befragen und seinen Hintergrund genauer durchleuchten sollten - finden Sie heraus, ob seine Mutter ein Mädchen aus dem Dorf war -" Ich brach ab, als mein Blick auf dem Beistelltisch landete, wo die gerahmten Fotos von Ned standen, die sich Sir Hugh neulich angesehen hatte.

Ich nahm das Bild in die Hand, auf dem Ned mit einem hübschen Mädchen an einem Baum stand. Jetzt sah ich, dass in die Rinde ein Herz geschnitzt war, in dem die Buchstaben „N & N" schwach zu erkennen waren. Meine Aufmerksamkeit galt jedoch dem Gesicht des Mädchens. Ich starrte stirnrunzelnd darauf. Hatte sie Ähnlichkeit mit Cole? Oder bildete ich mir das nur ein?

„Julian hat mir erzählt, dass Ned als Teenager ein Mädchen aus dem Dorf geschwängert hat", sagte ich, ohne den Blick von dem Foto zu wenden.

„Ah, ja, ich erinnere mich an diesen Sommer." Sir Hugh schüttelte den Kopf und lächelte. „Meine arme Frau hat sich darüber schrecklich aufgeregt, aber ich habe ihr gesagt, dass Jungs eben so sind. Wir haben der Familie viel Geld gezahlt und dem Mädchen eine Abtreibung vermittelt."

„Wissen Sie noch, ob es dieses Mädchen war?", fragte ich und hielt das Foto hoch.

Sir Hugh zuckte mit den Schultern. „Ich kann mich nicht mehr erinnern, wie sie aussah ... Ich weiß nur, dass sie Helen hieß. Ja, Helen Croft, das war ihr Name. Ihr Vater war Les Croft, er hatte einen Bauernhof hier in der Gegend ..."

„Und Nell ist eine Kurzform von Helen, also ist sie wahrscheinlich das Mädchen auf dem Bild", schaltete sich Depp ungeduldig ein und warf einen Blick auf das „N & N" im Baumstamm. „Ja, ich weiß, was Sie denken", fuhr er hochmütig fort, „und wir sind Ihnen einen Schritt voraus, Miss Rose. Ich habe Julian Morecombe nach den beiden Mädchen befragt, die er in Ihren Notizen erwähnt hat, und wir haben sie überprüft. Helen Croft - das Mädchen, das von Ned schwanger geworden ist - hat das Baby abgetrieben. Sie hat später einen Zyprioten geheiratet und lebt jetzt mit ihrem Mann und zwei erwachsenen Kindern auf Zypern. Das andere Mädchen, Sandra Davis, ist nach Leeds gezogen. Sie ist geschieden und lebt jetzt mit einem Freund zusammen. Beide haben ein Alibi, in der Nacht, in der Ned ermordet wurde, waren sie Hunderte von Meilen von hier entfernt."

„Aber sind Sie sicher, dass Helen Croft wirklich abgetrieben hat", fragte ich. „Was, wenn sie das Baby behalten hat? Sie müssen auf jeden Fall Coles Mutter überprüfen und sich vergewissern, dass sie nicht Helen oder Nell oder so ähnlich heißt ..."

„Nicht nötig", sagte Depp süffisant. „Wir haben bereits einen Hintergrundcheck seiner Person durchgeführt. Cole Barlow wurde in Surrey als Sohn einer Bauerntochter geboren, die eine Affäre mit einem wohlhabenden Gutsbesitzer hatte. Er wuchs bei seiner Mutter und seinen Großeltern auf und sein Vater lebt nicht weit von der Familie, obwohl er Cole nicht offiziell anerkannt hat. Oh, und seine Mutter heißt übrigens Liz - für Elizabeth. Es gibt keine Kurzform oder Variante von Elizabeth, die mit einem N beginnt ..." Depp kam mit seinem Gesicht nah an meins. „Sie können also Ihre dumme kleine Theorie vergessen, dass Cole Neds unehelicher Sohn war und ihn aus Rache umgebracht hat."

Meine Wangen brannten vor Verlegenheit. Hatte ich wirklich so sehr danebengelegen? Aber wenn es nicht Cole war, wer war es dann? Im Stillen zählte ich die anderen Verdächtigen auf: Kelly ... Julian ... Richard ... Annabel ... Bei dem letzten Namen zuckte ich innerlich zusammen. Nein, ich konnte einfach nicht glauben, dass Annabel möglicherweise die Mörderin war! *Es muss einer der anderen sein,* dachte ich. Dann kam mir ein neuer Gedanke.

„Warten Sie, da ist noch etwas", sagte ich. „Ich habe es in meiner Aussage nicht erwähnt, weil ich so auf die Ereignisse auf Thurlby Hall konzentriert war, dass ich nicht an die Zeit davor gedacht habe ... ich war Ned ein paar Tage zuvor begegnet."

„Ja, am Bahnhof von Oxford - das haben Sie in Ihrer Aussage angegeben", sagte Depp ungeduldig. „Sie haben mit ihm im Randolph in Oxford Tee getrunken."

„Ja, aber was ich nicht erwähnt habe, war, dass Ned in aller Eile aufgebrochen ist, nachdem er einen Anruf erhalten hatte - einen Anruf aus London."

„Wir wissen, von wem der Anruf kam. Ja, Miss Rose, auch wenn Sie es nicht für möglich halten, aber ich weiß sehr wohl, wie ich meinen Job zu machen habe", sagte Depp sarkastisch, als er meinen überraschten Blick sah. „Wir haben alle Anrufe überprüft, die Ned in der Zeit seit seiner Rückkehr nach Großbritannien getätigt und empfangen hat, und wir haben auch seine Schritte nachvollzogen. Wir wissen, dass er gleich nach seiner Ankunft in England nach Oxford gefahren ist und im Randolph Hotel eingecheckt hat. Allerdings stornierte er das Zimmer eine Stunde nach dem Einchecken und reiste ab, diesmal nach London, nachdem er von dort einen Anruf erhalten hatte ... den wir zu einem bekannten Mitglied eines illegalen Glücksspielrings zurückverfolgt haben."

„Glücksspiel?"

„Ja, Ned hatte eine Menge Schulden und man drängte ihn zur Zahlung. Deshalb hatte er es eilig, nach London zu fahren, um seine Gläubiger zu beschwichtigen. Er sagte ihnen, dass er bald eine Menge Geld bekommen würde, und bat um einen Aufschub bis ins neue Jahr, den sie ihm gewährten. Dann kam er zurück nach Oxford und machte sich auf den Weg nach Thurlby Hall ..." Depp warf mir einen spöttischen Blick zu. „Haben Sie noch mehr Theorien, die Sie mit uns teilen möchten?"

Ich errötete.

„Nein? Dann schlage ich vor, dass Sie die Detektivarbeit von nun an den Profis überlassen", fügte Depp in herablassendem Tonfall hinzu.

Ich wandte mich beschämt und gedemütigt zum

Gehen, doch dann hielt ich kurz inne. Ich starrte auf die Wand gegenüber der Tür, an der das große Ölgemälde mit dem weiblichen Akt hing.

Ohne Depp zu beachten, sagte ich zu Sir Hugh: „Entschuldigen Sie, darf ich Ihnen noch eine Frage stellen? Wenn Sie den Safe schließen, achten Sie dann immer darauf, dass das Bild gerade hängt?"

„Natürlich", sagte der alte Mann. „Ich kann es nicht ausstehen, wenn Gemälde schief hängen."

„Dann vermute ich, dass jemand in der Mordnacht hier im Zimmer war und versucht hat, Ihren Safe zu öffnen."

Er runzelte die Stirn. „Was meinen Sie?"

Ich wies auf das Ölgemälde. „Als Sie mich am Morgen nach dem Mord zu sich riefen, sprachen wir über Ihren Safe und Sie zeigten uns, dass er hinter dem Gemälde versteckt ist. Erst jetzt fällt mir ein, dass Sie dabei das Bild geradegerückt haben, weil es schief hing … was darauf schließen lässt, dass es jemand verschoben haben muss, seit Sie das letzte Mal den Safe geöffnet haben."

Sir Hugh starrte mich einen Moment lang an, dann humpelte er zu der Wand und nahm das Gemälde ab. Wir sahen schweigend zu, wie er den Zahlencode eingab und den Safe öffnete.

„Fehlt etwas?", fragte ich, während er die zwei Fächer im Inneren musterte, in denen Dokumente und allerlei Schachteln lagen.

„Nein … aber Sie haben recht, jemand hat sich hier zu schaffen gemacht. Ich erinnere mich, dass ich das neueste Testament auf die obere Ablage gelegt habe." Er deutete auf einen braunen Umschlag. „Und jetzt liegt er auf der unteren, als hätte ihn jemand einfach hineingeworfen."

„Wer auch immer es war, muss es eilig gehabt haben", überlegte ich. „Er hat das Testament schnell hineingelegt, die Tresortür geschlossen und das Gemälde zurückgehängt, aber er hatte keine Zeit, es gerade auszurichten."

Sir Hugh hob den Kopf und kniff nachdenklich die Augen zusammen. „Wissen Sie, jetzt, wo Sie es sagen … Ich glaube, ich habe hier drin jemanden gehört, auch wenn ich die Geräusche nicht zuordnen konnte. Ich wurde wach, als die Standuhr unten Mitternacht schlug. Normalerweise wache ich davon nicht auf, ich habe mich im Laufe der Jahre daran gewöhnt und nehme sie kaum noch wahr. Aber in jener Nacht … nun, ich nehme an, vor Aufregung über Neds Rückkehr habe ich nicht so tief geschlafen wie sonst. Ich lag noch eine Weile im Bett und versuchte, wieder einzuschlafen, als ich von hier drinnen Geräusche hörte. Mein Schlafzimmer grenzt an dieses Wohnzimmer, aber nachts schließe ich normalerweise die Doppeltüren zwischen den beiden Räumen, sodass die Geräusche ziemlich gedämpft waren. Damals habe ich mir nicht viel dabei gedacht, aber jetzt … es passt alles! Ich hörte eine Art Schlurfen, als würde sich jemand leise bewegen, und da war auch ein ganz leises Knarren - ich bin mir jetzt sicher, dass es das Gemälde war."

Ich runzelte die Stirn. „Sind Sie sicher, dass Sie es nach Mitternacht gehört haben?"

„Ja, ich habe die Glockenschläge gezählt, bevor ich die Geräusche hörte."

„Und Sie haben niemanden im Wohnzimmer gesehen, als Sie aufgestanden sind? Als Sie den Schrei hörten, sind Sie vermutlich aufgesprungen und hinausgestürmt."

„Nun, ich habe es versucht", sagte Sir Hugh. „Aber als ich den Schrei hörte, war ich so erschrocken, dass ich zu hastig aufgestanden und hingefallen bin. Verdammtes Alter! Früher wäre ich schneller aus dem Bett gesprungen und die Treppe hinuntergelaufen, als Sie blinzeln können, das kann ich Ihnen sagen! Jetzt verliere ich das Gleichgewicht, sobald ich versuche, mich zu rasch zu bewegen", sagte er unwirsch. „Wie dem auch sei, ich war etwas benommen, und als ich endlich wieder auf den Beinen war, meinen Gehstock gefunden und die Tür zum Wohnzimmer geöffnet hatte, war hier niemand mehr."

„Miss Rose, ich weiß wirklich nicht, was Sie mit diesen Fragen bezwecken", mischte sich Depp ungeduldig ein.

„Halten Sie es für unwichtig, dass jemand in Sir Hughs Safe eingebrochen ist?", fragte ich.

„Es wurde doch nichts gestohlen, oder?", erwiderte Depp abschätzig. „Höchste Zeit, dass Sie aufhören, Amateurdetektivin zu spielen und die Ermittlungen echten Profis überlassen. Und außerdem möchte ich Sie daran erinnern, dass Sie selbst immer noch zu den Verdächtigen zählen. Glauben Sie bloß nicht, dass Sie von dieser Tatsache ablenken können, indem Sie versuchen, die Dinge durcheinanderzubringen."

„Ich bin nicht -"

„Wenn Sie uns jetzt entschuldigen würden, wir haben wichtige polizeiliche Angelegenheiten zu besprechen."

Er schob mich aus dem Raum und ehe ich mich versah, fand ich mich im Korridor wieder und starrte auf eine geschlossene Tür. Wütend und frustriert drehte ich mich um und stapfte die Treppe hinunter. In der Eingangshalle traf ich auf Mrs Holmes, die ein Tablett mit einer Teekanne, Tassen und Keksen trug. Sie war auf dem Weg zum Salon und lächelte, als sie mich sah.

„Ah ... perfektes Timing. Ich wollte das gerade Mrs Floyd und Ihren Freundinnen servieren. Sie sind in der Bibliothek." Sie sah mich neugierig an. „Haben Sie ... äh ... mit dem Inspektor sprechen können?"

„Ja ... allerdings hat es nicht viel gebracht", murmelte ich und starrte auf meine Füße. Bei der Erinnerung an die demütigende Begegnung mit Depp wand ich mich innerlich vor Verlegenheit. Wie konnte ich nur so falschliegen? Ich war mir ganz sicher gewesen, dass ich die Lösung hatte! Aber ich konnte nicht leugnen, dass Depp seine Hausaufgaben gemacht und alle meine Theorien gründlich widerlegt hatte. *Bis auf die Sache mit dem*

*Safe von Sir Hugh*, dachte ich. Die war nicht von der Hand zu weisen …

Ich hob den Blick und fragte: „Mrs Holmes, als Richard – äh, Mr Floyd in der Mordnacht wieder ins Haus kam, sind Sie sich sicher, dass Sie ihn nach oben haben gehen sehen? Nicht in die Bibliothek?"

„Oh ja, er kam herein und ging die Treppe hinauf."

„Aber sind Sie sicher? Vielleicht haben Sie sich geirrt, weil Sie von der Küchentür einen anderen Blickwinkel hatten."

Sie schüttelte langsam den Kopf. „Ich nehme an, das könnte sein … aber ich glaube nicht. Ich bin mir ziemlich sicher, dass er auf die Treppe zuging."

Ich seufzte. Nichts an diesem Fall ergab einen Sinn. Wenn Depp bereit gewesen wäre, mehr Informationen mit mir zu teilen oder vielleicht sogar mit mir zusammen Vermutungen anzustellen, hätte mir das geholfen - aber er schien nur darauf aus zu sein, mich bei jeder sich bietenden Gelegenheit bloßzustellen.

Die Haushälterin schaute mich besorgt an. „Geht es Ihnen nicht gut, Miss? Sie sehen ein wenig niedergeschlagen aus."

Ich lächelte schwach. „Es geht mir gut. Ich bin nur ein bisschen frustriert - wegen der Polizei."

Mrs Holmes zögerte, warf mir einen leicht beschämten Blick zu und sagte dann: „Ich hoffe, ich habe Sie nicht in Schwierigkeiten gebracht, weil ich mit dem Inspektor gesprochen habe."

Ich sah sie überrascht an. „Was meinen Sie?"

„Als Inspektor Depp mich befragt hat ... nun, ich dachte, ich sollte besser ehrlich sein ... er fragte, ob jemand etwas - na ja, Negatives - über den jüngeren Mr Morecombe geäußert habe -" Sie brach ab und sah mich entschuldigend an. „Ich konnte nicht verschweigen, dass Sie sehr wütend waren, nachdem Mr Morecombe versucht hatte, Sie zu küssen und dass Sie gesagt haben -"

„... dass ich ihn umbringe, wenn er mich noch einmal anfasst", ergänzte ich trocken. „Es ist wahr, das habe ich gesagt - ich leugne es nicht."

„Ich weiß, dass Sie es nicht so gemeint haben! Und das habe ich versucht, dem Inspektor klarzumachen", erklärte Mrs Holmes schnell. „Aber ... ich bin mir nicht sicher, ob er mir geglaubt hat. Ich hoffe, Sie haben deswegen keine Probleme gekriegt."

Ich lächelte sie an. „Doch, ein bisschen, aber das ist schon in Ordnung. Sie müssen sich nicht entschuldigen! Ich bin heilfroh, dass Sie mir in dieser schrecklichen Situation zu Hilfe gekommen sind. Seitdem sind so viele Dinge passiert, dass ich noch keine Gelegenheit hatte, Ihnen richtig zu danken."

„Es war eine Schande, was er getan hat. Mr Ned Morecombe, meine ich. Man soll nicht schlecht über die Toten sprechen, aber ...!"

„Ja, er war ein ziemlicher Widerling. Wissen Sie, er hatte sich schon ein paar Mal an mich herangemacht und ich hatte ihm deutlich zu verstehen gegeben, dass ich nicht interessiert war."

„Manche Männer lassen sich einfach nicht abwimmeln." Mrs Holmes presste die Lippen zusammen. „Dabei hatten Sie ihm gesagt, dass Sie einen Freund haben. Das hätte er respektieren müssen."

„Keine Sorge - mein Freund ist auch bei der Kripo, und sobald er nach den Feiertagen zurückkommt, wird er die Sache sicher klären. Er wird nicht zulassen, dass die Polizei mich schikaniert."

„Oh, dann ist ja gut. Morgen ist der zweite Weihnachtsfeiertag, also ist es nicht mehr lange hin ..." Sie schüttelte den Kopf. „Ich kann nicht glauben, dass Weihnachten schon fast vorbei ist. Dieses Jahr kommt es mir vor wie ein Traum ..."

*Eher wie ein Albtraum*, dachte ich, als ich ihr in die Bibliothek folgte. In der Tür hielt ich inne und sah mich im Raum um, während Mrs Holmes zu Annabel und den Silberlocken eilte. Ich war seit der Nacht, als ich Neds Leiche gefunden hatte, nicht mehr in diesem Raum gewesen. Es war seltsam, ihn im kalten Licht des Tages zu sehen.

Die Weihnachtsdekoration, die ihn bei der Teeparty so festlich geschmückt hatte, wirkte jetzt ein wenig traurig und jämmerlich. Mir fiel auf, dass die roten Samtstrümpfe, die mit den Namen der Familienmitglieder bestickt waren, nicht mehr am Kaminsims hingen. Und im Spiegel darüber sah ich mich jetzt selbst – in meinem Weihnachtspullover, den ich ganz vergessen hatte. Kein Wunder, dass Inspektor Depp mich nicht ernst genommen hatte!

Das schiefe Rentiergesicht sah in der Spiegelung noch abscheulicher aus, vor allem in dieser eleganten Umgebung: Die Regale waren mit ledergebundenen Büchern gefüllt und durch die offene Tür hinter mir war die stattliche Eingangshalle mit der kunstvollen Holzvertäfelung und der schlichten Henning-Koppel-Uhr an der Wand neben der Eingangstür …

Mir stockte der Atem. Ich wirbelte herum und starrte durch die Tür auf die Uhr, dann drehte ich mich wieder um, um ihr Spiegelbild zu betrachten. Der alberne Witz aus meinem Christmas-Cracker hallte plötzlich in meinem Kopf wider.

„Oh mein Gott!", flüsterte ich.

Ich rannte wieder nach oben, lief durch die Korridore und stürzte erneut in Sir Hughs Wohnzimmer. Depp sah mich erbost an.

„Miss Rose, ich sagte Ihnen doch -"

„Ich weiß, wer der Mörder ist!", rief ich.

Depp stieß einen übertriebenen Seufzer aus. „Oh, um Himmels willen, nicht schon wieder …"

„Nein, ich meine es ernst!", beharrte ich, trat in den Raum und sah Sir Hugh direkt in die Augen.

„Wenn Sie wissen wollen, wer Ihren Sohn ermordet hat, kommen Sie in die Bibliothek und ich werde es Ihnen sagen."

# Kapitel 28

Ich holte tief Luft und musterte die Runde, die sich in der Bibliothek versammelt hatte. Auf Inspektor Depps Gesicht zeigte sich unverhohlene Verachtung, Sir Hugh betrachtete mich mit hoffnungsvoller Erwartung, Richard Floyd wirkte ungeduldig und verärgert und Kelly trug die übliche gelangweilte Gleichgültigkeit zur Schau. Annabel hatte ihre stets glatte, ausdruckslose Maske aufgesetzt, während Julian wachsam und angespannt aussah. Die Silberlocken flüsterten aufgeregt miteinander, und hinter ihnen standen Cole und Mrs Holmes und versuchten, ihre vulgäre Neugier hinter einer höflich-distanzierten Fassade zu verstecken, wie es sich für das Personal gehörte.

Ich räusperte mich und begann zu sprechen: „Vor

drei Tagen kam ich nachts auf der Suche nach meiner Katze Müsli in dieses Zimmer und fand Ned dort in einem Sessel." Ich zeigte auf eine Stelle vor dem Kamin. „Er war ermordet worden."

„Die Polizei hat den Sessel zur Analyse mitgenommen", unterbrach Depp wichtig. „Die detaillierte forensische Untersuchung wird uns Hinweise auf den Mörder liefern, die uns weiterbringen als die Hirngespinste von Möchtegerndetektiven."

Ich ignorierte ihn und fuhr fort: „Der Mörder hatte Ned einen Weihnachtsstrumpf über den Kopf gezogen und ihn auf diese Weise erstickt. Auf dem Boden neben seinem Sessel fanden sich ein zerbrochenes Glas in einer Portweinpfütze und ein Teller mit Plumpudding. Durch den Schneesturm war Thurlby Hall von der Außenwelt abgeschnitten, daher wusste ich, dass Neds Mörder unter den Menschen sein musste, die hier im Haus gefangen waren ..." Ich hielt inne und schaute meine Zuhörer einen nach dem anderen an. „Was bedeutet, dass es einer von uns sein musste."

Einige Anwesende rutschten voller Unbehagen auf ihren Sitzen hin und her, andere warfen sich verstohlene Blicke zu.

„Am nächsten Morgen bat mich Sir Hugh, alle im Haus zu befragen, um festzustellen, wer sich wann wo aufgehalten hatte. Allmählich bekam ich eine Vorstellung, wer der Mörder sein könnte." Ich sah Richard Floyd direkt ins Gesicht. „Sie schienen mir der wahrscheinlichste Kandidat zu sein."

Richard machte eine wütende Bewegung und wollte etwas erwidern, doch ich hob eine Hand und gebot ihm zu schweigen.

„Ihr Alibi war wenig überzeugend, es war lückenhaft und voller Ungereimtheiten. Sie hatten mehr als genug Zeit, den Mord zu begehen. Sie sind außerdem ein knallharter Geschäftsmann, der es gewohnt ist, sich ohne Rücksicht auf andere das zu nehmen, was er haben will. Und Sie hatten ein Motiv. Es war offensichtlich, dass Sie und Ned einander nicht ausstehen konnten, und nachdem Sie Ihr ganzes Leben lang auf eine Spitzenposition in dem Unternehmen hingearbeitet hatten, das Sie mit aufgebaut hatten, sahen Sie sich plötzlich mit der Aussicht konfrontiert, dass Ned den Lohn für Ihre Arbeit einstreichen würde. Und Ned hat Sie sogar damit aufgezogen!"

„Das heißt nicht, dass ich ihn getötet habe", sagte Richard scharf. „Ich habe Ihnen doch gesagt, dass ich in jener Nacht nicht in der Bibliothek war!"

„Und ich habe Ihnen nicht geglaubt - bis mir klar wurde, warum Sie gelogen haben: weil Sie verbergen wollten, wo Sie tatsächlich waren." Ich hielt inne, dann sagte ich leise: „Sie waren in Sir Hughs Wohnzimmer und haben seinen Safe geknackt."

Ein Raunen ging durch den Raum und mehrere Leute beugten sich vor und starrten Richard Floyd an.

Der Geschäftsmann errötete. Nach kurzem

Zögern knurrte er: „Okay, ich gebe es zu - ich habe gelogen. Ich war nicht in meinem Schlafzimmer, als ich die Schreie hörte. Ich war in Sir Hughs Wohnzimmer." Er warf dem alten Mann einen bitteren Blick zu. „Ich habe gehört, was du über dein neues Testament gesagt hast. Beim Abendessen musste ich die ganze Zeit daran denken, es hat mich fast verrückt gemacht. Als ich zum Rauchen draußen war, beschloss ich, dass ich genau wissen musste, was in dem neuen Testament stand. Mir war klar, dass du es im Tresor in deinem Wohnzimmer aufbewahren würdest und dass der Tresor hinter dem Gemälde mit dem Frauenakt versteckt ist. Es wäre ein Leichtes, in dein Wohnzimmer zu gehen, während du schläfst ..."

„Aber der Safe ist verschlossen", wandte Sir Hugh empört ein.

Richard lachte schallend. „Ach, nichts ist einfacher, als diesen Safe zu knacken! Die Kombination ist Neds Geburtstag. Er war dein Liebling. Ich musste nur die Zahlen vorwärts oder rückwärts probieren ..."

„Sie haben also den Safe geöffnet", mischte ich mich ein.

„Ja, aber ich hatte keine Zeit, mir das Testament anzusehen", schnaubte er verärgert. „Ich hatte ihn kaum geöffnet, als das Geschrei losging, also musste ich meinen Plan aufgeben. Ich warf das Testament zurück in den Safe, verschloss ihn, hängte das Gemälde an Ort und Stelle und verließ den Raum so schnell ich konnte. Als ich auf dem Treppenabsatz ankam, war Annabel bereits aus unserem Schlafzimmer gerannt. Also ja, ich war in jener Nacht nicht in unserem Zimmer", gab er widerstrebend zu. „Aber das konnte ich natürlich nicht durchblicken lassen. Als Sie mich befragt haben, tat ich so, als hätte ich mich gerade bettfertig gemacht, als die Schreie ertönten. Ich wollte Sie glauben machen, dass ich als Erster auf den Treppenabsatz gelaufen war, bevor Annabel ganz wach war."

„Obwohl Richards Angaben über seinen Aufenthaltsort in der Mordnacht falsch waren, hat er ein wasserdichtes Alibi", sagte ich mit einem neuerlichen Blick in die Runde. „Er konnte Ned nicht ermordet haben, weil er zur Tatzeit versucht hat, den Safe von Sir Hugh zu öffnen. Das bedeutet, dass der Mörder eine der anderen Personen gewesen sein muss. Aber wer? Julian?"

Ich sah den Oxford-Don an, der meinen Blick entrüstet erwiderte. „Schließlich hatte Julian ebenfalls gelogen. Er hatte behauptet, er sei früh zu Bett gegangen und allein in seinem Zimmer gewesen … aber in Wirklichkeit hatte er spät in der Nacht noch Besuch bekommen: von Cole Barlow, dem Chauffeur. Die beiden hatten eine Affäre und Julian hatte Cole eingeladen, nach dem Abendessen in sein Zimmer zu kommen. Tatsächlich hörte ich Cole auf dem Flur und dachte fälschlicherweise, es sei Kelly gewesen, die in Julians Zimmer ging."

„Julian … und Cole?", sagte Annabel und starrte

ihren Cousin mit offenem Mund an.

Kelly kicherte. „Hast du das nicht gewusst, Annabel? Verdammt, ich dachte, jeder wüsste, dass dein Cousin eine alte Tunte ist!"

„Das lasse ich mir nicht gefallen!" Julian sprang wütend auf.

„Julian? Was bedeutet das alles?", fragte Sir Hugh.

Julian Morecombe zögerte, dann straffte er die Schultern und sah seinem Onkel in die Augen. „Ich bin schwul."

Die Augenbrauen des alten Mannes zogen sich zusammen. „Du bist WAS?"

„Ich mag Männer", sagte Julian unverblümt. „Das war schon immer so. Seit ich ein Junge war ... Ich habe mich nie für Mädchen interessiert."

„Aber ... aber du flirtest mit jeder Frau, die dir über den Weg läuft", stotterte Sir Hugh. „Du bist ein unverbesserlicher Schürzenjäger, ein ewiger Playboy _"

Julian lächelte müde. „Es ist eine Fassade. Ich tue so, als sei ich ständig hinter irgendwelchen Frauen her, damit sich niemand fragt, warum ich nicht verheiratet bin ..."

„Und deshalb hat Ned Sie verspottet, nicht wahr?", fragte ich. „Er hat gedroht, Ihrem Onkel die Wahrheit zu verraten ..."

„Und Sie glauben, ich hätte ihn ermordet, um ihn daran zu hindern, mein Geheimnis aufzudecken?", meinte Julian mit verächtlichem Lachen. „Wissen Sie was? Ned hat mir vielleicht sogar einen Gefallen getan. Ich wollte mich nicht outen, aber jetzt merke ich, wie anstrengend es ist, mich zu verstellen ..." Er holte tief Luft, drehte sich zu seinem Onkel um und sah dem älteren Mann trotzig in die Augen. „Ich werde mich nicht mehr dafür schämen, dass ich so bin, wie ich bin. Selbst wenn es bedeutet, dass meine Aussicht auf den Titel und das Anwesen zunichte gemacht wird."

„Ich dachte, Sie wollten uns den Mörder von Ned Morecombe präsentieren. Stattdessen verkommt diese Zusammenkunft zu einer Selbsthilfegruppe für sexuelle Identität", sagte Depp sarkastisch. Er warf mir einen abschätzigen Blick zu. „Ich hoffe, Sie werden nicht als Nächstes Cole Barlow als Neds uneheliches Kind und möglichen Mörder ins Spiel bringen, denn ich habe Ihnen bereits unmissverständlich dargelegt, dass an dieser Theorie nichts dran ist."

„Aber Sie haben nicht erklärt, was es mit Coles Fußabdrücken vor dem Bibliotheksfenster auf sich hat", sagte ich und sah den Chauffeur an, dem es sichtlich unangenehm war, dass aller Augen plötzlich auf ihn gerichtet waren.

„Welche Fußabdrücke?", schnauzte Depp. „Das haben sich diese alten Schabrack -" Ein Blick zu den Silberlocken ließ ihn verstummen. „Äh, Ihre Freundinnen haben sich das nur ausgedacht. Das Team der Spurensicherung hat keine Fußabdrücke gefunden."

„Das liegt daran, dass der Wind aus einer anderen Richtung kam und frischen Schnee unter den Dachvorsprung geweht hat, sodass die Abdrücke verdeckt wurden", gab ich zurück. „Und damit lässt sich auch das Rätsel der Fußabdrücke lösen. Sehen Sie, die Spur führte bis zum Fenster der Bibliothek und hörte dann abrupt auf. Man würde logischerweise annehmen, dass die Person, von der diese Abdrücke stammten, durch das Bibliotheksfenster geklettert ist -"

„Nein, das stimmt nicht!", rief Cole. „Ich war nicht in der Bibliothek - das schwöre ich! Okay, ich gebe zu, dass ich von Julians Schlafzimmerfenster am Efeu heruntergeklettert und an der Seite des Hauses entlanggelaufen bin. Ich war auf dem Weg zurück zu meiner Wohnung über der Garage. Aber dann sah ich Richard - Mr Floyd - um die Hausecke kommen, also musste ich mich ganz schnell verstecken. Sobald Mr Floyd ins Haus gegangen war, rannte ich über den Rasen zur Garage." Er blickte mit flehendem Blick in die Runde. „Ich schwöre, ich bin nicht in die Bibliothek geklettert. Ned war gesund und munter, als ich ihn durch das Bibliotheksfenster gesehen habe, kurz bevor ich zur Garage zurückgelaufen bin."

„Moment mal, Moment mal - wenn das so war, warum endeten Ihre Spuren dann am Fenster der Bibliothek? Warum haben Miss Rose und ihre Freundinnen keine Fußabdrücke auf dem Rasen gefunden?", fragte Depp.

„Aus demselben Grund, aus dem die Spurensicherung die Fußabdrücke am Haus nicht gefunden hat", antwortete ich an Coles Stelle. „Es hat geschneit, als Cole aus Julians Fenster geklettert ist, und so blieb er unter dem Dachvorsprung, als er an der Seite des Hauses entlangging ... und dort waren seine Fußabdrücke im Schnee am Morgen noch zu sehen, weil sie durch den Dachüberstand geschützt waren. Aber nachdem er sein Versteck am Bibliotheksfenster verlassen hatte, lief er direkt über den Rasen zur Garage ... er befand sich also im Freien und der Neuschnee hat seine Spuren auf dem Rasen zugedeckt. Als meine Freundinnen und ich am Morgen nach Fußabdrücken suchten, fanden wir nur die Spuren unter dem Dachvorsprung. Natürlich verschwanden auch diese Spuren später, als der Wind aus einer anderen Richtung kam und Schnee unter den Dachvorsprung fegte, sodass beim Eintreffen der Polizei bereits alles verdeckt war."

Zu Cole gewandt fügte ich mit einem beruhigenden Lächeln hinzu: „Ich glaube Ihnen, Cole - ich denke nicht, dass Sie Ned ermordet haben. Zum einen hatten Sie kein Motiv ... im Gegensatz zu jemand anderem." Ich wandte mich an die blonde Frau, die in meiner Nähe saß. „Sie zum Beispiel, Kelly."

„Ich?" Kelly, die gelangweilt auf ihrem Sessel gelümmelt hatte, richtete sich ruckartig auf. „Ich habe Ned nicht umgebracht! Ich kannte ihn kaum!"

„Aber er stellte ein ernsthaftes Hindernis für Ihre

ehrgeizigen Pläne dar. Nicht nur für Sie selbst, sondern auch für Ihre zukünftigen Kinder. Ja, Sir Hugh ist nicht mehr der Jüngste, aber auch in seinem Alter können Männer noch Kinder zeugen, und ein gemeinsamer Sohn wäre der nächste männliche Erbe, der nicht nur Anspruch auf sein persönliches Vermögen, sondern auch auf das Anwesen und den Titel hat."

Kelly lachte ungläubig. „Sie meinen, ich würde einen Mann ermorden, um Kinder zu schützen, die ich vielleicht nie bekomme?"

„Nein", räumte ich ein. „Ich habe diese Möglichkeit in Betracht gezogen, aber mir wurde klar, dass das alles zu weit hergeholt ist. Außerdem konnte ich mir nicht vorstellen, wie Sie Ned ermordet haben sollten. Er war ein großer Mann in den besten Jahren. Er hätte sich gewehrt, wenn jemand versucht hätte, ihn zu ersticken. Wer auch immer sein Mörder ist, er oder sie muss kräftig genug sein, ihn festzuhalten." Ich musterte sie. „Und Sie sind eine recht zierliche Frau, also wäre es Ihnen kaum gelungen, ihn zu überwältigen. Es sei denn, man hätte ihn außer Gefecht gesetzt, zum Beispiel, indem man ihn betäubt."

„Betäubt?" Sir Hugh klang schockiert.

Ich nickte. „Ich glaube, Neds Portwein oder der Plumpudding, den er gegessen hat, waren mit Frostschutzmittel versetzt. Und zwar mit einer beträchtlichen Menge, denn die Symptome sind schnell aufgetreten ... aber das ist kein Problem:

Frostschutzmittel schmeckt süß, also hätten der Portwein oder der Plumpudding mit ihrem natürlichen Geschmack alles überdeckt." Ich warf Depp einen Blick zu. „Ich nehme nicht an, dass Sie das anhand des Autopsieberichts bestätigen können?"

„Der ... der vollständige Bericht mit der toxikologischen Analyse ist noch nicht fertig", polterte Depp los. „Es ist Weihnachten ... die entsprechenden Stellen sind geschlossen ..."

„Es ist nicht wichtig. Ich bin mir sicher, dass man Ned Frostschutzmittel verabreicht hat. In der Garage stand eine Flasche bereit. Und ein durch das Gift geschwächter Ned hätte mit Leichtigkeit überwältigt werden können - selbst von einer schlanken, zierlichen Frau ... wie von seiner Schwester", sagte ich und wandte mich nun endlich Annabel zu.

Sie sah erschrocken auf. „Ich?"

Ich nickte grimmig. „Ich wollte es nicht glauben. Ich habe mich immer wieder gegen den Gedanken gewehrt, dass Sie etwas mit dem Tod Ihres Bruders zu tun haben könnten. Aber ... es kamen Dinge ans Licht, die ich nicht ignorieren konnte: Erstens sind Sie diejenige, die die Flasche mit dem Frostschutzmittel aus der Garage genommen hat ..."

„Für den Gartenweg! Und das war, bevor Ned aufgetaucht ist!"

„... und dann hat Cole erwähnt, dass er Sie durch das Fenster der Bibliothek gesehen hat. Sie haben sich mit Ned gestritten und sahen sehr ärgerlich aus

_"

„Es ... es war kein Streit." Annabel schlug die Hände vors Gesicht. „Wir haben ... Ned hat mich verspottet, in diesem schrecklichen Tonfall, den er schon als Junge immer angeschlagen hat. Er sagte, egal was ich täte ... egal welche Opfer ich brächte ... Daddy würde mich trotzdem nicht lieben ..."

Sie hielt inne und holte zitternd Luft. „Ich stürmte hinaus, erst in die Küche zu Mrs Holmes und dann ging ich hinauf ins Bett. Ich war nicht mit Ned in der Bibliothek, als Cole ihn gesehen hat", beharrte sie.

„Gestern Abend ist mir noch etwas anderes eingefallen", fuhr ich fort, ohne auf ihre Worte einzugehen. „In der Nacht, in der ich Neds Leiche fand, als wir alle in der Bibliothek standen, waren Sie besorgt, als Müsli sich den verschütteten Portwein und den Plumpudding auf dem Boden neben Neds Sessel genauer ansehen wollte. Ich erinnere mich, dass Sie Mrs Holmes gebeten haben, die Reste schnell zu beseitigen. ‚Möglicherweise ist etwas davon giftig für Katzen' haben Sie gesagt." Tatsächlich vergiften sich Haustiere oft auf tragische Weise, wenn sie menschliche Nahrung wie Schokolade fressen ... Aber könnte es sein, dass Sie wussten, dass der Pudding oder der Portwein mit giftigem Frostschutzmittel versetzt war?"

Annabel schnappte nach Luft. „Wie können Sie ... Sie glauben, dass ich Ned ermordet habe?"

„Das wäre ein Leichtes für Sie gewesen. Ich bin sicher, dass Sie als Neds Schwester von seiner alten

Gewohnheit wussten, an Weihnachten Portwein zu trinken und Plumpudding zu essen. Cole sagt, er habe Sie beide mit einem Glas in der Hand durch das Bibliotheksfenster gesehen. Sie könnten Neds Portwein mit Frostschutzmittel versetzt haben, bevor Sie ihm das Glas reichten. Und dann haben Sie so getan, als würden Sie aus dem Zimmer stürmen. Unter dem Vorwand, sich mit Mrs Holmes zu besprechen, haben Sie sich die Zeit vertrieben, bis die Wirkung des Gifts eingetreten ist. Auf diese Weise hatten Sie ein Alibi, denn Sie konnten sicher sein, dass Ihre Haushälterin hinterher sagen würde, Sie seien vor halb zwölf zu Bett gegangen.“

„Nein …“, protestierte Annabel mit leiser Stimme.

„Aber anstatt nach oben zu gehen, hätten Sie in die Bibliothek zurückkehren können, wo Sie Ihren Bruder geschwächt und in einem verwirrten Zustand vorfanden. Es wäre Ihnen nicht schwergefallen, ihm den Strumpf über den Kopf zu ziehen und ihn zu ersticken. Es wäre in wenigen Minuten vorbei gewesen …“

„Nein!“, rief Annabel. Sie hielt sich eine Hand vor den Mund und starrte mich mit entsetzten Augen an. „Nein, nein, nein … ich würde niemals … wie können Sie glauben, dass ich Ned ermorden könnte?“

„Das wäre nachvollziehbar“, erwiderte ich sanft. „Sie haben Ihr ganzes Leben versucht, Ihren Vater glücklich zu machen - Sie haben ihm zum Gefallen sogar einen Mann geheiratet, den Sie nicht liebten. Und jetzt, nach all den Opfern, die Sie gebracht hatten, mussten Sie mitansehen, wie der Bruder, der nie etwas Sinnvolles zustande gebracht hat, in Ihr Leben zurückkehrte und wie früher die gesamte Zuneigung Ihres Vaters genoss. Wer nimmt diese Art von Enttäuschung und Ablehnung klaglos hin? Unter solchen Umständen würde selbst der duldsamste Mensch Mordgelüste entwickeln."

Annabel schüttelte vehement den Kopf. „Ich ... ich habe nicht ..." Sie schluckte. „Gemma, ich ... ich dachte, Sie wären meine Freundin. Wie können Sie ... wie können Sie denken, dass ich so etwas tun würde?"

Ich schwieg einen Moment lang. Alle starrten mich fassungslos an, ihre Blicke gingen zwischen mir und Annabel hin und her.

Schließlich fuhr ich fort: „Ich sagte, dass Sie es hätten tun können, Annabel ... aber Sie haben es nicht getan. Sie haben Ihren Bruder nicht ermordet." Ich drehte mich plötzlich um und zeigte in den hinteren Teil des Raumes. „Sie sind diejenige, die ihn umgebracht hat."

Meine Zuhörer wandten mit einem Ruck den Kopf, sie rissen die Augen auf und starrten mit offenem Mund auf die Person, auf die ich deutete.

„Mrs Holmes", sagte ich zu der soliden, grauhaarigen Frau in der Schürze. „Oder besser gesagt, Miss Ellen Holmes ... oder vielleicht sollte ich Sie bei dem Namen nennen, den Sie als Mädchen immer benutzt haben ... Nell?"

# Kapitel 29

In der Bibliothek herrschte entsetztes Schweigen. Dann trat die Haushälterin mit hoch erhobenem Kopf vor.

„Ja", sagte sie mit einem wütenden Funkeln in den Augen. „Ich habe ihn getötet. Ich habe Ned ermordet … und es tut mir nicht im Geringsten leid!"

„Sie haben ihn umgebracht?", fragte Sir Hugh heiser und starrte sie an. „Aber … aber warum?"

„Er hat es verdient! Für das, was er mir angetan hat … meinen Hoffnungen und Träumen …" Ihre Stimme brach und sie kämpfte mit den Tränen. „Ich war noch ein Mädchen – kaum siebzehn – es war meine erste Anstellung, ich arbeitete hier auf Thurlby Hall, und Ned … er … er hat mich geblendet … er brachte mir Blumen … sagte mir, wie schön ich sei … Es war aufregend – der gutaussehende junge Hausherr, der mir, dem kleinen Dienstmädchen, so viel Aufmerksamkeit schenkte … Ned erzählte mir, seine Verlobung sei nur vorgetäuscht, er würde nur fürs Familiengeschäft so tun, als ob … er behauptete, er liebe dieses reiche Mädchen in London nicht – er liebe mich, nur mich …" Ein Schluchzer drang aus ihrer Kehle. „Also ließ ich zu, dass er mich anfasste … und mich küsste … und dann … und als ich schwanger wurde, dachte ich … ich dachte, er würde sich um mich kümmern, wie er es versprochen hatte …"

Sie ballte die Hände, ihre Stimme klang plötzlich schrill. „Aber es war alles eine Lüge! Ned hat mir ins Gesicht gelacht … er sagte, er würde weit weggehen und das Baby sei mein Problem … und dann war er weg … weit weg … und ich hatte niemanden, an den ich mich hätte wenden können. Ich habe mich nicht getraut, Sir Hugh um Hilfe zu bitten … Die Polizei war hier, Juwelen waren verschwunden … es gab großes Geschrei und Durcheinander … es sei eine Katastrophe, sagten sie - der Skandal, die Demütigung … alles gehe in die Brüche … Hah!", rief sie verbittert. „Ich werde Ihnen sagen, was in die Brüche ging - mein Leben ging in die Brüche. Meine Eltern - sie haben mich verstoßen … Ich hatte keine Freunde, kein Geld und dann war da das Baby - ich wusste, dass ich es nicht behalten konnte … Ich hatte solche Angst an dem Tag, als ich ins Krankenhaus kam - oh Gott, es tat so weh und die

Schmerzen gingen nicht weg … tagelang … eine Infektion, hieß es … es gab nur eine Möglichkeit, mein Leben zu retten …" Sie sah in die Runde, nun ohne Tränen in den Augen. „Die Krankenschwestern waren sehr freundlich … sie erklärten mir, es sei zu viel kaputt, zu viele Narben … ich wusste, was das bedeutete: dass ich nie wieder ein Baby haben würde."

Ellen Holmes machte einen weiteren Schritt nach vorne und sah Sir Hugh in die Augen. „Deshalb habe ich Ihren Sohn umgebracht - weil er mir nicht nur meine Jugend, sondern auch meine Zukunft als Frau gestohlen hat. Oh, ich habe versucht zu vergessen … habe versucht, mit einem anderen Mann glücklich zu sein … aber die Narben waren zu tief, nicht nur an meinem Körper, sondern auch an meiner Seele - und außerdem, welcher Mann würde eine unfruchtbare Frau wie mich wollen?

„Mrs Holmes -" Annabel sprang auf, lief zu der Haushälterin und wollte ihr mitfühlend die Hand auf den Arm legen, doch Ellen Holmes wich zurück.

„Ich brauche Ihr Mitleid nicht", stieß sie mit gepresster Stimme hervor. „Ich habe gesagt, dass es mir nicht leidtut, was ich getan habe, und das meine ich auch so - auch wenn ich ins Gefängnis muss … Ich … ich glaube, es sollte passieren." Sie streckte Inspektor Depp die Fäuste entgegen, in der Erwartung, die Handschellen angelegt zu bekommen. „Ich nehme an, Sie wollen mich jetzt verhaften."

Depp sah sie fassungslos an. „Äh ..." Dann fasste er sich und sagte scharf: „Moment mal, das werde ich nicht einfach so akzeptieren! Ich brauche Beweise, dass sie die Mörderin ist."

„Beweise? Sie hat gestanden – das sollte wohl reichen, nicht wahr", knurrte Sir Hugh.

„Nun, vielleicht lässt sich Miss Rose dazu herab, zu erklären, wie sie darauf gekommen ist, dass Ellen Holmes die Mörderin ist." Depp warf mir einen herausfordernden Blick zu.

Alle im Raum wandten sich mir mit erwartungsvollen Gesichtern zu.

„Da sind ein paar Dinge, die zusammenkamen", sagte ich langsam. „Kleine Dinge, die mir keine Ruhe ließen, die ich aber zunächst beiseiteschob ... wie die Tatsache, dass Mrs Holmes mir vage bekannt vorkam, als ich sie zum ersten Mal hier auf Thurlby Hall sah - ich erklärte es mir mit ihrer Ähnlichkeit mit Mrs Claus, die ich oft auf Weihnachtskarten gesehen hatte. Als Ned versucht hat, mich gegen meinen Willen zu küssen, und sie in die Küche kam, fand ich es etwas seltsam, dass sie sagte: ‚Er ist ja kein junger Mann mehr' - fast so, als hätte sie ihn als jungen Mann gekannt ... und dann war da eine weitere merkwürdige Bemerkung, als wir darüber sprachen, dass Ned mich sexuell belästigt hat und sich nicht abwimmeln ließ. Sie meinte: ‚Dabei hatten Sie ihm gesagt, dass Sie einen Freund haben. Das hätte er respektieren müssen.'

Das hat mich überrascht, denn ich konnte mir

nicht erklären, wie sie wissen konnte, dass ich Ned das gesagt hatte. In meiner Zeit hier auf Thurlby Hall hatte ich Ned gegenüber meinen Freund nicht erwähnt …"

„Oh …", rief Ellen Holmes und schlug eine Hand vor den Mund.

„Aber es war die Diskrepanz bei den Zeitangaben in den Aussagen, die mich verwirrt haben", fuhr ich fort. „Richard beharrte darauf, dass er um zehn nach zwölf ins Haus kam, während Mrs Holmes behauptete, die Uhr an der Wand neben der Eingangstür habe zehn vor zwölf gezeigt … und dann hat mir ein Weihnachtscracker den Weg gewiesen."

„Ein Weihnachtscracker?", fragte Sir Hugh verwundert.

Ich nickte. „Oder besser gesagt, der alberne Witz im Inneren eines Knallbonbons. Er lautete: ‚Was sagte die Uhr, als sie sich im Spiegel sah? Es ist Zeit zu reflektieren.' Und mir wurde klar, dass zehn Minuten nach Mitternacht wie zehn Minuten vor Mitternacht aussehen können, wenn man eine Uhr im Spiegel betrachtet - vor allem, wenn die Uhr ein Zifferblatt ohne Zahlen hat, wie die minimalistische Henning-Koppel-Uhr neben der Haustür." Ich hielt einen Moment inne, um das auf meine Zuhörer wirken zu lassen. „Als ich Sir Hugh vorhin oben befragte, bestätigte er, dass er hörte, wie Richard nach Mitternacht sein Wohnzimmer betrat und seinen Safe aufbrach … was bedeutete, dass Richards Zeitangabe korrekt war. Er kam tatsächlich um zehn nach zwölf zurück … Außerdem wurde mir klar, dass Mrs Holmes sich nur dann in der Zeit geirrt haben konnte, wenn sie die Uhr im Spiegel gesehen hat. Und das konnte sie nur, wenn sie in diesem Moment in der Bibliothek gestanden und in diesen Spiegel hier geschaut hat …"

Ich zeigte auf den Spiegel über dem Kaminsims, der die offene Bibliothekstür auf der gegenüberliegenden Seite des Raumes zeigte, mit der Eingangstür und der Eingangshalle dahinter. Die Henning-Koppel-Uhr aus rostfreiem Stahl, die an der Wand neben der Haustür hing, war im Spiegelbild deutlich zu erkennen.

„Mrs Holmes muss hier in der Bibliothek gestanden haben, als Richard ins Haus kam. Wahrscheinlich hatte sie Ned gerade ermordet und hatte sich hier versteckt, bis die Luft rein war und sie wieder in die Küche gehen konnte. Und als ich sie befragte, dachte sie wohl, ihr Alibi würde glaubwürdiger, wenn sie erwähnte, dass sie Richard von der Küche aus ins Haus hatte kommen sehen - mit anderen Worten: Sie wollte damit den Eindruck verstärken, dass sie gar nicht in der Nähe der Bibliothek war. Das war schlau und hätte funktionieren können, wenn sie nicht vergessen hätte, dass sie die Uhrzeit als Reflexion im Bibliotheksspiegel gesehen hatte. Hätte sie von der Küchentür aus auf die Uhr geschaut, hätte sie die Zeit richtig gelesen.

„Als mir das klar wurde, passte alles andere

zusammen", fuhr ich fort. „Ich erinnerte mich, warum Mrs Holmes mir bekannt vorkam und warum sie wusste, dass ich Ned bereits von meinem Freund erzählt hatte ... weil sie dabei gewesen war, als wir letzte Woche im Randolph Hotel Tee getrunken haben. Sie war die Kellnerin, die uns bedient hat – und sie hat unser Gespräch mitangehört."

An die Haushälterin gewandt sagte ich: „Sie waren es doch, die Ned Tee auf die Hand gespritzt hat, nicht wahr? Ich erinnere mich jetzt ... Sie müssen mit der Teekanne an seinem Stuhl vorbeigegangen sein, als er davon sprach, der verlorene Sohn zu sein. Es muss ein Schock gewesen sein, als Sie um den Stuhl herumkamen und ihm zum ersten Mal wirklich ins Gesicht sahen. Sie erkannten Ned und hörten, was er sagte - dass er zu Weihnachten nach Hause kommen würde -, und vor Schreck haben Sie den Tee verschüttet. Ich erinnere mich, dass Sie beim Abräumen das Gesicht abgewandt haben. Sie sind schnell weggegangen, und danach hat uns eine andere Kellnerin bedient ..."

„Ja, das war ich", bestätigte Ellen Holmes. „Ich habe Ned sofort erkannt, aber er mich nicht. Er hat mich nicht einmal erkannt, als er hier auf Thurlby Hall ankam! Als ich ihn an jenem Abend zur Rede stellte, bevor ich ihn tötete, hat er mir anfangs nicht einmal geglaubt. Er meinte, ich sei zu alt und zu verhärmt, ich könne unmöglich das hübsche junge Mädchen sein, das er damals gekannt hatte. Hah!" Sie stieß ein humorloses Lachen aus. „Die Leute sind immer schockiert, wenn sie hören, dass ich erst Anfang vierzig bin - weil ich zehn oder fünfzehn Jahre älter aussehe. Nun, ich sage Ihnen etwas: Schmerz und Stress, Kummer und Leid ... sie alle hinterlassen ihre Spuren ... und die Zeit hat es mit Ned Morecombe besser gemeint als mit mir", fügte sie verbittert hinzu. Selbst wenn ich mich nicht so stark verändert hätte, hätte ich mir kaum Sorgen gemacht. Die Leute schenken Kellnerinnen und anderem Personal keine große Aufmerksamkeit - vor allem reiche Leute, die es gewohnt sind, bedient zu werden. Wir sind lediglich gesichtslose Diener im Hintergrund; sie bemerken uns nur, wenn wir einen Fehler machen ..." Sie wandte sich an Annabel. „Sie sind auch nicht anders."

„Ich?", blinzelte Annabel.

„Ja, Sie haben mich nicht wahrgenommen, als Sie mit Gemma und ihrer Mutter Tee getrunken haben, oder? Aber ich habe alles gehört, was Sie gesagt haben - dass Ihre alte Haushälterin gekündigt hat und Sie verzweifelt einen Ersatz suchen." Ellen Holmes lächelte grimmig. „Sobald Sie weg waren, habe ich die Vermittlungsagentur aufgesucht, bei der Sie sich gemeldet hatten, und mich sofort beworben. Ich wusste, wenn Ned endlich nach Thurlby Hall zurückkehrt, dann muss ich dabei sein ... um zu beenden, was er vor fünfundzwanzig Jahren begonnen hat." Wieder ertönte dieses hohle Lachen. „Es war lächerlich einfach, in diesem Haus in Neds Nähe zu sein ... die Chance zu haben, ihn zu töten -“

„Deshalb haben Sie gesagt, es sollte passieren“, rief ich plötzlich.

Ellen Holmes nickte. „Es war Schicksal, es sollte passieren. Wie sonst kann man diesen perfekten Zufall erklären? Dass ich an dem Tag Dienst hatte, an dem Sie und Ned ins Randolph kamen ... dass Mrs Simms beschloss, an Weihnachten zu kündigen ... und dass Mrs Floyd zufällig das Frostschutzmittel aus der Garage geholt und die Flasche im Hauswirtschaftsraum hat stehen lassen ...“ Sie verstummte und schenkte mir ein trauriges Lächeln. „Und vielleicht sollte es auch passieren, dass Sie das Catering für die Teeparty übernahmen ... und hier auf Thurlby Hall eingeschneit wurden - Sie, die Frau mit dem Ruf, eine kluge Detektivin zu sein ...“

„Moment mal!“, meldete sich Depp zu Wort, und die Silberlocken riefen: „Wir haben auch geholfen!“

„Das sollte alles passieren“, murmelte Ellen Holmes. Sie sah mein Gesicht und sagte schnell: „Oh, machen Sie sich nichts draus. Ich nehme es Ihnen nicht übel. Eigentlich ...“ Sie drehte sich um, um aus dem Bibliotheksfenster auf die karge Winterlandschaft zu blicken, und lächelte erneut. „Tatsächlich empfinde ich zum ersten Mal seit fünfundzwanzig Jahren an Weihnachten so etwas wie inneren Frieden.“

# Kapitel 30

„Komm endlich, Gemma, Liebes! Deine Mutter wird sich schon fragen, wo wir sind", befahl Mabel.

Ich warf einen Blick über die Schulter und sah, wie sie sich aus dem Beifahrerfenster des Wagens lehnte und die anderen Silberlocken auf dem Rücksitz ungeduldig winkten.

„Ich komme gleich!", rief ich, bevor ich mich zu der eleganten Frau umdrehte, die auf den Stufen von Thurlby Hall stand. „Annabel ... ich wollte mich für das entschuldigen, was ich vorhin in der Bibliothek gesagt habe. Ich hoffe, ich habe Sie nicht beleidigt oder Ihre Gefühle verletzt ..."

„Nein, nein ... eigentlich bin ich Ihnen dankbar", sagte Annabel.

„Dankbar?" Ich fragte mich, ob ich richtig gehört

hatte.

„Ja, am Anfang war es ein kleiner Schock, aber dann ... Ihre Worte haben mich zum Nachdenken gebracht. Ich habe die Dinge, die Sie gesagt haben, vielleicht nicht getan, aber Sie haben trotzdem in vielem recht. Ich habe meinen Bruder gehasst; ich war gekränkt und wütend, dass mein Vater mich nie zu schätzen schien, egal, was ich tat, um ihm zu gefallen ...“ Sie straffte die Schultern. „Aber dann wurde mir klar, dass ich selbst schuld bin. Ich bin für meine Gefühle selbst verantwortlich.“

„Oh nein, es ist nicht Ihre Schuld“, protestierte ich.

Annabel hob die Hand. „Nein, hören Sie mir zu, Gemma ... Ich habe erkannt, dass ich alles falsch gemacht habe. Die Art, wie andere denken oder sich verhalten, werde ich nicht ändern - aber ich kann die Art ändern, wie ich auf sie reagiere.“ Sie lächelte plötzlich. „Ich habe mein ganzes Leben lang versucht, meinen Vater dazu zu bringen, mich zu lieben, aber wenn er es nicht von sich aus tut, dann ist es eben so, und ich sollte mich nicht an ihn verschwenden. Oder an irgendjemand anderen, der mich nicht schätzt ...“

Sie holte tief Luft. „Also habe ich beschlossen, dass ich Richard nach Neujahr um die Scheidung bitten werde ... und ich werde mir eine Wohnung suchen und aus Thurlby Hall ausziehen. Vielleicht ... vielleicht suche ich mir sogar einen Job - etwas, das mir Spaß macht, nichts, was sich andere für mich ausdenken." Sie verzog das Gesicht. „Ich weiß, dass es nicht leicht wird, vor allem, weil ich schon älter bin und keine nennenswerten Qualifikationen habe ... aber vielleicht könnte ich mit ehrenamtlicher Arbeit anfangen."

Ich starrte sie an, und ein Lächeln breitete sich langsam auf meinem Gesicht aus. „Annabel ... das klingt wunderbar! Wie schön für Sie!"

„Oh, und da ist noch etwas ..." Sie griff in ihre Tasche und holte ihr Handy heraus, tippte ein paar Mal auf den Bildschirm und drehte ihn dann so, dass ich ihn sehen konnte. „Was meinen Sie? Es ist natürlich nicht leicht, als alleinstehende Frau im mittleren Alter jemand Neues zu finden ... aber das hört sich vielversprechend an, finde ich."

Sie hatte die Website einer Organisation aufgerufen, die sich die Rettung heimatloser Katzen zur Aufgabe gemacht hatte. Annabel deutete auf das Bild eines alten, mürrisch aussehenden Katers. Darunter stand:

„Ich bin ein hübscher 15-jähriger Bursche und bin heute traurig, weil ich das ganze Wochenende über erleben musste, wie die jüngeren Katzen in ein neues Zuhause abgeholt wurden. Ich saß geduldig da und wartete, als die Leute an meinem Käfig vorbeigingen, aber niemand blieb stehen, um mich anzusehen. Vielleicht liegt es daran, dass ich ein bisschen schüchtern bin und bei der ersten Begegnung schon mal fauche ... aber ich versichere Ihnen, dass ich es nicht so meine! Ich brauche nur ein ruhiges Zuhause, in dem ich mich sicher fühle, und jemanden, der Geduld mit mir hat ... Würden Sie einem Goldjungen wie mir eine Chance geben und mir erlauben, Sie liebzuhaben?"

Plötzlichen hatte ich einen Kloß im Hals und musste ein paarmal blinzeln, bevor ich wieder zu Annabel aufschauen konnte.

Ich lächelte. „Fantastisch!"

***

Ich stieg die Treppe zum Haus meiner Eltern hinauf, dicht gefolgt von den Silberlocken, und schloss leise die Tür auf. Ich überlegte gerade, ob ich unsere Rückkehr lautstark ankündigen oder mich heimlich ins Wohnzimmer schleichen sollte, als ein markerschütternder Schrei die Luft zerriss.

„Müsli!" Ich rannte ins Wohnzimmer, wo meine Eltern und die Gäste wie gebannt in die Mitte des Raumes starrten.

Meine kleine Tigerkatze stand Godzilla Auge in Auge gegenüber. Während ich weg war, musste Müsli irgendwie aus meinem Zimmer geschlüpft und nach unten gelangt sein. Jetzt schnitt sie dem Leguan hässliche Grimassen und schnippte mit dem Schwanz, ihre grünen Augen waren zu Schlitzen verengt, während sie zischte und spuckte. Die große Echse wippte mit dem Kopf auf und ab und peitschte mit dem Schwanz. Sie hatte die Beine abwehrend ausgestreckt und die Stacheln auf ihrem Rücken aufgerichtet.

Shaun machte keine Anstalten, sie zu trennen, sondern beobachtete die Streithähne aufmerksam. „Wow, Mann", sagte er, „das ist ja noch geiler als beim WWE SmackDown!"

„Oh, verdammt noch mal!", rief ich, stürmte ins Zimmer und nahm meine Katze in die Arme.

„Tolle Show ... hick! Ganz toll ...", lallte Onkel Ronnie, kippte zur Seite und hing nun auf Hank, der verzweifelt versuchte, ihn wieder aufzurichten.

„Liebling! Wo warst du?" Meine Mutter sah recht mitgenommen aus. „Mabel meinte, du würdest kurz vor die Tür gehen ... und dann seid ihr alle verschwunden!"

„Es tut mir leid, Mutter. Es war dringend - ich musste nach Thurlby Hall", sagte ich, während ich versuchte, Müsli festzuhalten, die sich in meinen Armen wand und versuchte, dem Leguan vernichtende Blicke zuzuwerfen.

„Thurlby Hall?", wiederholte meine Mutter verdutzt.

„Gemma hat herausgefunden, wer den Mord begangen hat!", verkündete Ethel stolz.

„Mit unserer Hilfe", korrigierte Mabel.

„Und mit unserem Abguss aus Ahornsirup." Glenda hielt den orangefarbenen Klecks hoch.

„Hey - du meinst den Fall, der in den Zeitungen stand?", fragte Hank und musterte mich bewundernd. „Also, wer war's?"

Sie scharten sich um mich, als ich ihnen kurz von

Ellen Holmes' Geständnis berichtete. Jetzt erst bemerkte ich Seth und Cassie hinter den anderen Gästen; ich freute mich, meine beiden besten Freunde zu sehen, und konnte es kaum erwarten, mit ihnen zu reden und ihnen in allen Einzelheiten zu schildern, was passiert war. Nachdem ich die neugierigen Fragen meiner Zuhörer beantwortet hatte, begannen Hank und mein Vater eine Diskussion mit Seth, und Shaun versuchte, sich an Cassie heranzumachen. Er schien von ihren sinnlichen Rundungen angetan zu sein und gab sich alle Mühe, sie zu beeindrucken.

Mein Blick wanderte von Cassie zu Seth und wieder zu Cassie und schließlich beschloss ich, dass meine Freundin meine Hilfe dringender brauchte als Seth. Shaun hatte seinen Liebling wieder unter seinem Vokuhila versteckt, also setzte ich Müsli auf den Boden, gab ihr einen Klaps und ging dann zu Cassie.

„... und wusstest du, dass ich der beste Flügelstürmer meiner College-Mannschaft war? Ja, sie nannten mich Shaun the Slammer. Ich konnte superhoch springen und – peng! - einen Ball so schnell über das Netz schlagen, dass man ihn gar nicht kommen sah." Shaun blicke sich rasch um, dann holte er zum Seitwärtsschwung aus. „Oh Mann, hier ist nicht genug Platz, sonst würde ich es dir zeigen ... Einmal hat der Aufschläger den Ball über das Netz geworfen, weil er dachte, er könnte die Abwehr überrumpeln, aber er hat nicht gemerkt, dass ich -"

„Hi", sagte ich und gesellte mich so beiläufig wie möglich zu den beiden.

„Gemma!", begrüßte mich Cassie erleichtert. „Äh … Shaun hat mir gerade alles über seine Volleyballmannschaft am College erzählt … Ähm … Hast du was zu trinken? Soll ich dir was holen?"

Sie wollte schon weggehen, als ich sie zurückhielt. „Ich habe eine bessere Idee", sagte ich mit einem verschwörerischen Lächeln. Ich wandte mich an den Mann neben uns. „Ähm … Shaun … Ich habe schon so viel über dieses Getränk gehört, das ihr Amerikaner Eggnog nennt. Hank sagt, in den Staaten würde man Weihnachten nicht ohne Eggnog feiern. Es ist eine Art Eierpunsch, nicht wahr? Ich würde gerne einen probieren und Cassie sicher auch. Kannst du uns einen machen?"

„Ich?" Shaun wirkte verblüfft. „Nun … ähm … klar, warum nicht? Ich meine, ich habe so was noch nie selbst gemacht, aber ich denke, ich könnte ein Rezept googeln … Aber ich glaube, man muss dieses Zeug im Voraus anrühren und es dann in den Kühlschrank stellen."

„Oh, kannst du es nicht einfach versuchen? Bitte?", riefen Cassie und ich wie aus einem Munde und bedachten ihn mit unserem bezauberndsten Lächeln.

Gegen diese Charmeoffensive kam Shaun nicht an.

„Äh … ja, okay … ihr wartet hier … ich frage deine

Mutter, ob sie Eier im Haus hat …“

Er stapfte davon, und Cassie stieß einen lauten Seufzer der Erleichterung aus. „Verdammt, Gemma, noch eine Minute in der Gesellschaft dieses Mannes und du hättest den nächsten Mordfall zu verzeichnen gehabt! Er ist um die vierzig und benimmt sich immer noch wie ein jugendlicher Rocker.“

„Das ist noch harmlos – im Vergleich zu einem Mittagessen mit ihm und seinem Leguan.“

„Ja, ich habe gehört, dass der Leguan den Truthahn gefressen hat“, kicherte Cassie. „Schade, dass ich das verpasst habe. Es klang urkomisch!“

Ich warf ihr einen finsteren Blick zu. „Es war nicht lustig, das kann ich dir versichern. Und Godzilla hat nicht den Truthahn gefressen, sondern die Füllung aus dem Hintern des Truthahns. Angeblich sind Leguane Vegetarier … hast du das noch nicht gehört?“, fragte ich verschmitzt.

Cassie verdrehte stöhnend die Augen. „Und ob ich das weiß! Shaun hat mir schon mehr über Leguane erzählt, als ich je wissen wollte.“ Sie ließ den Blick durchs Wohnzimmer schweifen und grinste. „Trotzdem musst du zugeben, dass dies wahrscheinlich der aufregendste Weihnachtstag ist, den du je erlebt hast.“

„Du meinst, das schlimmste Weihnachtsfest, das ich je erlebt habe“, murmelte ich. „Ehrlich, das Mittagessen war eine Qual, es herrschte eine unangenehme Anspannung … und jetzt muss ich noch den ganzen Abend durchstehen." Ich musterte die Gäste. „Eigentlich ist Hank sehr nett - ich mag ihn - und seine Frau Madison ist ein bisschen neurotisch, aber ansonsten ganz lieb. Problematisch sind die anderen Mitglieder seiner Familie ... Aber ich sollte mich nicht beschweren. Der schlimmste Gast ist ein anderer!"

Dieser Gast stand an der Bar. Er war knallrot im Gesicht, sein Toupet saß schief und er konnte sich kaum auf den Beinen halten. Bevor er jedoch einen weiteren Drink zu sich nehmen konnte, bauten sich die Silberlocken mit in die Hüften gestemmten Armen und anklagender Miene vor ihm auf.

„Hallo, hallo ... kann ich den reiß-reizenden Damen einen Drink anbieten?", fragte Onkel Ronnie fröhlich.

Mabel betrachtete ihn mit unverhohlener Abscheu. „Sie, mein Lieber, sind sternhagelvoll!"

„Blödsinn!", erwiderte Onkel Ronnie gekränkt. „Ich bin vielleicht - hoppla - ein bisschen angesch-angesäuschelt, aber nicht betrunken."

Mabel riss ihm die Ginflasche aus der Hand. „Keine Drinks mehr für Sie - es sei denn, Sie trinken Wasser."

Onkel Ronnie sträubte sich und wollte etwas erwidern, doch nach einem Blick in Mabels Gesicht überlegte er es sich anders. Er wandte den Silberlocken den Rücken zu und ergriff eilig die Flucht. „Verdammte alte Schachtel", murmelte er, dann hellte sich seine Miene auf, als er Cassie und mich entdeckte, und er näherte sich uns schwankend.

„Gemma! Wusste gar nicht, dass du so eine hübsche Freundin hast", strahlte er. Dann erblickte er etwas über unseren Köpfen und fügte hinzu: „Ah! Heute ist mein Glückstag!"

Ich sah nach oben und stöhnte innerlich. Wir standen direkt unter dem Mistelzweig. *Oh neeein!*, dachte ich entsetzt. Ich hatte den traditionellen „Kusszweig" in der Hoffnung aufgehängt, Seth eine Chance bei Cassie zu verschaffen – dass mein volltrunkener Nennonkel mit meiner besten Freundin knutschen könnte, war nicht im Sinne des Erfinders!

„Na, komm schon … gib mir einen Kusch!", sagte Onkel Ronnie und näherte sich Cassie mit gespitzten Lippen.

„Äh …" Cassie wich zurück, versuchte aber, ihre Abneigung nicht allzu deutlich zu zeigen.

„Onkel Ronnie, wir haben noch keinen Christmas Pudding gegessen! Und wer könnte ihn besser anzünden als du?", plapperte ich, packte Ronnie am Arm und zog ihn von Cassie weg. „Ohne diese britische Tradition ist es kein echtes Weihnachtsfest. Komm, wir zeigen den Amerikanern, wie man es macht."

Der alte Mann richtete sich zu seiner vollen Größe auf. „Alles klar! Wir zeigen ihnen, wie man richtig Weihnachten feiert …"

Er ließ sich widerstandslos zu meiner Mutter

ziehen, die geduldig zuhörte, während Shaun ihr die Liste der Zutaten vorlas, die er für seinen Eggnog brauchte. Gleichzeitig versuchte sie den Leguan zu ignorieren, der sie unter Shauns Haarpracht anstarrte. Trotz ihrer zur Schau getragenen guten Manieren hatte ich den Eindruck, dass sie kurz vor einem Nervenzusammenbruch war.

„Mutter, ich glaube, wir sollten jetzt den Christmas Pudding essen", verkündete ich fröhlich. „Onkel Ronnie will sich die Ehre geben und ihn anzünden."

„Oh, natürlich, Liebling." Die Erleichterung, mit der meine Mutter Shaun den Rücken zuwandte, war unverkennbar. „Ich hole ihn schnell."

Sie verschwand in der Küche, wo der Christmas Pudding über heißem Wasser vor sich hin dämpfte, und kam einige Minuten später mit einer dunklen, saftigen Halbkugel auf einem Teller zurück. Sie war voller süßer Trockenfrüchte und duftender Gewürze, mit Branntwein getränkt und enthielt vielleicht sogar eine Überraschung in Form einer Silbermünze, eines kleinen Fingerhuts oder eines Rings ... der Christmas Pudding, auch Plumpudding genannt, war der krönende Abschluss der weihnachtlichen Festlichkeiten.

Und natürlich wurde er nicht einfach auf den Tisch gestellt, sondern feierlich angezündet. Onkel Ronnie räusperte sich und nahm eine Flasche Brandy in die Hand, deren Inhalt er großzügig über den Pudding schüttete.

„Äh … nicht so viel", protestierte ich. Der Pudding stammte ursprünglich von Mabel und war bereits von einer Alkoholwolke umgeben, als sie ihn meiner Mutter überreicht hatte.

„Ach was!", rief Ronnie. „Ohne einen orntlichen Schusch Brandy taugt der beste Pudding nichts."

„Ja, aber …"

Er goss den Rest aus der Flasche in eine Suppenkelle, die er über eine Kerzenflamme hielt, um den Brandy zu erwärmen. Dämpfe stiegen auf, dann fing der Alkohol plötzlich Feuer und brannte mit einer blauen Flamme.

„Ah! Treten Sie zurück und genießen Sie den Zauber der Weihnacht", rief Onkel Ronnie und ging, die Kelle schwingend, auf den Pudding zu. Er neigte sie zur Seite und schüttete den brennenden Schnaps auf die dunkelbraune Halbkugel.

Ein Fauchen war zu hören, dann traf mich eine Hitzewalze, als der ganze Pudding in Flammen aufging.

Meine Mutter schrie auf, die Umstehenden schnappten nach Luft und Onkel Ronnie stolperte rückwärts.

„Meine Haare, meine Haare!", brüllte er, während er sich auf den Kopf schlug. Sein Toupet hatte Feuer gefangen!

„Jemand muss ihm das Toupet vom Kopf nehmen!", rief Mabel. Sie streckte die Hand aus, kam aber nicht an ihn heran.

Shaun schob alle zur Seite. „Lasst mich mal! Man

nennt mich nicht umsonst Shaun the Slammer!"

Er hob seine mächtige Pranke und schlug dem alten Mann auf den Kopf. Das brennende Toupet flog auf die andere Seite des Raumes und Onkel Ronnie taumelte rückwärts und sackte dann zu Boden. Meine Mutter schrie erneut auf.

„Shaun! Was hast du getan?", rief Hank entsetzt. „Du hast ihn niedergeschlagen!"

Ich eilte zu meiner Mutter, die bei Onkel Ronnie kniete, während alle anderen besorgt zusahen, wie wir versuchten, den Onkel Ronnie wachzurütteln. Zum Glück kam er ziemlich schnell zu sich, blinzelte verwirrt und sagte: „Verflixt! Der Brandy hat's gebracht."

Sofort redeten und riefen alle erleichtert durcheinander und machten Vorschläge, was für Ronnie jetzt das Beste sei. Über den Lärm hinweg hörte ich Müslis eindringliches Miauen.

„Nicht jetzt, Müsli", wies ich sie zurecht, während ich meiner Mutter half, Onkel Ronnie aufzurichten.

*„Miau! Miau!"*

„Warte, Müsli!"

*„MIIIIAAU!"*

Ich wollte sie gerade ausschimpfen, als ich sah, was sie mir so dringend mitteilen wollte.

Das Toupet, das Shaun dem armen Onkel Ronnie vom Kopf geschlagen hatte, lag nun unter dem Weihnachtsbaum, zwischen all den bunt verpackten Geschenken. Wir hatten es vor lauter Sorge um Ronnie ganz vergessen. Es brannte immer noch und die Flammen züngelten gefährlich nah an den untersten Zweigen des Weihnachtsbaums. Einige Nadeln schwelten bereits.

„Der Baum! Er fängt Feuer!", rief ich und sprang auf.

Seth wirbelte herum und stürzte quer durch den Raum zum Weihnachtsbaum. Er trat das brennende Toupet im letzten Moment aus. Währenddessen riss Hank den Stecker für die Lichterkette aus der Steckdose und Cody löschte die schwelenden Tannennadeln mit einem Glas Wasser.

„Mann, das hätte übel enden können, wenn der Baum Feuer gefangen hätte", sagte Hank kopfschüttelnd. „Ich habe zu Hause ein Video von der Brandschutzorganisation gesehen. Da hat ein brennender Weihnachtsbaum in weniger als einer Minute einen ganzen Raum zerstört!"

Meine Mutter hob Müsli hoch und drückte die grau getigerte Katze an sich.

„Oh Müsli, mein Schatz - du hast uns gerettet!"

# Epilog

Bing Crosbys satter Bariton sang von Kastanien, die über dem offenen Feuer rösteten, und brachte eine vertraute Welle der Wärme und Nostalgie mit sich. Ich sah mich lächelnd um. Nach all der Aufregung um den Plumpudding und Onkel Ronnies brennendes Toupet war ich heilfroh, dass endlich Ruhe und Ordnung herrschten. Tanya, Cody - und sogar Britney, wie ich überrascht feststellte - spielten Scharaden mit ihrem und meinem Vater und amüsierten sich prächtig. Onkel Ronnie saß in einem Sessel und genoss es, von meiner Mutter und Madison umsorgt zu werden. Shaun führte Godzilla den Silberlocken vor. Und ganz hinten in der Ecke - mein Lächeln wurde breiter - standen Cassie und Seth zusammen unter dem Mistelzweig.

„… das war ganz schön mutig von dir, Seth, dass du ohne zu zögern auf dem brennenden Toupet herumgetrampelt bist", sagte Cassie. „Du hättest dir den Fuß verbrennen können."

Seth errötete und hustete verlegen. „Oh … na ja …" Dann blickte er auf, sah den Mistelzweig und beugte sich langsam vor. „Ähm … Cassie …"

Ich lächelte in mich hinein und wandte mich ab, um ihnen ein wenig Privatsphäre zu geben. Als ich aus dem Fenster schaute, sah ich, dass es bereits dämmerte. Außerdem schneite es wieder - weiße Flocken wirbelten gegen die Fensterscheibe, fingen das Licht vom Haus ein und glitzerten vor dem dunkler werdenden Himmel. *Vielleicht wird es doch noch eine weiße Weihnacht*, dachte ich. Ich sah mich noch einmal im Wohnzimmer um und verspürte plötzlich eine tiefe Zuneigung zu allen - ja, sogar zu dem betrunkenen Onkel Ronnie und zu Shaun und seinem Leguan. Es war stressig, es gab Streitereien, aber es war trotzdem schön, Weihnachten mit der Familie zu feiern. Dann durchzuckte mich ein schmerzlicher Gedanke. *Wenn Devlin doch auch hier sein könnte …*

In dem Moment läutete es an der Haustür.

„Wer in aller Welt kann das sein?", sagte meine Mutter. Unsere Blicke trafen sich. „Schatz, kannst du bitte nachsehen, wer das ist?"

Ich ging hinaus in den Flur und überlegte, wer der Besucher sein mochte. Wir erwarteten keine weiteren Gäste, wer also würde so spät am Weihnachtstag unangemeldet vorbeischauen?

Die Tür schwang auf und Devlin O'Connor trat aus der Kälte ins Haus.

„Devlin!" Ich bekam vor Freude und Überraschung kaum ein Wort heraus, als er mich in die Arme nahm. „Was ... was machst du denn hier?"

„Ich verbringe Weihnachten dort, wo ich am liebsten sein möchte."

„Aber ... deine Mutter!", rief ich. „Du kannst sie doch nicht am ersten Weihnachtstag sitzenlassen?"

„Nun, eigentlich war sie diejenige, die mich hat sitzenlassen", erwiderte Devlin trocken. „Als ich zu Hause ankam, musste ich feststellen, dass meine Mutter beschlossen hatte, einen Last-Minute-Urlaub mit ihrem neuen Freund zu buchen. Sie haben ein günstiges Angebot für eine Woche auf Teneriffa gefunden und sind heute Morgen abgeflogen."

„Was? Heute Morgen? Aber ... war ihr denn nicht klar, dass du Weihnachten allein sein würdest? Nachdem du extra angereist warst, um die Feiertage mit ihr zu verbringen?"

Devlin zuckte mit den Schultern. „Du weißt doch, wie meine Mutter ist. Wahrscheinlich hat sie die Tickets ganz spontan gebucht und dann fiel ihr ein, dass ich mich angesagt hatte."

„Oh Devlin ..." Ich legte ihm die Hand auf den Arm.

Er bedeckte meine Hand mit seiner und lächelte. „Lass nur, Gemma. Ich bin nicht sauer. Vielleicht sollte ich es sein, aber ... ich akzeptiere meine Mutter so, wie sie ist. Ich weiß, dass sie mich liebt, auf ihre eigene Art und Weise eben. Sie ist … nun, sie ist nie wirklich erwachsen geworden, ein versponnener Teenager, der nur an sich selbst denkt. Aber sie meint es nicht böse."

„Ja, ich weiß, das verstehe ich - ich habe in letzter Zeit selbst ein paar von dieser Sorte kennengelernt", sagte ich bissig.

Devlin schüttelte erstaunt den Kopf. „Mum sagte sogar, sie habe jede Menge Freunde eingeladen, damit ich an Weihnachten genug Leute um mich habe, mit denen ich mich besaufen kann … nicht gerade meine Vorstellung von einem perfekten Weihnachtsfest, mich mit einem Haufen Fremder zu betrinken! Also habe ich gestern Abend beschlossen, nicht mehr den pflichtbewussten Sohn zu spielen." Er warf mir einen schuldbewussten Blick zu. „Ich hätte es dir fast gesagt, als du angerufen hast - du klangst so niedergeschlagen - aber ich wollte dich unbedingt überraschen."

„Es ist eine wunderbare Überraschung!", beteuerte ich und drückte seine Hand. Dann fiel mir etwas anderes ein. „Wie hast du es bis nach Oxford geschafft? Am Weihnachtstag fahren keine Züge."

„Ich habe einen Freund, der da oben bei der Polizei arbeitet - ich wusste, dass er heute in den Süden fahren wollte, um Weihnachten mit seiner Familie zu verbringen, also habe ich ihn gefragt, ob er mich mitnimmt. Eigentlich wollte ich viel früher hier sein, aber das Wetter war furchtbar und die

Straßen waren total verstopft." Devlin schloss mich fest in die Arme und er lächelte mich an. Seine blauen Augen funkelten. „Jedenfalls bin ich jetzt hier."

„Du bist das beste Weihnachtsgeschenk, das ich mir hätte wünschen können", sagte ich und schmiegte mich an ihn.

Devlin senkte den Kopf, aber bevor er mich küssen konnte, hörten wir eine vertraute klagende Stimme im Flur hinter uns.

*„Miau? Miauuu?"*

Müsli kam aus dem Wohnzimmer. Sie blieb kurz stehen, als sie Devlin sah.

„*MIIAAU!*", rief sie. Mit einem Satz war sie bei ihrem Lieblingsmenschen und schnurrte wie ein Motor, als Devlin sie hochnahm.

*Ich habe mich geirrt*, dachte ich, als wir zu den anderen zurückgingen. Devlin hielt Müsli auf einem Arm, den anderen Arm hatte er um meine Schulter gelegt. *Es ist ein wunderbares Weihnachtsfest geworden, trotz der Aufregung, trotz des Durcheinanders und trotz des Mordes!*

# Rezept für traditionelle mince pies

**Mincemeat**

Das Mincemeat ist die wichtigste Zutat für Mince Pies! Sie können fertiges Mincemeat kaufen, aber es lässt sich leicht selbst herstellen – was den Vorteil hat, dass Sie die Anteile der frischen und getrockneten Früchte und die Süße nach Belieben variieren können. Im Folgenden finden Sie ein traditionelles Rezept, bei moderneren Variationen kommen auch getrocknete Preiselbeeren, Aprikosen und sogar tropische Früchte wie Ananas ins Spiel. Statt des Brandys, der üblicherweise verwendet wird, können Sie auch Rum oder Sherry nehmen. Entgegen der landläufigen Meinung muss Mincemeat nicht monatelang im Voraus zubereitet werden – es reicht, die Mischung ein paar Tage durchziehen zu lassen, um einen wunderbaren Geschmack zu erzielen.

*Hinweis: Das traditionelle Rezept verlangt nach Rindertalg, doch diese Zutat ist schwer zu beschaffen und viele Leute möchten sie nicht verwenden. Sie können auch auf Alternativen zurückgreifen, sollten dabei jedoch bedenken, dass das Endergebnis etwas anders schmecken könnte als das Original. Neben Pflanzenfett empfiehlt sich Butter als Ersatz, was ich persönlich köstlich fand.*

## ZUTATEN

- 1 großer Bramley-Apfel (alternativ: Granny Smith), fein geschnitten. Die Schale kann auf Wunsch dranbleiben.
- 120 g Rosinen
- 75 g Korinthen
- 85 g Sultaninen
- 55 g gemischtes Zitronat und Orangeat
- fein geriebene Schale von 1 Zitrone
- fein abgeriebene Schale von 1 kleinen Orange
- 2½ Esslöffel Zitronensaft
- 2½ Esslöffel Orangensaft
- 100 g Vollrohrzucker (Muscovado)
- 40 g gehackte blanchierte Mandeln oder Mandelblättchen
- 65 g Rindertalg (alternativ: Pflanzenfett oder Butter) - dieser sollte fein gerieben oder in kleine Stücke gehackt werden. Wenn Sie die Butter kurz in den Gefrierschrank legen, wird sie so fest, dass Sie sie problemlos zerhacken oder zerreiben können.
- 1 Teelöffel Zimtpulver
- ¼ Teelöffel gemahlene Muskatnuss
- 1 große Prise gemahlene Nelken
- 80 ml Brandy

## ANLEITUNG

### Mincemeat

1. Geben Sie alle Zutaten eine große, hitzebeständige Schüssel und verrühren Sie sie gründlich. Achten Sie vor allem darauf, dass die Butter- bzw. Rindertalgflöckchen gut verteilt und gründlich mit den anderen Zutaten vermischt sind. Lassen Sie die Mischung abgedeckt an einem kühlen Ort über Nacht (oder über einen Zeitraum von 12 Stunden) durchziehen. Auf diese Weise haben die Aromen Zeit, sich zu entfalten.

2. Heizen Sie den Ofen auf 120°C (Gas Stufe ½) vor. Decken Sie die Schüssel locker mit Alufolie ab und stellen Sie sie für 2 Stunden in den Ofen. Rühren Sie gelegentlich um.

3. Nehmen Sie die Schüssel aus dem Ofen, lassen Sie die Mischung abkühlen und rühren Sie sie ab und zu um. Der Talg bzw. die Butter sollte geschmolzen sein und alle Zutaten überziehen.

4. Sobald die Masse abgekühlt ist, kann sie in sterilisierte Gläser umgefüllt und im Kühlschrank (oder in einem kühlen, dunklen Schrank) bis zu 6 Monate aufbewahrt werden. Sie können sie jedoch auch sofort zum Füllen von Mince Pies nach dem folgenden Rezept verwenden.

**Mürbeteig-Rezept**

Sie können fertigen süßen Mürbeteig aus dem Tiefkühlfach verwenden, er funktioniert sehr gut. Wenn Sie ihn jedoch selbst herstellen möchten, finden Sie hier zwei Rezepte: das erste ist ein traditionelles britisches Rezept und das zweite ist ein bewährtes und einfaches Rezept, das Kim McMahan Davis in ihrem Blog „Cinnamon and Sugar ... and a Little Bit of Murder" veröffentlicht hat. Sie hat mir freundlicherweise erlaubt, es mit meinen Lesern zu teilen.

**(A) Traditioneller Mürbeteig:**

ZUTATEN:
- 375g Mehl
- 260 g ungesalzene Butter bei Zimmertemperatur
- 125 g Puderzucker, außerdem ein wenig zum Bestäuben
- 1 Ei
- ein wenig kaltes Wasser
- Anleitung für den Mürbeteig:

1. Geben Sie Mehl, Puderzucker und Butter in eine große Schüssel. Reiben Sie die Butter mit den Fingerspitzen vorsichtig in das Mehl, bis alles gut vermengt ist und die Mischung groben Brotkrümeln ähnelt. Sie können dafür

auch eine Küchenmaschine (im Pulse-Modus) verwenden. Das geht schneller und hat den Vorteil, dass das Mehl nicht zu sehr geknetet wird.

2. Geben Sie nach und nach etwas Wasser hinzu und mischen Sie alles vorsichtig (oder vermengen Sie alles mit der Pulsfunktion der Küchenmaschine, bis sich eine homogene Masse bildet).

3. Geben Sie die Mischung auf eine bemehlte Fläche und falten Sie sie vorsichtig, bis ein glatter Teig entsteht. Achten Sie darauf, es mit dem Mischen nicht zu übertreiben oder zu kräftig zu kneten, sonst wird der Teig zäh.

4. Teilen Sie den Teig in zwei Hälften, wickeln Sie sie in Frischhaltefolie und legen Sie sie für eine halbe Stunde in den Kühlschrank.

5. Heizen Sie den Backofen auf 220C Umluft/Gas Stufe 7 vor.

6. Rollen Sie eine der Teighälften auf einer leicht bemehlten Fläche dünn aus (etwa 3 mm hoch).

7. Stechen Sie mit einem runden Ausstecher, der etwas größer ist als die Mulden in einer flachen Tarteform (etwa 7 cm) runde Teigstücke aus und kleiden Sie die Mulden damit aus.

8. Füllen Sie jede Teigmulde mit einem großzügigen Klecks Mincemeat.

9. Walzen Sie die zweite Teigportion aus und

stechen Sie daraus etwas kleinere Kreise aus (etwa 6,5 cm), die als Deckel für die kleinen Pasteten dienen.

10. Verquirlen Sie das Ei mit etwas Wasser, bestreichen Sie die Ränder der Pasteten mit der Mischung und legen Sie die Deckel auf. Drücken Sie mit den Zinken einer Gabel die beiden Teigstücke an den Rändern leicht zusammen, sodass ein schöner, geriffelter Rand entsteht.

11. Schieben Sie die Pasteten in den vorgeheizten Ofen und backen Sie sie etwa 20 Minuten lang, bis sie goldgelb sind.

12. Nehmen Sie sie aus dem Ofen nehmen, lassen Sie sie ein wenig abkühlen und lösen Sie sie dann vorsichtig aus den Vertiefungen. Stellen Sie sie auf ein Gitter, streuen Sie Puderzucker darüber und servieren Sie sie warm.


**(B) Einfacher und leichter Mürbeteig** (von Kim McMahan Davis' Blog „Cinnamon and Sugar ... and a Little Bit of Murder")


ZUTATEN:

- 225 g Mehl
- 30 g Kristallzucker
- 1 Prise Salz
- 280 g Pflanzenfett (vegane Variante)

<u>ODER</u>

- 170 g Pflanzenfett und 115 g ungesalzene Butter, alles gut gekühlt
- 60 ml Wodka (beliebige Marke, gekühlt)
- 2-3 Esslöffel eiskaltes Wasser

## Anleitung für den Teig

1. Geben Sie Mehl, Zucker und Salz in eine Küchenmaschine und pulsieren Sie fünfmal, bis alles vermischt ist. (Alternativ können Sie die Zutaten auch in einer großen Schüssel mit einer Gabel vermengen.)

2. Fügen Sie das Backfett (in mittelgroße/kleine Stücke geschnitten) und ggf. Butter (in kleine Würfel geschnitten) hinzu und pulsieren Sie ungefähr fünfzehn Mal. (Oder verwenden Sie einen Gitterschneider und arbeiten Sie das Pflanzenfett und die Butter ein, bis Sie sie in erbsengroße Flocken zerteilt haben.

3. Schaben Sie alle Zutaten von der Schüsselwand auf den Boden der Schüssel und pulsieren Sie erneut, etwa drei- oder viermal.

4. Mischen Sie 2 Esslöffel eiskaltes Wasser mit dem gekühlten Wodka und träufeln Sie die Mischung über die Mehl-Fett-Mischung. Wenn Sie in einer Region mit sehr trockener Luft leben oder die Zentralheizung läuft, brauchen Sie möglicherweise einen weiteren Esslöffel Wasser. Dieser Teig kann etwas mehr

Feuchtigkeit vertragen als bei herkömmlichen Rezepten.

5. Pulsieren Sie so lange, bis der Teig zusammenhält. Ich habe etwa 6 Pulse gebraucht. Der Teig soll sich nicht zu einer Kugel zusammenballen - wenn Sie ihn zu intensiv bearbeiten, wird er zäh. (Sie können die Flüssigkeit auch mit einer Gabel in die trockenen Zutaten einarbeiten.)

6. Geben Sie den Teig auf eine beschichtete Arbeitsfläche, auf der er nicht kleben bleibt, und teilen Sie ihn in zwei Hälften. Formen Sie jede Hälfte zu einer Kugel, die Sie flachdrücken und dann sorgfältig mit Frischhaltefolie umwickeln.

7. Lassen Sie die Teigportionen mindestens eine Stunde ruhen. Sie können sie bis zu 3 Tage im Kühlschrank aufbewahren.

8. Nehmen Sie eine Scheibe aus dem Kühlschrank und legen Sie sie auf eine gut bemehlte Arbeitsfläche. Bestreuen Sie die Oberseite des Teigs und das Nudelholz mit Mehl.


Fahren Sie mit Schritt 9 des obigen Mürbeteigrezepts fort.

**Guten Appetit!**

# Über die Autorin

Die USA-Today-Bestsellerautorin H. Y. Hanna schreibt britische Cosy Mystery voller Humor, schrulliger Charaktere, spannender Mordfälle und charakterstarker Katzen! Nach ihrem Abschluss an der Oxford University hat H. Y. Hanna eine Reihe von Jobs ausgeübt: Sie war in der Werbung tätig, Model, Englischlehrerin, Hundetrainerin … bevor sie sich wieder ihrer ersten großen Liebe zuwandte: dem Schreiben. Seit einigen Jahren arbeitet sie als freiberufliche Autorin und hat mit ihren Gedichten, Kurzgeschichten und journalistischen Beiträgen mehrere Preise gewonnen.

Hsin-Yi wurde in Taiwan geboren und ist ihr ganzes Leben lang eine Globetrotterin gewesen, die in einer Vielzahl von Kulturen gelebt hat, von Großbritannien über den Nahen Osten, die USA bis nach Neuseeland... doch inzwischen wohnt sie mit ihrem Ehemann und ihrer Katze Muesli glücklich in Perth (Westaustralien). Mehr über H. Y. Hannas Bücher erfährst du unter: www.hyhanna.com

Trage dich für meinen Newsletter ein, dann bist du immer über Neuerscheinungen auf Deutsch, Buchverlosungen und andere Neuigkeiten zu meinen Büchern informiert!

***www.hyhanna.com/german-newsletter***